有栖川有栖

有栖川有栖

瑞典館之謎

有栖川有栖◆著
楊明綺◆譯

W&K Publishing

【導讀】

有栖川有栖的國名系列作品

◎傅博（推理評論家）

◆概說有栖川有栖的國名系列

從有栖川有栖自稱是「九〇年代的昆恩」這句話，不難看出他對推理小說的抱負與創作路線。十多年來，有栖川就一面堅守解謎推理小說的傳統創作形式，一面繼承艾勒里・昆恩之那種精緻的解謎過程之寫作架構。

艾勒里・昆恩是何等作家？實際上不必多言，其重要作品在台灣已經翻譯出版，是推理小說迷應該知悉的美國推理文學大師，不夠，在此還是爲年輕讀者做些說明，讓讀者與有栖川有栖的作品比較一下，也許更可以瞭解推理小說的香火是如何延續下來的有趣問題。

艾勒里・昆恩是歐美推理小說史上、黃金時期（一九一八～一九三〇年）的三大師之一。另外兩位是阿嘉莎・克莉絲蒂和狄克森・卡爾。從此歷史定位，即可知道他們是多產作家，其傑作與產量成比例之多，其作品架構各具獨自風格。如克莉絲蒂之作品，容易讓讀者移入感情，以欣賞多樣化之解謎世界。又，卡爾的作品世界雖然充滿怪奇氣氛，卻有超難度之不可能犯罪型的解謎推理。

而昆恩的作品特徵是作品架構的緻密性和喜歡向讀者挑戰的遊戲性。

推理小說有很多種分類法，其目的是：欲以短短幾字的單語說明一部作品的內涵。以「解謎推理小說」而言，是「推理小說」之一領域，以解謎爲主題的推理小說之總稱呼。同樣是解謎爲主題卻有很多不同類型，從某種角度去分類，就有其角度的分類法。

筆者曾在有栖川有栖的《魔鏡》和《第46號密室》二書（小知堂文化出版）〈導讀〉言及「短篇」與「長篇」的架構問題，以及「不可能犯罪型」與「不在犯罪現場型」的寫作形式問題，這些就是從不同角度所作的分類法。

解謎推理小說的另一種分類法是「挑戰型解謎推理小說」與「非挑戰型解謎推理小說」。所謂「挑戰型」是作者必須在偵探作解謎行動之前，將犯罪現場的狀況、事件關係者的言行、偵探的搜查過程等與解謎有關的諸要件公開給讀者，讓讀者與偵探站在同一地點去推理、解謎的作品。「非挑戰型」的作品，大部分是特殊架構的作品，以及作者自我陶醉的失敗作。

解謎推理小說原來的主旨就是讓讀者參與推理、解謎的遊戲文字，沒有挑戰書，讀者仍能參與推理，才是正常的解謎推理小說，所以解謎推理小說大部分是屬於「挑戰型」的，作者具體提出挑戰書，是欲表達其公平性。

艾勒里・昆恩是兩位同年齡（一九二五年出生）的表兄弟 Frederie Dannay 和 Mantred B. hee 之合作筆名，一九二九年發表的處女作《羅馬帽子的秘密》，就是其「國名系列」之第一部作品。

之後，七年內（至一九三五年）一共發表了冠以國名的長篇九篇，按其發表順序列舉：《法蘭西白粉的秘密》、《荷蘭鞋子的秘密》、《希臘棺材的秘密》、《埃及十字架的秘密》、《美國槍的秘密》、《暹羅連體人的秘密》、《中國橘子的秘密》、《西班牙岬角的秘密》。本系列的最大特徵是作者借記述者名義，插入〈向讀者挑戰〉一短文（只《暹羅連體人的秘密》，沒有挑戰書，但是一樣可以參與推理）。

本系列的另一特徵是，名探的造型，他與作者艾勒里・昆恩同姓同名（這種遊戲精神就是作者的推理文學觀），父親是紐約市警察局的高級警官，所以一名非職業偵探，才有機會參與辦案，這是作者將非職業偵探，能夠連續參與辦案的合理化。國名系列完結之後，名探艾勒里・昆恩仍然在艾勒里・昆恩作品裏破案。

而有栖川所創造的名探火村英生的名銜是犯罪社會學家，是屬於自己直接參與勘查犯罪現場型的偵探，也是屬於天才型偵探，勘查現場、向關係者質問幾句後立即破案，作品中的記述者有栖川有栖（與作者同姓同名，可視爲作者的分身）稱他爲臨床犯罪學家，象徵其速戰速決的偵探法，這點是有栖川作品的最大特徵。

有栖川於一九九二年三月，創作了火村英生系列第一長篇《第46號密室》後，翌年二月即發表了火村英生的國名系列第一短篇〈俄羅斯紅茶之謎〉，之後陸續發表了〈巴西蝴蝶之謎〉、〈英國庭園之謎〉、〈波斯貓之謎〉等三短篇與《瑞典館之謎》、《馬來鐵路之謎》等兩長篇，合計六篇（今後還有續篇的出版計畫）。而上述四短篇名分別冠在四本短篇集出版，可見作者對自己之國名系列的自負。

◆閒談《瑞典館之謎》

《瑞典館之謎》是有栖川有栖的第八長篇，名探火村英生系列第五集，國名系列第一長篇，一九九五年五月由「講談社小說叢書」系列出版。九八年五月改爲「講談社文庫」版出版。本書是文庫版的翻譯本。

本書與火村英生系列第一長篇《第46號密室》之寫作形式很類似，筆者曾經在該書〈導讀〉裏提及，一本十萬字以上的解謎推理長篇，只靠一件殺人事件，要維持整個故事的緊張感很困難，作者想出幾種補救方法，最普遍的是，增加事件將故事複雜化；而第二種是在故事裏面隨處插入與故事沒有直接關係的事物之炫才文章，讓讀者享受解謎以外的炫學，這類作品不多；第三種是以上兩種的混合型。

《第46號密室》與本書就是典型的第三種。作者有栖川有栖在兩書第一章，就展開其炫學，前者是「密室推理小說論」，後者是「瑞典人的生活方式」。

二書的第一章前，都附有一篇〈Flash Back〉（編註：《第46號密室》該篇譯爲〈倒敘〉），記述殺人事件發生以前之另一件小事件，前者是飯店的火災，後者即記述三年半前的夏天，一個七歲的少年在磐梯的池沼死亡的小故事，向讀者暗示ＸＸ（不能詳述）。筆者認爲這種寫作形式大膽、危險。也許這是作者對自己所設計的詭計之自信的展現吧！

第三類似點是「集會中的殺人」。不只這兩書，在有栖川的許多作品裏，都是以這類殺人事件爲主題，這不外是作者爲自己所塑造的名探「臨床犯罪學家」火村英生而選擇的故事安排吧！

《第46號密室》是密室推理作家眞壁聖一在輕井澤的豪宅，招待編輯者和作家，舉辦耶誕前夜派對後，死在密室中，幾乎同時間，一個身分不明的外來者死在另一密室中，是雙重的密室推理小說。但是故事的主軸在於眞壁，不明身分的死者可說是眞壁的陪葬者，亦爲作者將故事複雜化的犧牲品。

《瑞典館之謎》，最先記述「我」（火村英生之助手，又是推理作家有栖川有栖），爲了要寫一篇冬天的民宿殺人事件，獨自來到磐梯取材，住在洋式民宿。第二天下午，與民宿主人迫水春彥到相離五十公尺的鄰居瑞典館，與主人乙川隆（童話作家）等喝咖啡聊天（即第一章）。當天晚上下雪後，在瑞典館作客的童話插畫家綱木淑美，在離主屋三十公尺的另一棟房屋被殺害，雪地上沒有嫌犯走過的腳印，構成準密室狀況，是本故事的主題。「腳印詭計」是不可能犯罪型解謎推理小說的重要主題之一，與「密室詭計」一樣，是推理作家永遠探求的課題。這次的雪地上的腳印詭計是作者的新創（登場人物的造型與腳印有關），很合理，作者在第五章以前，已向讀者提供完整資訊，讀者不妨推理一下，解開謎團，兇手自然會呈現在眼前。

作者又要將故事複雜化，豐富故事內容，設計了第二事件，即翌日晚上，淑美的妹妹，同樣是童話插畫家的輝美，在同一房間被殺害（成昏迷不醒狀態）。這事件也是第一事件的副產品，解謎的主軸在準密室。

第五類似點是，二書最後一章之後，附錄一篇〈結局〉，記述火村英生解謎破案之後，關係者的動靜。本書的〈結局〉最後一段，寫有栖川有栖六年後回憶當時的感性文章，一定會引起讀者銘感。

筆者這樣分析作品，不外是要讓讀者知道，一篇正統的解謎推理小說是有一定的創作形式，作者在這種定型內創造詭計，塑造偵探及其偵探術、犯罪動機等等。

關於作家有栖川有栖的資訊，請參閱《魔鏡》、《第46號密室》《俄羅斯紅茶之謎》《英國庭園之謎》（小知堂文化出版）諸書〈導讀〉。

【推薦序】

敲打金字塔的人

◎陳國偉（新世代小說家）

◆下一個究竟是？

我們剛剛送走的二〇〇四年，可謂驚濤駭浪，台灣第一次得了奧運金牌，世界上有些強人交了棒，有些則留了下來。而在台灣的文壇，剛過去的一年也可以說是「推理復興」的開端，許多日系的經典作家被一一引進：戰前的大阪圭吉、蘭郁二郎、海野十三，甚至被譽爲三大奇書夢野久作的《腦髓地獄》，也不再是台灣讀者永遠的未竟之夢。

在此同時，台灣市場也開始與日本同步：東野圭吾的近作《綁架遊戲》、《湖邊凶殺案》、橫山秀夫的直木賞殘念作《半自白》、歌野晶午轟動日本文壇的《櫻樹抽芽時，想你》，一本接著一本。讀者們一直追問著，接下來會是誰呢？於是，我們終於等到答案。

有栖川有栖。

◆金字塔結構的敲打師

相信大多數的讀者與我一樣，最早是被他的名字所吸引，那重複迴文般的姓名。曾守候著《推理》雜誌的讀者，則曾經品味過他的短篇，但總意猶未盡，因為他似乎勾起了我們那麼一丁點的鄉愁，曾是在柯南道爾、克莉絲蒂那嚐過的，又在艾勒里．昆恩那懷念過的。

一九八九年出道的有栖川有栖，屬新本格浪潮的第一代作家，同期出道者都是目前的名家，如山口雅也、北村薰、宮部美幸、我孫子武丸等。早兩年，他曾以《月光遊戲》應徵過江戶川亂步賞，落選後，卻反以「鮎川哲也與十三個謎」系列在推理文壇大放異彩。繼江神二郎系列之後，他創造出最為讀者擁戴的，以英都大學副教授暨臨床犯罪學家火村英生為偵探的系列；在創造了《第46號密室》後，有栖川開始以〈俄羅斯紅茶之謎〉，開啓了他九〇年代的高峰——國名系列，《瑞典館之謎》，則是此系列的第一本長篇。

有栖川有意為之的國名系列，使得他被稱為九〇年代的艾勒里．昆恩，綜觀他們在推理小說上的布局、詭計與情節的搭配，創作概念上都極為相似，而營造出純然的本格世界。

本格推理最大的特色，就在於以詭計為中心的謎團、邏輯的嚴整性、線索布局的公平性，還必須有一個智慧過人的偵探。如同一座金字塔一般，由此四條稜軸構成小說的型態，而且彼此之間還必須具有完美的比例，才能相互撐持起一個具有張力的犯罪故事，這是本格推理的黃金結構。有栖川有栖所致力的，正是這種只要稍有偏差，就無法符合「標準式」的古典推理美學，他像是一個敲打金字塔的人，校正一切可能的差異，讓詭計、邏輯、布局、角色之間得到最佳的平衡。喜歡推理小說，若還不能釐清「本格」概念的讀者，相信有栖川會是很好的選擇。

◆以直球對決的創作者

雖然從事的是有宗法，標準式的本格推理創作，但是有栖川從一開始就大膽嘗試各種寫作手法：《魔鏡》是繁複的時刻表詭計、《第46號密室》是雙重密室詭計，〈俄羅斯紅茶之謎〉等四篇都與不在場證明有關。到了《瑞典館之謎》，他再度挑戰所謂不可能的犯罪：另一頭的屋子有了兇案，唯一通往的雪地上只有發現者的足跡，但發現者有不在場證明，環環相扣的謎團，使得讀者一同追入冰雪大地中，找不到眞相的出口。

雖然不若艾勒里．昆恩會在書中加入對讀者的挑戰，但是有栖川的讀者勢必都知道，這是一場公平的賽局，你可以隨時進入與作者的對決。若以棒球的術語來說，有栖川所使用的就是正中的直球，永遠以直球跟讀者對決。因爲他不是浪漫本格那樣漫天奇想的魔幻謎團，也不以敘述性詭計的字斟句酌來欺瞞讀者的認知，他投出的每一球都是紮紮實實的，每一個布局都攤在讀者眼前，直球就是直球，本格就是純然的本格。

當然，熟稔棒球的朋友應該都知道，直球是一種競速的球種，但時間一長，就可能出現疲態，打者的眼睛會逐漸適應。有栖川既然是用直球來與讀者對決的作者，或許台灣的讀者可以繼續拭目以待，看看他的球速，會不會有你眼睛適應的一天？

◆異國想像與童話氛圍

《瑞典館之謎》的故事場景，是在童話作家乙川隆位於磐梯高原的別墅，在這座充滿瑞典風格的建築物中，有著一位瑞典裔的女主人，生了一個金髮少年流音。這一切的一切，都極具夢幻的色彩，甚至後來下起了大雪，更增添了童話的氛圍。

有栖川有栖國名系列中的異國符號，不只做為小說的點綴，往往具有關鍵的地位。他前四個短篇利用了俄羅斯紅茶、巴西蝴蝶、英國庭園、波斯貓這些象徵物，建構了撲朔迷離的謎團，但也間接傳達了許多異文化知識。

而這一點，剛好是相當對日本大衆的胃口。一如大家所知，日本是一個對於異文化有著高度好感的民族，他們的觀光客人口佔全亞洲第一，從藝術、飲食文化到色情行業，都充滿著各式的異國想像，甚至綜藝節目《戀愛巴士》，就從日本本島一路駛到國外去；也會有那種日本與非洲土著家庭交換居住的企畫，或金城武到南極探險的節目。

當然，推理讀者最熟悉的，莫過於如山村美紗《京都・峇里島殺人旅行》、以及西村京太郎以台灣爲場景的《渡海而來的愛與殺意》的旅情推理，目前每年過年都播映的特別劇《空姐刑事》，也曾讓殺人事件發生在美國德州、夏威夷。日本人習慣將國外的符號移植到日本母國中，加以挪用改造，一方面滿足日本人的心理需求，當然，也給予讀者不同的刺激感受。

所以妖豔的巴西蝴蝶，古典的英國庭園，氣味的俄羅斯紅茶，嫵媚而有女性隱喻的波斯貓，還有童話氛圍的瑞典館、瑞典女子、童話世界、童話般的婚姻與愛情，更讓有栖川筆下的國名系列，充滿著濃厚的異國風情。

◆火村英生與有栖川有栖

在此書中，最後我想得提一提這對偵探搭檔的情誼。

說起推理小說中的偵探與助手，很容易讓人聯想到柯南道爾筆下的福爾摩斯與華生；這對被神話化的搭檔，還被當代的日本推理大師島田莊司，在《被詛咒的木乃伊》中揶揄了一番，透過夏目漱石的眼，企圖去顛覆這對搭檔的神話。然而島田莊司自己也不免俗地創造了一對情深意重的摯友御手洗潔與石岡和己，更在小說裏創造了他們戲劇性的邂逅。

不約而同地，有栖川有栖也創造出一個超凡的偵探火村英生，與搭檔推理小說家有栖川有栖。身分上的組合頗有向福爾摩斯致敬的味道，一個在犯罪偵查上有高度專業的偵探，與一個具有撰述能力的助手。只不過華生的醫學知識可以幫助福爾摩斯的鑑識工作，但是在這個鑑識科學發達的時代，火村英生需要的不是一個鑑識員，而是一個對於嫻熟於犯罪擘畫，能夠洞悉犯罪動機的「白色犯罪製造者」——推理小說家。

所以這對個性迥異的好友（好像都得這樣歧異，偵探和助手才不會分手），終究維持著一種和諧的搭檔關係，火村英生對於有栖川作家身分的調侃（他甚至大聲地說出討厭大阪，不知是否爲出身大阪的作者的惡趣味），但在有栖川身陷瑞典館的犯罪疑雲時，火村又「風一般地」從關西火速趕到，令人不得不讚嘆他們的情誼之深，這也讓我們多了點奢望：在這種友情濃度的確保下，有一天能有機會，聽到火村親自對有栖川告白，那淺藏在他心裏的，關於殺人意念的那個謎團。

我想，這也將是所有有栖川有栖的書迷，心中最深切的期待。而我，也熱切盼望著，那一天的到來。

【導讀】／傅博……5
【推薦序】／陳國偉……11
Flash Back……21
第一章　這裡是童話作家之館哦……24
第二章　這實在令人無法理解……80
第三章　看來這個謎題不太好破解……137
第四章　來！跟叔叔說吧……187
第五章　快叫救護車……231
第六章　兇手就是你……269
【終章】……296
【後記】……300

瑞典館之謎

登場人物

火村英生——臨床犯罪學家
有栖川有栖（本人）推理小說作家
迫水春彥——度假別墅主人
迫水倫代——迫水春彥的妻子
迫水大地——迫水春彥的兒子
乙川隆——童話作家
乙川薇若妮卡——乙川隆的妻子
乙川流音——乙川夫婦死去的兒子
乙川育子——乙川隆的母親
漢斯・約哈森——薇若妮卡的父親
葉山悠介——乙川隆的堂弟
綱木淑美——畫家
綱木輝美——畫家・淑美的妹妹
等等力末臣——建設公司老闆
島野——福島縣警察局主任警官
小山内——福島縣警察局刑警

Flash Back

那是個無風的日子。

雖然不會有多少人記得八月十三日這個日子，那天盛夏陽光將高原照得發燙透亮，也許有點離題，不過我想一定有不少人記得那是個會讓遠從城市來此避暑的遊客大失所望的日子，也或許有些人的記憶中，只記得那時夏天剛好過了一半。

那天，一個少年死了。

每個人看到他那被酷夏陽光照得發亮的蓬鬆金髮，一手拿著捕蟲網在森林裏面跳來蹦去的可愛模樣，都會不由得心生愛憐。甚至連法布爾（譯註：法布爾，昆蟲學專家）博士這個小個子怪傢伙也對他投以關愛眼神，這倒有點令人吃驚。來此避暑的遊客如果在森林中和少年偶遇，八成會以爲自己迷失在童話世界而露出疑惑的目光。

嬌小的流音。

可愛的流音。

膝蓋有些磨破皮的流音。

他能讓大人忘了現實，讓大人心中泉湧快要窒息般的興奮感，我想這是理所當然的。如果能成爲他，肯定會承認自己還保有顆稚嫩的心，肯定會對這世界產生新的宇宙觀。會覺得世界彷彿是在自己誕生稍早之前才創造出來的，像剛烤出來的麵包般熱騰騰、新鮮。然後覺得從現在起每天都是新奇的開始，相信自己會一直這樣活下去。

流音剛滿七歲。

才剛上小學沒幾個月，根本還沒念到下學期。

他很老實地遵從父親的叮嚀，老早就將暑假作業寫完，一直寫到八月卅一日，寫得滿滿的，只剩天氣那一欄空著。

「我的天使！」母親磨蹭著他的臉。

「他是我生存的意義！」喝醉的父親對友人這麼說。

但是可愛的流音七歲就蒙主寵召。如此年幼短暫的生命，應該不只他的父母親，很多人都替他惋惜。當然認識他的人絕對會淚流不止，就算只是和他擦肩而過，也會覺得胸口就像珍愛的書本被人胡亂撕了一頁般疼痛。

那一天。

盛夏陽光一點點地消失，令人心情舒暢的夕陽悄悄造訪有著美麗沼澤與湖泊的高原。當父親將不好的預感告訴因爲兒子還沒回來而擔心不已的母親時，其實心中像早已隱約耳聞兒子死訊般，有種莫名的絕望感襲上心頭。

——那孩子，也許再也無法平平安安地回到我們身邊了。

這般令人錯愕的念頭，悄悄爬上他的喉間。

他們拚命在森林中尋找被黑夜吞沒，遲遲未歸的孩子，待在他家的訪客們也幫忙搜尋。鄰居們得知後，也紛紛加入搜尋行列。當然也趕緊報警，就這樣一大堆人整晚在森林裏不斷呼喊少年的名字。

但是……

當父母親看到愛子流音的遺體時，剛好是那上蒼恩賜般的美麗朝陽映照山稜。那對發現少年小小遺體浮在艾美拉魯多布爾沼上而驚駭尖叫的姊妹花，比誰都早一刻淚流滿面。

被拖上岸的流音，雙眼緊閉，沒了氣息。早已冰冷的金髮散亂地貼著臉頰，彷彿永遠沈睡般。

目睹慘狀的鄰居朋友們不知道該說什麼。

母親緊抱著愛兒，披散著一頭金髮放聲痛哭。

父親心中不祥的預感果然應驗，他無法相信眼前的光景就是現實，悲痛得連淚都流不出來，只是茫然地佇立一旁。似乎用他那早已麻痺的心，邊想著今天大概又是酷熱的一天吧。

我，有栖川有栖來到這沼邊時，這件慘案已經過了三年半。

第一章　這裏是童話作家之館哦

1

我邊喝餐後附的咖啡，邊愉快地眺望窗外美景。民謠裏歌頌的寶山——磐梯山那呈鋸齒狀的複雜稜線，清楚地浮現於一望無垠的晴空，十分美麗。從南邊的豬苗代湖遠眺，明明猶如會津富士之名般優美，綿延開來的山麓，但是由北邊看來卻覺得磐梯山宛若另一座山脈。

「強大的噴發力眞是驚人啊！令人嘆爲觀止。在山內轉一圈看看，就會發現火山口和富士山一樣呈M字型。如果試著想像被吞噬掉的部分，會驚訝地發現失去的面積是如此龐大。」

我向正在廚房清洗東西的迫水春彥如此說道。因爲敵不過強勁的流水聲和器皿碰觸聲，我不由得拉高分貝。

「好像是明治廿一年那年火山噴發的樣子。與其說是一種水蒸氣噴發，倒不如說整個小磐梯山被炸得粉碎。當然我沒親眼目睹，可是看書上記載，清早發生地震後，隨著火山爆發，噴煙竄升，整片天空頓時一片昏暗，據說兩、三個小時後卻像什麼都沒發生過似地，又回復一片萬里晴空。那爆發威力眞是難以言喻。」迫水先生停下手邊工作，禮貌地回應我，「大磐梯、赤埴山和櫛峰這三座峰，就是那時火山噴發形成的，其他像是人稱磐梯三湖的檜原湖、小野川湖和秋元湖，還有五色沼等都是拜火山爆發之賜才冒出來的。」

「原來如此。」我望著山嘆息。「不過聽說也造成了幾百人傷亡，但是不可否認的，這附近壯麗景觀全都是那場災害的產物。」

「的確如此。」

我們坐在連接餐廳的起居室，這時大鐘響起。因爲很晚才用早餐，悠閒地晃著晃著，也才早上十點左右。因爲這附近沒有什麼可用餐的地方，所以乾脆拜託老闆也幫忙準備午餐，不過因爲才剛用過早餐，覺得還不是很餓。

「有栖川先生，今天有預定的行程嗎？因爲我今天時間還滿空閒的，可以開車載您去想去的地方，就算是給您的特別服務。」

眞是令人備感親切。可能是因爲今天和明天都只有我一位客人，所以才有這般特別服務。

「謝謝，眞的不用麻煩。我打算在附近走走看看。只是想去看看五色沼而已，此外就沒有特定行程。因爲只是當作小說的舞台，難免會和現實相悖，其實只需要一個大概的感覺就可以了。」

「五色沼嗎？」

「有什麼不妥嗎？」

「不，也沒什麼不妥。只是雪積得這麼深，走路會有點辛苦。」

幸好我有準備一雙長靴。

「因爲到處白茫茫一片實在不好認路，而且雪深及膝，肯定會走得汗流浹背，勸您最好多帶幾條毛巾。」

好像已經洗好碗盤似的，身後的水聲戛然而止。迫水春彥扭開烘乾機，走出洗滌間，慢慢地朝我這邊走來。身上那件繡著 PENSION SUNNY DAY 的丹寧質料圍裙，倒是和他下巴那撮鬍子挺相稱。雖然很相稱，但是看起來就像圖畫書上繪的民宿主人般，感覺有些滑稽。雖然和我年紀相仿，舉止卻十分沈穩，應對大方，不免給人老氣橫秋之感。也許相較之下，別人會說我太過吊兒郎當。

他從圍裙口袋掏出香菸，打算抽根菸舒緩一下。沈默地遞了根菸給我，被我禮貌性地婉拒了。他只好再塞回菸盒裏。只見他叼著菸彎著腰，抬頭望向窗外天空。

「今天天氣不錯嘛！不過這天空看起來可眞是藍得發冷。」他邊說邊坐在我身旁椅子，「不過氣象預報說，傍晚可能會再下雪，不過不會很大。」

「是喔。」

「也好啦。畢竟有栖川先生大老遠從沒下雪的大阪跑來收集資料，還是下點雪比較好吧！」

「能看見雪景就很高興了。況且已讓我看見雪積得如此深的美景，不再下也無所謂了。」

當然如果我只是爲了貪圖欣賞雪景，其實到大阪近郊晃晃也行。之所以會來位於裏磐梯的SUNNY DAY取材，也是另有所圖。是想以剛才提到的磐梯三湖、五色沼、會津若松、喜多方等附近的街景爲小說舞台，另一個目的就是自己也想來這間度假別墅住住。

說來不怕見笑，雖然已三十好幾，還沒有住過這種度假別墅。理由很簡單，因爲找不到可以陪我同行的女性。就因爲沒有那種會說「人家好想住住那種度假別墅哦！」的女友，一個大男人也不太好意思來住這種地方，就是這樣。當然所謂度假別墅，除了會準備些平常家裏常吃的薄片點心，用心營造家庭風，還有各種以迎合成人品味爲賣點的陳設裝潢與美食，不過對於本來就對這方面沒啥興趣的人而言，倒也不會有什麼特別感覺。雖然我就是這種人，但是因爲選擇這裏爲小說舞台，因此非得實地勘查這裏到底是個什麼樣的地方才行。

「您可以隨意使用我們度假別墅裏的各項設施。我不會介意哪裏成了殺人現場，或是殺了幾個人這種聽起來不是很吉祥的事。」

當他得知我是個推理作家，而且特地來此取材一事，在我昨天抵達的晚餐會上，就讓我感受到他的風趣與隨和。餐後我和他聊了一些關於度假別墅一天的工作內容和甘苦談等，他的態度倒也爽快大方。

「非常感謝您的體貼大方，那我就不客氣了。」

「只是內人可能會很討厭起居室裏發生什麼血腥場面，因爲她非常喜歡房間裏的那塊絨毯。」

迫水先生自顧自地說完笑話後，一臉認眞地說，「但我這間度假別墅眞的能成爲小說舞台嗎？空間狹窄、房間又少，眞的可以嗎？」

「沒這回事。恕我直言，以殺人現場來說的確是個好地方。」

他像是滿足於我的說詞似地，「哪裏！沒有啦！」搖搖頭。指間挾著香菸指向朝西的窗戶。

「如果會發生殺人事件，那樣的房子不是更好嗎？」

那間房子位於 SUNNY DAY 西側，距離約五十公尺左右的地方，房子四周圍著落葉松木林。因爲藏於密林中實在很難看清全貌，不過隱約看見好像是間原木屋。儘管是間原木屋，但是也只能算是山中小別墅的規模，不過勉強還是可以看到像是宅邸、別館般的大格局與風格。

「那間不是度假別墅吧？」

我在預約這裏之前，應該有先翻過旅遊手冊，確定這附近沒有其他度假別墅。

「是啊，不是度假別墅。那是一位姓乙川人家的宅邸。叫作乙川隆的，您聽過嗎？」

對這名字實在沒什麼印象。會不會是個還算小有知名度，一般社會人士都該知道的名人呢？心中掠過一抹不安，但還是老實地回道「沒聽過」。

「您沒聽過嗎？這樣啊。雖然同樣都是小說家，不過有栖川先生是推理小說作家，不知道乙川先生也是理所當然的吧。」

看來是我多慮了。不過如果是作家，小有知名度的我應該還是會知道。

「喝杯咖啡吧！有栖川先生也來杯如何？」

「那就恭敬不如從命了。那位乙川先生是寫什麼樣的小說啊？」

別墅主人在廚房邊準備兩個杯子邊說：「寫童話故事，算是兒童文學作家吧。」

「喔……」實在無法說出自己聽過這人的名字，當然更從來不曾照面過，但我自認還不到孤陋寡聞的地步。其實小時候就偏愛閱讀漫畫和兒童取向的推理、奇幻小說等。過了二十歲後又起了退化現象，開始喜歡上古今東西的兒童文學，諸如不是很知名的現代作家、當紅作家的名字等應該還略知一二。「是很有名的作家嗎？」

不假思索說出此話的瞬間，我眞的很後悔。實在不太像是出自寒酸推理小說作家之口的詢問。如果乙川氏聽到，也許會回頂一句「至少比你有名」。

和著杯匙碰撞聲，他兩手端起咖啡，邊喝邊繼續說：「聽說兩年前還拿過什麼兒童文學獎！」露出欽佩眼神，「記得當地報紙還登得很大呢！我家還有幾本乙川先生寫的書哦！我兒子還小的時候買的，一直到他能夠看懂寫些什麼，至少花了兩、三年時間。」

這麼說。乙川先生寫的是以小學中、高年級爲主的創作童話。

「即使大人閱讀也會覺得很有趣的作品呢。如果您有興趣，起居室有放了幾本，有空可以慢慢看。」

「哦，好啊。所以隔壁就是乙川先生的家嗎？」

「是的，叫作童話作家之館哦！」

我再度遠眺隔壁人家。雖然看不到什麼富麗堂皇的裝潢或是公共設施，不過以一般人家而言，還是滿奢華的。兒童文學世界當然也會有所謂的暢銷書，不過應該也沒人有這般能力，在山上蓋這麼一棟房子吧。我對乙川隆這位童話作家到底是何等人物，開始有些興趣。

「年紀大概多大啊？」

「嗯……大概還不到四十歲吧，身材滿壯碩的。我老婆私下形容他像《愛麗絲漫遊奇境》裏那個巨漢，漢普提．坦普提。」

漢普提．坦普提應該是《鏡中奇緣》裏的登場人物，但也沒必要特別糾正。不過我聽到乙川隆居然是位身材壯碩的巨漢，不免吃驚。

「乙川先生……應該是位男性吧？」

「嗯，是啊！我說了什麼讓有栖川先生誤會的話嗎？」

不，應該沒有吧。大概是因爲胡亂在腦中想像的關係，想像他是位氣質高雅的女性，年紀大概二十到三十歲前半左右，壓根兒就是毫無根據的想像。只聽聞是位童話作家就聯想應該是位女性，我還眞是個莫名其妙的傢伙。不，也許是因爲「隆」這個名字算滿中性的，而且乙川這個姓氏容易讓人聯想是位年輕女性。所以也不能說我太會想像。

「哈哈，您好像很失望呢！我說得對吧？」

「是啊。」我只能苦笑以對。

「因爲我也和您有過一樣的心情，所以很瞭解啊。以爲有什麼惹人憐愛的美女要住進來，還很期待呢。因爲聽內人說：『有位叫作ARISU（譯註：即有栖川）的客人來電預約哦！』」

我只能再次苦笑。——無言以對。

「乙川隆是位男性，而且是位將近四十歲的壯碩巨漢。不過啊……」他一臉愉悅地瞇起眼睛。「也許是內人對有栖川先生存有妄想，不，也許應該說是幻想。她以爲您是個比她老公年輕六歲，非、非常漂亮的美女呢！」

講到「非、非常」這個字眼時，只見迫水先生還臉色有些難看地嘆了口氣。以童話的調調來表現的話，就是非常非常美麗的人，會顯得更風情萬種才是。

「對了。如果方便，要不要去參觀一下乙川先生家呢？也許會幫助您激起一些關於殺人事件的創作靈感哦！還可順便拜會一下他那位美麗的夫人。」

的確，我一開始走在這鎮上，看到那些電視上播出的一棟棟豪宅，就幻想著如果在這發生像范達因風格的連續殺人事件，會如何呢？一提到別墅就會想到連續殺人事件。即便對美麗的女主人沒興趣——但是在還沒確認到底是不是位美女前——就先被這建築給吸引。

「可是，『初次見面，您好。我是推理作家，因爲想以貴府當作小說中的殺人現場，方便打擾一下嗎？』總不會這麼唐突地開口要求吧？」

「您多慮了！」迫水先生語氣倒很輕鬆。「因爲我們兩家是鄰居，所以幾乎每天都會去他家打擾。尤其像二月中旬這般住宿淡季，常常會互相招待對方到家裏喝杯茶。方便的話，您下午可以跟我過去一趟。」

「眞的不會打擾到人家嗎？」

「眞的沒關係。常有年輕女客人看到窗外那棟房子時，『隔壁那戶人家的房子好棒哦！不曉得裏面長什麼樣子？』都會興奮地討論，然後我會順道帶他們過去坐坐。乙川先生挺好客的，所以不會對這種事感到厭煩。」

如果眞是這樣，就很想過去打擾一下了。

「一起過去吧。而且女主人泡的咖啡，可是美味無比哦！」

身後傳來咳嗽聲。兩人一起回頭，只見迫水太太雙手抱胸斜倚著門。

「唷，倒是常聽你誇講隔壁太太嘛！」

「妳……什麼時候……」迫水先生說。

「什麼叫作『妳什麼時候……』啊！說得人家好像是忍者似的，你這麼熱心邀有栖川先生去，其實是自己想去吧？」

迫水太太之所以會這麼說，倒也不是眞的在生迫水先生的氣，只是想逗逗他，看他慌張的有趣樣。只見她的眼睛笑得瞇成一條線。聽說倫代夫人比迫水先生年長一歲，光看樣子的確滿威嚴的，尤其臂上的肌肉更可觀。

「而且薇若妮卡夫人還說過我泡的咖啡也很好喝呢！」

「薇若妮卡夫人？」

因爲突然聽到外國人的名字讓我傻眼。倫代夫人「是啊。」點點頭。

「哎唷！我先生還沒跟您說明嗎？乙川夫人也就是薇若妮卡夫人是瑞典人。」

「哦……」腦子裏開始構築那種十分好客，美麗開朗的有錢夫人模樣，氣質高雅、身材纖細，理所當然有一對烏黑眼睛和烏溜溜的黑髮，悅耳的說話聲像會融化人似的。

「薇若妮卡夫人已經有日本國籍了，還說人家是瑞典人有點奇怪吧！」迫水先生嘟著嘴，「妳會不會扯太多啦！」瞪了一下倫代夫人。

「好吧，那我再重新說明。薇若妮卡夫人是瑞典人，這樣總可以吧？屋子裏的裝潢全都是夫人一手包辦，像是家具和陶器等都是由北歐進口的，真的很漂亮哦！」

沒想到能在磐梯山內看到這麼漂亮的宅邸，也許能當作參考素材。

「肯定十分富麗堂皇吧。」

「是啊，不但有位保養得宜的漂亮女主人，而且比起我們這種小小的度假別墅，那間宅邸可是有名多了。大家都稱它爲瑞典館。」

迫水太太像是誇耀自己的寶貝似的，得意洋洋地挺直腰桿。

因爲下午一點才出發，所以出門取材的時間也延到兩點半左右才開始。我聽從迫水先生事先提醒的，準備了三條毛巾放進小背包裏，然後帶著度假別墅提供的地圖出發。

2

之所以命名爲五色沼，並不是五處沼澤並排在一起的意思。根據地圖上的觀光指南，而是有毘沙門沼、赤沼、深泥沼、龍沼、弁天沼、琉璃沼、青沼、柳沼、彌六沼等，十數個沼澤沿著四公里長的尋幽小徑散布。沼底彷彿沈澱著高原靜謐的空氣，水面現出各如其名般紅藍色、琉璃色、或是碧綠色、灰白色等絢麗色彩。夏日深綠倒映在水中的美景令人眩目，可以想像那季節的遊客有多麼熱鬧。我興奮地想著自己能夠獨佔埋在雪裏的五色沼是多麼奢侈。

可惜，天不從人願。

步出度假別墅後不久，來到布滿自用車和巴士車痕的柏油路上，準備進入尋幽小徑時，竟然搞不清楚哪裏是入口。就像春彥說的，腳一踏就埋進雪堆，整個膝蓋到大腿彷彿被雪吞噬般，感覺好像隨時會從雪堆裏凸出什麼尖銳物。定睛一瞧，原來是被埋在雪堆裏的灌木尖端。看起來不太像路的小徑，沿著林中往上盤旋。好不容易走到地圖上標的入口處，靠近東邊，也是離別墅最近的毘沙門沼附近，爲了擦拭背上的汗水，很快就用盡了兩條毛巾。這時的山野林間感覺不是那麼愉快。

可是、可是——

每逢觀光旺季會有很多小船浮在水面的毘沙門沼，散發出難以言喻的玄妙景色，並不只是單純的藍色。依看的角度和光線的折射，還會轉換成綠色，或是帶點深橘和銀色等各種變化。水面上倒映著磐梯山的倒影，和周圍的純白達成某種協調感，我邊讚嘆眼前美景邊從背包裏取出相機按了好幾次快門。

光是這美景就讓人覺得被雪深埋、汗水淋漓的辛苦總算值回票價，勇氣大增，勉勵自己繼續往前走。終於左手邊出現一處沼澤，我用相機拍下這曾經歷酸化鐵作用而呈現過橘色的翠綠水面。好不容易走到深泥沼、龍沼，但是雪中行軍實在有些疲倦，好幾次想放棄，可是想到都已走到這了，還是繼續往前走到弁天沼、琉璃沼吧。我站在連一半告示牌都已經埋在雪中的湖畔，邊遠眺吾妻連峰邊休息。雖然天空還是一片蔚藍，但是隱隱約約雲快從西方飄過來似的，也許如氣象預報所說，傍晚時分會下雪。

「休息夠了。」

我擦擦汗，又回頭走向來時路。毛巾已差不多乾了。回到度假別墅後，得先沖個澡再用午餐。

折返到半路時，發現積雪上留有一對陌生足跡，看來有人跟在我後面也走進尋幽小徑。而且奇怪的是，這些足跡偏離小徑，朝向南側的落葉松林前進，我滿腹狐疑。爲什麼要刻意走向沒有小路的地方？那裏有些什麼嗎？根據地圖，上面只畫了幾個小小的湖沼。

也許跟上前去能發現到什麼，我想。試著循這些足跡往前走去，也許會有什麼有趣的光景可當作小說素材。

我重重地踩在留在雪跡上的腳印，一步步向前走。往前約走了五分鐘，發現林間有一處小小的沼澤。在清一色雪白中，那澄清的琉璃藍像夢境般鮮明，一處人跡罕至的秘境。

我喘著氣繼續循這些足跡前進。也許那個人往更深處走去，我開始思考有追下去的必要嗎？

在樹木攔腰折斷處，可望見整個沼澤全景，美得令人屏息。雖然是個大小只有三十公尺左右，小而雅緻的沼澤，但是水色與其他尋幽小徑上的沼澤相比，毫不遜色。定睛凝視那神秘的顏色，彷彿整個人會被吸住似的。——可是讓我驚訝的並不只有這風景。

有個人背對我站著，而且是個女人。長長的頭髮披散在黑色外套上，髮梢在風中輕輕搖曳，而且那飄動的長髮是頭金髮。引導我來到這裏的就是這位女子，只是有點意外是位外國女子。不，也許反而鬆了口氣。

眼瞼內側有些灼熱，我想這輩子都不會忘記此情此景，那是多麼美麗的背影啊！我只能默默地讚嘆那佇立在湖畔的背影像融入風景般，像幅名畫。

她好像完全沒察覺我就站在她身後，一動也不動地站著。我很慶幸能看到這幅名畫。好像連按下快門都有些粗魯無禮，我只能盡力將這幅美景停留在記憶中。她到底在這裏做什麼呢？這時的我還沒湧起這些疑問。那纖細的肩膀微微顫動，邊拂去落在膝上的雪，邊向沼澤方向前進。這時，我的腦中忽然閃過一道紅色閃光。

「Stop！」

我對著陌生人大叫邊向她衝去。她像被嚇到似地停下腳步，回頭看我。那雙睜得大大的，深邃的藍色眼瞳就像面前的湖水般。

「千萬不能作傻事啊！」

我邊撲向她邊緊緊抓住她那像陶器般冰冷的右手腕。像防止她掙脫似地，下意識地用左手摟住她的肩膀。包在外套裏的身軀感覺比外表還來得纖細，觸感非常柔軟。

「你想幹什麼？」

她說的是日語，聲音裏帶著憤怒與驚訝的情緒。我直覺地認爲她似乎一臉驚恐地瞪著我，讓我有些尷尬，放開抓住她的手，她順勢推了我一把。

「沒什麼啊……」我邊用空著的右手搔著瀏海，「只是想阻止妳作傻事而已……」邊這麼說。

「阻止我？爲什麼？」她講得一口流暢日語。看來不需要搬出我的破英文，眞是太好了。

「妳不是想跳入沼澤嗎？所以才急著阻止妳。」

「跳入沼澤？」她一臉疑惑地歪著頭。看她這樣子，我有些不安地覺得也許是個大誤會。不，肯定是的。「該不會你以爲我要自殺吧？」

被這麼一問，也只好老實地回答「沒錯」。她會很生氣呢？還是啞然失笑？我緊張地嚥了嚥口水等她的反應，結果這兩種假設都沒猜中。

「我看起來像是要自殺啊……」她用低沈、晦暗的聲音回答。金髮披散在低垂著眼的臉龐。看來我的話深深地傷了她的自尊。

「眞的……很不好意思。」我趕緊道歉，不過場面實在有些尷尬，我委實太魯莽了。

「沒關係。」她睜睜地看著我，又立刻垂下眼，感覺得出她對我並沒有什麼戒心。

我不太會猜白人女性的年齡，大概三十來歲吧。微鬈柔順的長髮包著一張雪白透明的臉，挺直小巧的鼻樑和薄薄的唇形，散發出高雅氣質。原本因爲我的突然出現而驚懼的細長雙眸，冷靜下來一看，眼形滿細長的，雙眼皮與深邃藍色眼瞳，眼尾軟弱地下垂，有種難以言喻的孤寂感。如果方才是從正面瞧到她的眼神，也許會更確定她是眞的打算跳水自殺吧。也許是因爲髮色和膚色太淡，給人一種精神不是很好的感覺。

不，難道她眞的沒有一絲想跳水自殺的念頭嗎？也許是因爲我突然出手阻止她，才故意裝傻，掩飾心裏眞正的念頭。

「我沒事，我眞的沒有想自殺的念頭。」

她似乎看透我的疑惑，這麼說。但是我還沒有完全放心、相信她所說的。

「冒昧請問，妳來這裏做什麼？」

面對我突如其來的問題，她倒也沒有拒絕回答。抬起臉，簡短地回應。

「這裏是我孩子去世的地方。」

「妳的孩子……？」

「嗯。我的孩子就是掉進這裏死去的。四年前的八月十三日。之後每個月的十三日我都會來這裏，『媽媽永遠都不會忘了你哦！』爲了向我孩子說這句話。」

「原來如此。」

該死！我居然對如此哀傷的母親抽絲剝繭地扒開她的傷口，心中再度湧現一股羞恥感，讓我幾乎想一頭撞向離自己最近的樹幹。我居然破壞了她與死去的愛子最重要的時光。

「我爲我的冒失深感抱歉。」

「沒關係，你眞的不需要道歉。畢竟你是出於好心阻止我作傻事的。」

「聽妳這麼說，總算心裏好過一些……」我只能像個孩子般搔著頭。

「你出手阻止我時，我是面向沼澤吧？」

「啊？」這還眞是個妙問。

「嗯，是的。」

「我一點都沒察覺呢！腳竟無意識地動起來。」她將外套的大衣領拉緊。「也許是流音在呼喚我吧。」

她的臉浮起一抹哀傷、微弱的微笑，黑色外套宛若喪服般，飄散出難以言喻的沈重哀傷。

「RUNE是妳死去孩子的名字嗎？」

「是的，是個小男孩，只有七歲而已。RUNE是漢字，寫成流音。」

「寫成漢字……流音是日本人嗎？」

「是的，他父親是日本人。我嫁來日本，就住在這附近。」

聽到這時，我「啊」地一聲大叫。因爲附近應該沒有住什麼跨國婚姻的夫婦。

「莫非妳先生就是童話作家乙川隆先生？」

我居然用了「莫非」這般愚蠢的字眼。因爲從看見她那一頭金髮，我就多少猜想到了。

「沒錯，原來您知道啊！」

「是的。因爲剛才聽別人提及妳先生的事。」

她面露狐疑之色，我只好再說明一次我是從昨天開始住宿在她家隔壁度假別墅的客人，所以是從迫水夫婦那裏聽說的。她才露出「原來如此」的放心表情。

「迫水先生常來我家玩，不嫌棄的話，也歡迎一起光臨寒舍。我會準備些美味的茶水與點心當作謝禮。」

「千萬別這麼客氣。」

我發現自己從方才就一直搔著頭，趕緊慌張地放下右手。可能是這動作有些突兀，她微微地笑了笑，而且還是生氣蓬勃的笑靨。

「我叫薇若妮卡。」

「敝姓有栖。非常謝謝妳的盛情邀請，妳們家眞是豪華啊！聽說這附近都稱府上爲瑞典館，是吧？」

「因爲我是瑞典人，所以大家才這麼叫。其實建築型式並沒有什麼瑞典風格。」

「我會和迫水先生一起過去拜訪的，期待愉快的下午茶時光。」

於是我和薇若妮卡夫人道別後，便準備離開，但是她卻跟在我後面一起走。看來她果然很習慣在雪地上行走，呼吸一點也不紊亂，也許是因爲祈願時光已經告一段落，心情放鬆的緣故吧。

「流音，媽媽會再來看你的。」

她停了一下腳步，看著湖面留下了這句話。

3

「您回來啦！」十二點半左右回到下榻處，倫代在玄關迎接我。

「很冷吧！看您的外套都溼了。五色沼很漂亮吧？」

「眞的很漂亮。不過費盡千辛萬苦才看到就是了。」

我脫下羊毛外套，在玄關抖乾淨身上的雪。因爲連靴子也浸了雪，所以襪子溼溼的非常難過。

「雖然美景當前，不過薇若妮卡夫人更漂亮，對吧？」突如其來問道。

「啊，爲什麼這麼問？」

「你們一定在哪裏遇見是吧？我從這扇窗看到你們一起走過來呢！看來你們已經認識了。」

「是因爲發生了一點事。」

我告訴他們在沼澤邊相遇的經過。端著咖啡的迫水太太「哦！原來如此。」嗓門扯得有點兒誇張。

「那時聽到她的小孩才七歲就因爲意外過世，眞不曉得該怎麼安慰她。眞是可憐啊！」

「那時的情形我還記得一清二楚。連我也哭得很傷心。邊想著也許天一亮那小孩就會平安無事回來，邊搜索著，沒想到竟然會發生那種事。畢竟我們家有個比流音小三歲的兒子，多少也能感同身受啊！眞是一件讓人悲傷欲絕的慘事。」

當附近鄰居得知小孩失蹤時，紛紛加入搜尋行列。迫水夫妻也不停地叫喚那孩子的名字，找了一整晚。

「不太清楚夏天時那沼澤周遭長什麼樣子，那地方很危險嗎？」

我啜飲著今天的第三杯咖啡。迫水太太在廚房裏開始準備午餐。

「這附近的池和沼澤都沒有圍什麼防護柵欄，所以說危險也算挺危險吧。看他每次都在林子裏活蹦亂跳跑來跑去，也許是一時不小心才摔了下去。那孩子很喜歡捕蟲子，可能是追著蝴蝶跑時，不小心掉進去了。」

拿著捕蟲網奔出家門的孩子，就這樣一去不回，最後屍體被發現浮在水面上，這種事叫人情何以堪。

「我們家的大地有時也會跟著流音一起去森林玩耍，自從發生那件意外後，有好長一段時間即使有他爸爸陪著，他也不敢踏進林子半步。」

大地是迫水夫婦兒子的名字。雖是個過於內向怕生，連和客人打聲招呼都不肯的小孩，可是在父母親百分之百的關愛下成長，應該不會讓人操心。因爲今天是週末，大地應該快從學校回家了。

「看著薇若妮卡夫人站在沼邊的背影，很容易讓人誤以爲她要作什麼傻事似的，可是總覺得好像有種……總覺得她給人的感覺有點悲悽……」

「就是啊！」迫水太太這麼回答時，不知何故語氣顯得有些興奮。「可能是受到太大的打擊，才會給人這樣的感覺。自從流音出事以來，薇若妮卡夫人就一直很消沈。最近好不容易稍微打起精神，可是看起來還是有點陰鬱。今天早上我先生不是一直稱讚她是位美女嗎？可是因爲太過陰沈，感覺比較像『幽靈或是雪女』吧。我實在不應該這麼形容，眞是不好意思。我先生聽到我這麼批評薇若妮卡夫人時，還很生氣地斥責過我呢！也許她原本是個很開朗的人。」

明明才剛和她道別，腦海裏卻一直浮現她那悲悽的面容，感覺自己像個陷入戀情的高中生般。戀情？白癡啊！一開始就知道對方是有夫之婦還這麼想，就太危險了。但也不盡然，而是不太像戀愛，一種難以言喻的感覺。並不是想念心愛之人的情感，也不是出於同情。明明可以用言語來表達的情感，爲什麼就是形容不出來呢？

在我啜飲咖啡時，晚餐已準備好了，我決定捨棄沖澡一事先飽食一頓。因爲連T恤都溼透了，肯定沖澡得花點時間，而且不知道是否因爲運動過後的關係，剛好覺得肚子有點餓。

喝著能讓身體暖和的濃湯，眞是幸福啊！「要不要再來一碗？」被這麼一問，我貪心地再將餐盤遞給迫水太太時，迫水先生剛好回來。他好像開車去鎮上買東西的樣子，雙手提著裝滿日用品的購物袋。

「有看到五色沼嗎？」

聽到迫水先生這麼問，迫水太太搶著替我發言，「跟你說哦……」說了我不僅看到五色沼，還巧遇薇若妮卡夫人。當然也提到我誤以爲她要跳水自殺而出手搭救一事。

「這樣啊！她每個月十三號都會去那裏嗎？沒想到雪積得那麼深，她還能走到那裏。」

迫水先生好像很佩服似地，順手將購物袋放在身旁的椅子上。不小心碰到放在盆栽車上的園藝剪，發出卡嚓卡嚓的聲音。

「有栖川先生在沼邊只見到薇若妮卡夫人一個人嗎？」

「嗯，是啊！」

只有她一個人很奇怪嗎？我這麼想。迫水先生單手靠在高背椅上。

「如果是去沼邊，應該會帶他一起去啊！其實隔壁昨天有客人來訪，那位客人在流音去世時剛好到乙川家玩，如果他知道薇若妮卡夫人因爲思念流音而去沼邊，一定也會跟著去才對啊……」

準備幫我再舀一碗濃湯的迫水太太，對我們的話題很有興趣似地，回過頭來。

「哦！綱木小姐和等等力先生昨天來了嗎？我怎麼一點都沒聽說啊？」

「買東西的途中，在四角碰到他們的。他們說難得天氣還不錯，想在雪中散散步。我停下車和他們打聲招呼，他們是昨天到的。自從流音發生意外以來，這還是他們首次相約一起來玩呢！等等力先生還主動開口跟我說：『自從那個夏天以來，我已經好久沒在這和淑美小姐碰面了。』」

「他們也是整晚拚命叫喚流音的名字，在這一帶來回搜尋呢！那件意外不只對乙川先生一家是個永遠的傷痛，對他們而言，也是個遺憾。我想像之前那樣輕輕鬆鬆來玩，已經不太可能了吧。」

「說得也是。」

我只能這麼回答。迫水先生從購物袋裏拿出東西。

「有栖川先生，我們三點過去瑞典館，剛好赴下午茶時間，在這之前您可先稍微休息一下。」

他邊揮揮手上發出卡嚓卡擦聲響的購物袋，邊往裏面走去。

「聽說隔壁人家很好客，常常有客人來訪嗎？」

「是啊，因爲乙川先生結婚前是在東京工作，所以常常有東京的朋友來訪。他好像常對朋友們說：『將我這當自己的家來玩吧！』可能是搬來這裏的乙川先生有點寂寞，很想念朋友吧。」

「和他太太的感情如何？」

「聽說好像有段很轟烈的愛情呢！這是我聽別人說的。因爲薇若妮卡夫人個性比較害羞，會有點不知所措吧。我想好友綱木小姐和等等力先生一定幫了他不少忙。」

面對容易害羞的乙川太太，實在很難啓齒問些什麼。迫水太太一副想煽風點火的模樣，看來還是別多問比較好。

「我吃飽了。」

我用完中餐，打算從起居室挑一本乙川隆的書帶回房間看。因爲瑞典館的午茶時間，會聊些關於主人的作品，基於禮貌還是應該先作點功課才行。當然我平常都是讀些小說和評論文之類的，不過如果是以兒童讀者爲取向的創作童話，我應該會有興趣看完吧。而且之前有提到，我並不討厭兒童文學。

要讀哪本書好呢？我看著排列在起居室牆上書架的成排書背時，突然聽到一聲「我回來了」，原來是大地那孩子回來了。「今天怎麼這麼晚啊？是不是沒趕上巴士？」「我繞過去朋友家借遊樂器啦！」聽到這樣的對話。少年時代也很乖巧的我，不想在有點文靜過度的孩子身上貼上任何負面標籤。我只是不希望所謂文靜乖巧的個性和什麼怪癖字眼有任何牽扯。可是就算看到我，大地少年還是一副唯唯諾諾樣，實在很想拍一下他的背，叫他振作一點。

拿著乙川隆的書的我，並未立刻回到二樓房間，而是向站在餐廳的他打了聲招呼，「大地，你回來啦！」只見留著妹妹頭的少年，輕輕地點頭應了聲「嗯」。老實說，這回答實在很沒精神。

我將手上的書放在床上。

書名爲《魯諾的不可思議之旅》。好像是講一位叫作魯諾的少年的冒險旅行故事。封面繪著一個滿臉雀斑、一頭金髮的小男孩，抱著一頭圓滾滾的海豹，在密林間溯溪而上。這個叫魯諾的小男孩，大概就是乙川隆的愛子・流音的化身吧。

翻開扉頁，果然證明我所想的。

上面寫著：獻給死去的流音。

我邊被封面上的海豹給吸引，邊開始閱讀。

4

三點過一些，我和迫水春彥一起前往瑞典館。好像是薇若妮卡夫人打電話來，問我們要不要過去一起用下午茶。

「記得我早上說過，就算是叫瑞典館，也不是什麼有特別異國風情的建築物。不過就算薇若妮卡夫人不在，也不能說跟瑞典毫無關係。」

「走近一瞧您就會知道，那是原木屋式建築，就是那種四方角的設計啦！那可是出自瑞典很有名的原木屋建築師之手哦。從拉普蘭（譯註：Lapland，位於芬蘭，北極圈以北之地）的原木中選出來的上等貨，每根都是使用樹齡三百年左右的瑞典松材呢！我們家用的都是便宜木材，乙川先生家可就大手筆囉！雖然已蓋了五年，可是外觀顏色卻愈來愈好看。」

迫水先生一個人自顧自地佩服著。聽他提過，在還沒蓋度假別墅前他是個喜歡到處研究建築物的專家。

「我想瑞典那國家應該沒有什麼很大的民家建築。因爲幾乎都是小家庭，很少有兩代家庭的關係，很少有什麼集合式住宅或是大宅院邸。所以囉！瑞典人引以自豪的家具都是小巧精緻的手工品，不是嗎？而且很實用。」

只見他滔滔不絕地說著，也許因爲我是個忠實聽衆。換個角度想，他這也是變相在幫助我搜集資料。

整棟建築被埋在深雪中，低低的木柵圍在宅邸四周。明明只建了五年，但是木柵卻像是朽木般陳舊，我想應該是爲了營造野趣，故意設計成這樣吧。

因爲屋簷採斜面設計，所以二樓似乎是寬闊的閣樓。風格特殊的暗黃色松材，殖民地風格式的天空藍屋簷和黃色窗框的組合看起來有些不協調，但是我終於發現，那樣的藍色與黃色就是瑞典國旗的顏色。雖然不知道是夫婦倆誰的主意，畢竟採用了薇若妮卡夫人祖國的象徵色。我想像著，也許是乙川隆爲了發揮愛妻精神而決定的點子。無論如何，用色眞的很符合瑞典館之名。

庭院望去也是雪白一片，到處都種植著低矮樹木，好像是柿子還是栗子這類的果樹。一角放著方便夏天開烤肉大會，可使用的桌子和椅子，就在離這稍微遠一點的另一頭，有間看起來好像沒放什麼雜物的小倉庫，不鏽鋼製煙囪從屋簷冒出來。

走在雪掃得十分乾淨的庭院小徑，爬了幾階小樓梯。大門是用厚實的木料製成，鑲著圓圓的門環。迫水春彥按了一下門鈴，很快就有人來應門。

「歡迎來到寒舍，有栖川先生。剛才眞是太失禮了。——你好，迫水先生。」

看到薇若妮卡夫人露出像花般笑靨迎接我們，讓我著實鬆了口氣。聽到她要邀請我們喝茶，難免還是會擔心這眞的出自於她的眞心嗎？會不會太勉強，心中有著些許疑慮。但是看到她和方才那露出憂鬱眼神的樣子完全不同時，總算放下一顆心。

「請進、請進。」

「打擾了。」

一進去就覺得格局十分氣派。四周空間寬闊得無法想像，感覺頭幾乎快頂到天花板。爲了讓室內暖氣流通，天花板上還裝有電風扇，但是看起來好遠好小。到處都看得到粗粗的橫樑和柱子。客廳非常寬敞，桌子、椅子、牆面的裝飾架等，處處流露簡單、洗鍊的北歐風情設計，放在一角柱子旁的黑色暖爐燃燒著。右邊就是一座階梯，中途呈直角曲折直通二樓。扶手裝飾著鬱金香，感覺頗爲華麗。姑且不論品味高低與否，屋內用色十分調和，非常舒服。一股芬芳的原木香氣悄悄地將眼神忙著四處打轉的我給包圍住。

暖爐邊的沙發上已經坐了兩位先到的客人，其中一位女性看起來與薇若妮卡夫人年齡相仿，另外一位則是約莫四十來歲的中年男子，兩人向我和迫水先生輕輕頷首問好。

「我來介紹。這兩位是我的朋友，綱木淑美小姐和等等力末臣先生。這位是剛才向你們提過的有栖川先生。有栖川先生目前投宿於迫水先生的別墅，從事推理小說寫作。」

薇若妮卡夫人適切地幫我們介紹彼此。從迫水夫妻口中聽過綱木與等等力的名字。他們都是乙川夫婦還住在東京時就認識的朋友，四年前乙川夫婦痛失愛兒時，他們也碰巧住在這裏。

「您好，敝姓綱木。從事插畫方面的工作，以兒童書爲主。」

不遜於薇若妮卡夫人的纖細身材，瘦削嬌小的綱木淑美自我介紹。從羊毛高領突出的頸項，像鶴般細長。有些誇大的眼鏡框下，是雙明亮有神的大眼。不論是鼻子還是塗著口紅的嘴唇都稍嫌大了點，總之五官非常鮮明。

「敝姓等等力。經營一家小型建設公司。請多指教。」

男人則是長相十分白淨的菁英分子樣。沒什麼皺紋的寬額與濃眉細眼，感覺有些陰柔。穿著華麗格子紋的夾克，淡紫色襯衫搭配木雕紋領帶，十分相稱，感覺滿會打扮的。與其說是建設公司，還不如說從事服裝方面的工作比較適合。

薇若妮卡夫人一手捧著盛有咖啡和手工餅乾的大銀盤，一手幫綱木和等等力的杯子裏再倒些咖啡。

「我說有栖川先生啊！聽說您早上在沼澤邊和薇若妮卡相擁？」綱木的用詞有些莫名其妙。

「不是這樣的，那是個誤會。我只是……」

感覺好像愈描愈黑，只見對方發出咯咯笑聲。

「我是剛才聽她說的。她說你整個人撲向她，有種像是『第二春』的觸電感覺，碰巧就成了相擁的樣子囉！」

「應該……還不到相擁的程度吧。」

我露出一臉困惑樣，只是讓自己陷入更尷尬的境地，於是那咯咯的笑聲再度響起。

「淑美，可別在我老公面前亂說哦！那個人搞不好會亂吃醋呢。」

薇若妮卡夫人用聽不出來是開玩笑還是認真的口吻，向友人這麼說。只見她雙頰微微泛紅，也許是真的害羞。過了一會兒，才像鬆了口氣似地趕緊招呼我們坐下來。

「隆先生很會吃醋哦！沒辦法，誰叫太太長得漂亮。」

等等力像是為了緩和氣氛似地這麼說。薇若妮卡夫人一臉認眞地聽著。

「隆的確很會吃醋，可是我也不輸他哦！」

「哈哈！薇若妮卡看起來就像個醋罈子。」

等等力笑道。薇若妮卡夫人倒是絲毫沒有不悅的樣子，只是靜靜地還以微笑。

「不過這世上還是有很多無法理解的事。隆會吃薇若妮卡的醋是理所當然，可是如果不知道內情的人聽到妳說的話，會覺得有點不可思議吧。難不成他很有女人緣嗎……啊，不好意思。居然這樣說妳最心愛的老公，眞是失禮啊！」

「眞的很失禮呢！等等力先生。」淑美雖然語氣有些責備，不過也似乎覺得挺有趣。「該不會眞的有招惹過誰吧？身爲女人的我可是清楚得很。隆先生眞的很有女人緣。該怎麼說呢……當然他是個很棒的人，不過倒也不是說哪裏特別好、哪裏特別出色，總之就是渾身會散發出吸引女人的男性賀爾蒙，所以薇若妮卡才會被他征服——我說得沒錯吧？」

「這個嘛……」有點害羞的薇若妮卡夫人一時詞窮。本以爲她在人前一定很吃得開，其實好像不然。

「來，大家請用。很好吃哦！」

淑美一副女主人的架勢，招呼我吃點心。我喝了幾杯咖啡，但是餅乾卻連碰也沒碰。

「這個叫作貝帕卡卡（譯註：北歐一種傳統點心），有放生薑。好吃嗎？」

淑美問。這是她烤的嗎？我在心中思忖著。後來一問，果然是薇若妮卡夫人親手烘製的。

「眞的很好吃呢！這是瑞典的招牌點心嗎？」

坐在淑美旁邊的薇若妮卡回答「是的」。沙發椅的寬度其實並不太大，不過因爲她倆都屬於纖瘦型，還是綽綽有餘。

「這是每個家庭都會做的點心，因此每一家口味各不相同，記得有句俗語『吃了貝帕卡卡，就會變成親切的人』。」

「哦！只是吃片餅乾就可以改變個性嗎？那可眞不錯啊！如果眞的那麼靈，我倒是想帶片回去給我一個朋友吃。」

我的腦海裏立刻浮現那位任職於京都某私立大學，教授犯罪社會學的副教授的臉。他現在應該還是很生氣地在批改學生們的報告吧。

「有栖川先生是哪裏人呢？」

「大阪。來這是爲了下一本小說的取材工作。」

「聽說您是個推理小說作家呢！因爲我都是畫童書的插畫，只要是和童書有關的人士幾乎都認識，這還是我第一次接觸寫作推理小說的作家。眞的很不好意思，身爲讀者的我卻沒看過什麼推理小說。因爲大部分的推理小說都是描寫那種殺了很多人，流了很多血的故事，總覺得讀起來有點恐怖。」

果然沒錯，就是有這種人。就是那種看電視上播的恐怖影集，看到犯人臉上濺滿血的場面就怕得要死的人吧。因爲要在電視上播映，所以場面營造一定比原作來得更血腥、誇張，也就是因爲這樣而有所誤解。其實我自己也很怕血，當我還在念法學院時，每次上刑法那門課，聽到實際殺人案件的經過情形，就會覺得很不舒服，甚至怕得連拿筆記本或是筆的力氣都沒有。看到染滿鮮血的繃帶就會嚇得全身無力，實在很沒用。當我說出這些事時，她一臉驚訝的樣子。

「有栖川先生好像會以我們家別墅當作小說舞台，到底會是什麼樣的故事？眞令人期待。可是參觀過你們家這般豪宅，肯定會覺得我家很寒酸，搞不好就不拿我家當題材了。眞令人擔心啊！」迫水先生說。

「是叫『瑞典館殺人事件』嗎？嗯，好像挺有趣的。其實這座宅邸是我們公司蓋的哦！」

等等力邊抬頭四處張望邊說。他之所以這麼說，是爲了介紹自己經營的建設公司吧。

「我們不僅是建造像瑞典館這樣的原木屋，也蓋了不少當地一流的建築。一提到原木屋，大部分的人會聯想到美國或是加拿大。畢竟乙川太太的祖國是瑞典，因此當下決定採用北歐風格。不，講到這個嘛！本來是想以北美的原木屋爲藍本，其實說到原木屋的始祖，十七世紀後半美國東海岸蓋的那些原木屋，都是出自瑞典人之手。」

這位建設公司老闆還挺長舌的，也許是太喜歡自己的工作。

「雖然瑞典館是屬於乙川先生的，但也是本公司的作品之一。正因如此，如果您寫的小說是以這裏爲舞台，本公司的每位員工一定會買您的大作。」他似乎覺得這麼說很幽默，高聲大笑起來。

「推理小說作家來童話作家家裏作客，可眞有趣。對了，我們的童話作家呢？」

淑美往樓梯上方瞄了瞄。乙川隆好像在樓上的樣子。

「我去叫一下他好了。他平常也是這時間會下樓喝茶。」

薇若妮卡夫人才爬到一半，樓梯那端冒出個巨大身影。「唉唷！我正準備去叫你呢！」夫人出聲，原來他就是童話作家——乙川隆。

「喔，是嗎？我在爸爸的房間閒聊。」

乙川用低沈的嗓音回應。聲音粗得讓人有些驚訝，我忍不住「啊」地輕叫了一聲。

5

雖然早耳聞過他的身材十分高大，但是看到近百公斤的壯碩身軀還是令人有些驚訝，實在無法聯想眼前這個人就是童話作家乙川隆。肥胖狀碩、充滿威嚴感的身軀，有著一對柔情雙眼的中年男子，雖然大致都在料想中，但是本人的樣子比想像中還要誇張幾倍。有些稀疏的毛髮下方那對眼睛，的確像草食動物般柔和，被厚厚的雙頰肉往上推擠就瞇成了一條線似地可愛，還有個圓圓的鼻頭。相較於PENSION SUNNY DAY的老闆，一臉不經修飾的絡腮鬍，備增華麗感，氣色看起來相當好，尤其是那雙下巴，看起來眞有福相。穿著應該是夫人親手織的白色毛衣，和一條像是特別訂做的牛仔褲。兩手就插在那沒有繫皮帶的褲袋裏，那雙手就像是兩串巨大香蕉。

不，實在無法清楚說明他的眼睛大不大，他的手如何，其實可以用一個名詞來形容看到他瞬間的印象。

那就是「海豹」。

「今天的午茶時間可眞是熱鬧，聽說還有住在迫水先生那邊的客人也來了。」

童話作家慢慢地步下樓梯，走向我們。薇若妮卡夫人向他介紹我。

「您就是有栖川先生吧？內人向我提過你們見面的經過，眞是不好意思，竟然以爲您是什麼奇怪的人。」只剩最華麗的那張椅子還空著，他邊坐下邊這麼說。椅子還發出嘎嘎聲響。

「哪裏，是我冒失，眞是不好意思。」

坐在我面前的乙川隆上半身也很魁梧，應該比一七五公分高的我足足高了五公分左右。胖得幾乎沒什麼脖子，好像直接從肩膀長出頭似的，愈看愈覺得他像極了海豹。

和薇若妮卡夫人站在一起，根本就是美女與海豹。

希望別讓他誤會我像是小孩子第一次看到巨大遲鈍的動物般，露出欣喜表情才好。也不希望讓他覺得我這個王老五嫉妒別人娶了美人妻——也許眞的有這麼一點感覺吧。

其實之所以從他坐下後，就一直強烈地將他與海豹聯想在一起，是有原因的。因爲我才剛讀完他寫的那本《魯諾的不可思議之旅》，書裏就有一隻大海豹。主人翁魯諾少年騎在牠的背上，到世界各地冒險的白卡爾海豹。我從一開始就好喜歡這隻大海豹。他就是那隻身形巨大、好脾氣、看起來有點遲鈍，其實很冷靜沈著，有膽識又勇敢，充滿智慧又有見識的海豹。雖然推理作家與童話作家的創作領域不同，但是同樣都是從事文字創作，他卻能創造出這麼富有魅力的角色，眞的讓我既羨慕又佩服。

總之，那隻海豹是眞的有參考藍本存在，而且不是別人，就是作者自己。故事的主人翁，金髮少年魯諾，很顯然就是死去的流音，而他的好夥伴就是父親乙川隆。藉著他的筆讓愛子再度復活，而他自己則化身海豹，編織出一個精彩有趣的冒險故事。我無法完全理解身爲作者、身爲父親、是以什麼樣的心境來創作這個故事。我只能想像他是抱著興奮之情，彷彿心裏點了一盞燈似的，一種彌補椎心之痛的補償作用。

「我拜讀過您的大作《魯諾的不可思議之旅》，眞的是部很有趣的作品。白卡爾是個很棒的角色。」

白卡爾就是這隻海豹的名字，就是直接以白卡爾種海豹來命名。

「謝謝您，眞是不敢當。我也收到很多小孩寫來的信，說他們好喜歡白卡爾，我也很高興。原來您也很喜歡這個角色啊！那您知道……牠是以誰爲藍本創作出來的嗎？」他邊這麼說，邊摸摸他那凸起像太鼓般的大肚皮。

「該不會就是乙川先生您自己吧？」

「既然您都這麼說，我也就不好再否認了。哈哈，一看就是在寫我自己吧。沒錯，您猜對了。不過現實中的我並不是那麼聰明，心胸也沒那麼寬闊。其實所謂冒險心就是輕度的膽小鬼。」

「可是我好久沒有感受到男子氣概是件多麼棒的事。」

魯諾和白卡爾冒險旅行的目的，是爲了救被施了魔法而昏睡不醒的母親，必須前往世界盡頭拿到所謂的光之茸。陷入窘境的魯諾一時失去信心，幸虧有白卡爾在旁一直幫他打氣加油。而且還對魯諾說「交給我吧！」設法突破難關，讓魯諾重拾信心。一開始老是依賴白卡爾的魯諾，也漸漸地產生勇氣，學會如何克服困難，讓海豹白卡爾對他刮目相看。兩人關係就是理想親子的典範。魯諾從白卡爾身上學到許多東西，學到什麼叫作男子氣概。雖然古語有言，男子氣概爲美德，娘娘腔就是惡德的性別歧視——這兩句話都是嚴重壓抑男性心理的說詞。其實講明白點，就是兒子從父親身上學到所謂的男子氣概。作品中主人翁身負解救被施魔咒而昏睡的母親的重責，對主角而言，猶如發光聖杯般的光之茸就像隱喩男性的陰莖，可以感受到作者周到的布局與解釋。

「您這麼稱讚，眞是不敢當啊！那是個描寫小男孩成長的故事，能得到這樣的誇讚，我眞的很高興。您說得沒錯，很久沒聽到男子氣概這個老掉牙的詞了。激勵了小男孩們勇往直前的決心。」

「沒有激勵到小女孩嗎？」

等等力先生突然插了這麼一句話。只見乙川隆嗯地發了一聲鼻音，這聲音聽起來還眞像海豹。

「當然也有囉！在其他的作品吧。男孩子打從出生那一刻起就背負著重責。不過我也能夠想像女孩子的辛苦。所以我會將這故事設定爲激勵小男孩，那個故事設定爲激勵小女孩。告訴每個小朋友遇到困難，要有不服輸的精神。」

「您也喜歡海豹白卡爾嗎？」

這是我最想問的問題，果然回答「Yes」。

「幾年前在金澤的水族館見過，立刻就喜歡上。那時我死去的兒子也一起去呢！『啊，爸爸在水裏游泳耶！』還興奮地大叫哦！——有栖川先生也看過眞的白卡爾海豹嗎？」

沒錯。

「我在鳥羽的水族館見過。可能是被稱爲人魚始祖的海牛在水槽另一頭的關係，其他觀光客全都圍了過去，只有我一直看著白卡爾海豹。像牠看起來這麼好脾氣的動物應該不多吧！一直站在那裏呆呆地想著，一動也不動。」水槽中有幾隻看起來一臉呆呆的，啊啊，應該說有好幾個看起來好悠然自得的乙川先生——在水裏游泳。圓滾矮胖的體型，不論哪隻都是悠閒地由右到左，由左到右，沒有休息地來回游來游去，看起來有點奇怪，滿好笑的。他們似乎完全沒意識到自己的身體到底要朝上下左右哪個方向游去，還露出肚子很奮力地往右邊游，只見鼻頭一碰到牆壁，立刻反轉一百八十度，以仰式往左邊游去。而且是以那種眞想叫人「別急，慢慢來。」的速度游著，不論身體向哪個方向，牠那巨大的水中身影看起來就是有種痛快感。水族館宣傳看板上畫的白卡爾海豹也是身體往上方傾斜，露出大肚皮，模樣十分有趣、可愛。我心想怎麼會有這麼可愛的動物呢？隔天就看到池澤夏樹以白卡爾海豹爲主角所寫的散文。池澤氏也「眞的是很美的一種生物」給予這般評價，我也深有同感。就這樣被白卡爾海豹深深吸引的我，對於乙川隆將牠拔擢爲第二男主角的故事，給予極高的評價。並不只是因爲作者本身就像極了白卡爾海豹，而是身爲這動物的迷，根本就是感動得想和他握手稱謝。就像那種一心支援沒沒無名歌手的高中生，和歌手之間萌生了革命情感——這樣的譬喻很奇怪吧？

「白卡爾很幸運地受到許多小朋友的喜愛。可是這不是因爲我的筆力，而是因爲綱木小姐畫的插畫實在太可愛了。那些插畫眞的很棒吧？」

一點也沒錯。溫暖的筆觸，簡潔洗鍊、令人眼睛一亮的構圖。不過這還是初聞綱木小姐有位妹妹，而且和姊姊一樣都是從事插畫工作。薇若妮卡夫人還稍微插了幾句話說明一下。

「淑美小姐的妹妹輝美小姐也是插畫家。他們一起來我家玩，不過她妹妹今天有事出去了。」

這才知道瑞典館目前住著三位客人。回想之前聽到迫水夫妻的描述，乙川流音命喪沼中的那個夏日，那位綱木輝美應該也有來這裏玩。

「流音和白卡爾還會展開新的冒險旅程嗎？」

我問。只見童話作家又哼地一聲，發出重重的鼻音。這舉動倒不是有什麼輕蔑之意，只是他的一種習慣動作吧。

「我在試著構思新的冒險故事，想寫一個能激勵我自己的故事。也許會再以流音爲主角。」

流音的樣子永遠是個少年，不受年齡的束縛。也許乙川隆會繼續對天國的愛子和世上的少年們訴說關於男子氣概的故事。藉著這故事來撫慰那些跨越青澀歲月才能成長的孩子們，和自己那永遠無法癒合的傷口。

「流音大快朵頤吃螯蝦的樣子彷彿昨天才發生的事般。他還說他已經顧不了吃相難不難看了，因爲他最喜歡吃螯蝦了。」

淑美凝視著爐裏熊熊薪火這麼說，一旁的等等力點點頭。

「螯蝦啊！我想起來了。流音出事的前一天晚上，大家愉快地聚在一起吃螯蝦。」

啊？

在大阪舊市區裏長大的我，昭和三十年代，大阪市內到處還是空地和農田。發現脫殼的蛇皮嚇得驚聲尖叫，在水溝般的河川裏抓烏龜，在雨季的田圃中，以螯蝦當餌釣螯蝦，度過愉快的童年生活。所以聽到螯蝦自然就會想起釣螯蝦的回憶，那種東西能吃嗎？

「哈哈，一直在說螯蝦、螯蝦的，有栖川先生一定聽得一頭霧水吧。好了，就請薇若妮卡夫人幫我們說明一下吧！」

只見被迫水先生點名的薇若妮卡夫人，食指貼著臉頰思考著，然後用手指了指掛在暖爐旁的一幅畫。那裏掛著一張被氽燙得發紅的蝦子模樣的水彩畫。我心想，那是螯蝦嗎？

「剛才所說的螯蝦就是指這個，龍蝦（homard）。瑞典館會在每年八月龍蝦捉捕解禁時，開個龍蝦派對，這是瑞典館的夏季例行活動。因爲料理起來也很簡單，只要加入一種叫作 Auethum graveolens 的香草，再加點鹽氽燙紅透爲止就可以盛盤了，然後灑上一點起司粉、小餅乾和吐司屑就可以了。」

乙川隆再補充說明：「瑞典人大多都比較文靜害羞，可是只有在這種派對上就完全不一樣了。

我曾經在瑞典親身感受過，眞的很驚訝。大家就像變了個人似的，盡情地歡樂嬉鬧。他們謳歌盛夏的短暫，珍惜從早到晚的每一天。一到晚上，房間裏還會吊上像燈籠般的東西。穿著繪有螯蝦圖案的圍裙和餐巾，大嚼螯蝦。和他們相比，日本人拿著筷子掏蟹肉吃的樣子，實在優雅太多了。平常瑞典人吃飯時是很安靜的，但只有在這時才會杯盤齊飛、不顧形象發出咻咻的吸吮聲。那種熱鬧情景宛若一場祭典。流音就很喜歡這種氣氛呢！每次看到總是會數落他『不可以沒有禮貌』的媽媽，手拿蟹殼叩叩地敲，發出派對上最響亮的敲殼聲，他就會一副樂不可支狀！」

「我才不是派對上敲殼敲得最響的人，你形容得太誇張了！」

薇若妮卡夫人試圖糾正丈夫的說詞，卻不被理會。

在聽乙川隆補充說明的時候，我心裏竟有種：「啊，原來如此。」的感覺。我看過改編自世界知名，瑞典推理小說家荷瓦兒與法勒（Maj Sjowall & Per Wahloo）所寫的一系列以警察爲主角的代表作「馬丁．貝克系列」，裏面就有一幕奇怪的派對光景。明明不是誰的生日，也不是聖誕節，主角們頭戴三角帽，穿著印有漫畫圖案——那就是螯蝦的圖的圍裙，嬉鬧談笑地邊喝酒邊吃某種美食。就是那個，肯定就是所謂的螯蝦派對。

乙川隆挪了挪身子，椅子又發出嘎嘎聲響。「記得那天是八月十二日，雖然早了點，但是爲了配合綱木小姐和等等力先生來這裏的日子，那年是八月十二日那天開派對。其實就算沒有客人來，我們還是每年都會舉行。不單是美味的龍蝦，還有道地美酒。啤酒的話，還是日本產的比較好喝，一種叫作「舒耐波」（Schnapps）以馬鈴薯爲原料的燒酒更是不可或缺。起初是爲了內人、還有我岳父才開這派對的，後來我也喜歡上這派對，因此就成了我家每年的例行活動。」

「您岳父……也跟你們住一起囉？」我並不是想作什麼身家調查，只是一時好奇問問。因爲我以爲這間豪宅裏只有薇若妮卡夫人一位瑞典人，所以覺得有些意外。

「是的。」薇若妮卡夫人回道。

「我父親、和我先生的母親都跟我們住一起。」

「這麼大的一間屋子，如果只住薇若妮卡你們倆人就太不經濟了。」

淑美邊擦著偌大的眼鏡框邊說。想到我們家也是只有兩人而已，會不會太浪費空間、寂寞了點呢？這點我可以理解。

「我岳父受了點風寒在二樓房間休息，我母親則是每天習慣這時候午睡，所以他們不會下來和我們喝茶。」乙川隆用他那像雪茄般粗的手指指了指二樓。

「乙川夫人是什麼時候來日本的？」

這樣的詢問應該不會太無禮吧！本來一開始就想提問的，可是不曉得自己是謹愼過度，還是有些困惑，所以遲遲不敢開口。薇若妮卡夫人邊撥弄她那垂到肩膀的長鬈髮邊回答我。

「我五歲那年來日本，已經廿八年了。家父從事家具進出口貿易，後來就帶著家母和我，派駐來日本分公司。」

「後來就一直待在日本嗎？」

「不，倒也沒有。我在東京待了五年，十歲那年父親向總公司遞辭呈，舉家搬回瑞典，三年後又回到日本。因爲日本分公司這裏一直沒有好的領導人才，所以公司又拜託父親復職，來日本開創業績。因爲父親也很懷念在日本的生活，所以便很爽快地答應了。可是第二次來日本的三年後，總公司就倒了。」

薇若妮卡夫人滔滔不絕地訴說她父親的事，不知不覺間已經對我們講了她父親的半個人生。

「要是一般人，那時一定會回瑞典的，但是父親他並沒有。因爲有家經營北歐進出口貿易的日本企業想高薪聘請家父，所以他又決定留在日本。大概是因爲我父母親認識不少日本朋友的關係，就像我剛才說的，他們都已經成了道地的日本人了。後來他們就決定長住日本，我也一直都是唸一般的日本學校。雖然其間有回去幾次瑞典探望祖父母們，可是對於那時十幾歲的我而言，日本才是我的祖國。」

「我們是在我岳父快退休前結婚的。我岳母是在我們結婚前去世的。所以我們才計畫婚後搬來裏磐梯這裏，蓋間屬於我們的房子。後來就邀岳父前來同住。就算不是我邀他過來同住，岳父自己也會想過過下半輩子被大自然包圍、每天都能呼吸新鮮空氣的生活，所以一切都滿順利的。身爲瑞典人，覺得生活在大自然中是無比幸福的岳父，居然能夠在東京生活了二十幾年，實在不可思議。不過也許是擔心能不能和我媽相處，有些抗拒吧。」一乙川隆說。

「家父眞的很高興，不僅是磐梯山的美麗自然景觀，他說能和我們還有隆的母親住在一起，眞的很幸福。一般瑞典人的家庭都是小孩獨立後，就只剩下老夫婦倆。另一半死後就得一個人孤零零地生活，但是家父卻能有此幸福。也許父親是因爲非常贊同日本人這種老年生活的方式，所以我父母才會考慮長住日本。」

「岳父其實是個害怕寂寞的人，像日本人一樣依賴團體生活。但卻偏偏生在崇尚自由、講求個人主義的國家。」

我想乙川隆這番話當然並非批評，而是對岳父的一種深深關愛。

「像乙川先生這種人可眞是少見。」不曉得是否有感而發，等等力邊凝視窗外邊說。「像他們不是單純的二代同堂，而是和雙方長輩同住，再者又是跨國聯姻，眞是了不起啊！哪像我啊、和沒什麼機會好好相處的老婆和老媽，老是因爲一點小事就起爭執……唉呀！眞是讓大家見笑了。淨說些無聊事。」邊紅著臉，「不過和一些親戚，像是舅舅和姑姑之類的感情還滿好的，就該偷笑了，是吧？」

「應該是說好得有點奇怪吧？」

聽到淑美這麼說，「不會吧！」乙川隆笑了起來。

「哎唷，我說了什麼奇怪的話嗎？可是輝美就說過，看到他們感情這麼好眞是叫人嫉妒呢！眞的好羨慕喔！兩位失去老伴的老人家，就像男女朋友一樣愉快地度過晚年生活。漢斯先生和育子女士，一位是帥酷的老爺爺，一位是氣質高雅又美麗的老奶奶，看在旁人眼裏就像幅畫般美麗呢！因爲我和輝美都還小姑獨處，所以難免會受到刺激囉！」

雖然不曉得淑美這番話是否出自眞心，但是丈夫的母親與妻子的父親的確過著人人稱羨的老年生活。眞是幸福啊！這對一個人而言究竟有多麼重要，對於站在人生折返點，三十世代的我而言，確實有著深深感觸。

「別拿老人家開玩笑啦！妳們這對姊妹可眞是傷腦筋啊！」乙川隆邊說邊發出轟隆的鼻聲。不小心被童話作家發現我一直盯著他看，趕緊將視線投向遠方。因爲在他還未下樓之前的閒聊中，知道他對女性有股莫名的吸引力，所以好奇的我不知不覺就在找尋他的獨特男性魅力。我在心中思忖著，一個會對宛如畫中走出的美麗北歐籍妻子大吃飛醋的先生，到底散發出什麼樣的性感魅力呢……

結果我還是搞不清楚。他的長相連死去的愛子都覺得像極了白卡爾海豹，可以說稱不上一般的帥哥。但是他的溫柔和包容力卻是有口皆碑的，也許好丈夫、好父親就是他的無敵魅力吧。可是我還是無法理解。當然我的確很欣賞他的作品，他是那種還沒看到本人，就能夠充分感受到他個人魅力的人。可是如果照綱木淑美所形容，他是個會散發「吸引女性賀爾蒙」的男人的話，說實在的，我實在感受不出來。還是同性不太可能感受得到呢？雖然也有那種十分瞭解女人心裏想法的男人，但他是這種人嗎？如果眞有所謂讓女人難以抗拒的賀爾蒙，那不就很容易會變成一個十足的花花公子嗎……

唉，算了。雖然想看看能不能多少偷學點功夫，但是無法理解也是勉強不來的事。

就這樣我們和生活在四季分明，磐梯高原上的乙川夫婦天南地北地聊著，討論兒童文學世界和推理小說世界的現狀，也從等等力口中聽到一些關於原木屋之所以受歡迎的來龍去脈，不知不覺間就過了一個小時。

「要不要再來杯咖啡呢？」

薇若妮卡夫人站起來想幫我再倒杯咖啡，我趕緊阻止。因爲今天半天就已經喝了四杯了。

「不，不用了。打擾你們這麼久，眞是不好意思。我想也該告辭了。」

「不急嘛！因爲有栖川先生的加入，今天聊了很多，眞的很快樂呢！」

雖然乙川隆這麼說，但還是覺得不方便再打擾下去了。而且迫水先生也有點想回去的樣子，猛看手錶。

「我還有點事情得回去，有栖川先生再待一會兒應該沒關係吧？可以請他們帶您參觀一下瑞典館，可是有很多好東西呢。」迫水先生說。

「對啊，就是啊！帶您四處參觀一下吧。就麻煩妳囉！」

淑美碰了一下薇若妮卡夫人的肩膀。

「就是啊，如果您不嫌棄的話。」

薇若妮卡夫人看著我的眼，很誠懇地邀約。彷彿被那深邃的藍眸所吸引住似地，順口地回道：

「那就麻煩妳了。」我只要看看外觀，看一下客廳的擺設和裝潢就已經達到目的了。

「那我就先回去了。有栖川先生，晚餐七點開始可以嗎？」

「那就麻煩你了。」我回道。迫水先生邊穿上外套邊站起身，說了句「多謝招待」便告辭了。

「哇，好像又要開始下雪了。」

等等力接起中斷的話題。他似乎從方才就一直窺看天空。大家聽了他的話，紛紛向窗外看去，只見雲層愈來愈廣，將陽光遮住似的。天色也愈來愈暗，還飄來了一朵像是會降雪的雲。

「因爲老人家在樓上休息，所以先帶您參觀一下一樓吧！雖然沒什麼特別值得看的東西。」

薇若妮卡夫人說完便站在我前方往裏面走去。我跟著她步出走廊時——

明明沒有人去碰它，牆上掛的一幅小相框卻掉了下來，發出玻璃碎裂聲。已經走過去的薇若妮卡夫人驚嚇地回過頭，一臉慌張地彎下身拾起相框，地板上散著玻璃碎片。

「流音……」

從她那唇型美好的粉紅唇間，輕聲流瀉出。相框中就擺著流音的照片。當我正想窺看流音到底是什麼模樣，她卻忽然「啊！」地一聲尖叫。

「好像流血了，不要緊吧！」她問道。遲鈍如我根本完全沒有察覺，拇指被碎玻璃割傷流血。

「一點小傷不要緊的，倒是那相片沒事吧？」

「明明沒碰到相片卻突然掉下來，感覺還眞有點不太好。」

身後起居室的談笑聲突然靜了下來。

「有時候因爲人走過去會振動，牆壁上的東西就會掉下來，這很平常的。」

我邊努力地裝出若無其事的口吻邊看著那照片。那和母親一樣有頭金髮的少年，臉上浮著淡淡的笑意看著鏡頭。因爲是他的正面大頭照，所以只看得見一點點背景的原木屋。

「這是流音，可愛吧？」

我邊吸著指頭的血邊回應，「眞的好可愛喔！」

「幸好流音長得像媽媽呢！」

起居室又傳來一陣笑聲，頓時化解了沈重的氣氛。薇若妮卡夫人也展露笑顏。

我再次看著相片中的少年，模樣眞的十分惹人憐愛。不是我隨便胡謅的，他眞的像極了母親。尤其是那雙眼角，一看就知道是母子。那下垂的眼角有種說不出的寂寞感。

我拂去框上的玻璃碎片，用食指輕撫少年的右眼角。薇若妮卡好像沒有發現到吧。那裏沾著一小滴飛濺的血，就像滴血淚似的——。

6

因爲被玻璃碎片劃傷，手指上纏著ＯＫ綳，所以薇若妮卡夫人又重新帶我參觀館內。

不論是廚房還是飯廳，到處飄散著木頭香味。飯廳的原木餐桌大到可供十人一起用餐還綽綽有餘，支撐桌面的是四根如象腿般粗的原木，感覺粗獷氣派。用金色的鎖拴住，從高高的天花板上垂下來的照明燈蓋著玻璃製燈罩。可以想像一群人圍坐在燈下的這張象腿餐桌上，大啖美味螯蝦的樣子。一角的櫃子放著一大排洋酒，看起來就像圖書館的書架。也順道參觀了浴室，裏面橫放著一個看起來十分清爽的和風浴槽，還設置有小小的三溫暖。不論是天花板、牆壁還是地板都沒有使用瓷磚，連淋浴室和水龍頭都是木製的，眞不可思議。是個空間寬闊到足以和起居室媲美的舒適浴室。

「生活在寒冷地方的人因爲大部分的時間都待在家裏，所以比較重視家，這是很自然的事，不是嗎？不僅是蓋房子，也會花不少錢裝潢，也算是一種興趣，會盡心地作出好東西，這就是北歐家具的傳統精神。」

薇若妮卡邊帶我到處參觀邊替我解說。一樓除了客廳、廚房、餐廳、浴室和洗手間之外，還有四間房間。其中一間位於走廊右側的房間就是等等力所住的客房，我們只是路過，沒有進去參觀。旁邊那間好像也是客房，因爲她也沒打算開門的樣子。然後她指著走廊左側的一間房，「這是流音的房間。一直都還保留著他死去那天的樣子，沒有動過。有時我會坐在那房間裏發呆。」她說。

她替我開了門，我就站在門口環視了一下房內。手工製的書桌和書架，彷彿說明小主人還沒有充分利用似的，還剩了很多空間，保持得像新買似的。裝飾精美的床，像是等待小主人回來似的，又像是在強調小主人已經永遠不會回來的事實。放在書桌上的蝴蝶樣本箱打開著，那是記錄著流音短暫卻光輝的人生，也算是種墓誌銘吧。書桌一旁則掛著捕蟲網。

接下來女主人打開隔壁，也是位於最裏面的最後一間房間。

「這是我先生的工作室。」

像是辦公室似的，外面還掛了一塊非相關人員禁止進入的牌子，讓我猶豫了一下是否要進去參觀，但是因爲夫人都開了門，應該就沒關係才是，我想了想踏了進去。

正面有扇大窗，磐梯山像幅畫般廣闊地延展開來。室內採光非常好。我在想要是像今天早上這般萬里晴空，日光反射下的銀白色世界會有多麼地炫目啊！面向窗戶的桌子也是採原木切割而成，有種迫力十足的野性感，桌上滿是堆積如山的書籍，從中隱約可見一疊稿紙。明明是張面積還算大的桌子，寫字的地方卻像是一方小小的停機坪，參考用書之多不禁令人油然生起敬佩之心。房間內並沒有像是電腦或是打字機之類的東西，可以從中觀察到乙川隆的生活方式是力求自然風的。

除了沒有機器之類的東西外，桌子一角擺放著幾張相片這一點也和我不一樣。其中有張照片是流音坐在玄關前的樓梯，強烈的陽光讓他瞇起眼睛。應該是冬天拍的照片吧！躺在甲板上的流音吐出白氣，其他幾張還有乙川隆、薇若妮卡夫人和流音一家人的合照。

還有一張是薇若妮卡夫人一個人打扮成瑞典傳統祭典的樣子。穿著長及腳踝的白色洋裝，搭配紅色腰帶。頭上戴著不知道用什麼植物編成的頭冠，旁邊還立著幾根蠟燭。薇若妮卡夫人像拜佛似地胸前雙手合十，看起來約莫二十來歲，模樣實在叫人憐愛。看不出是外景還是內景，周圍一片黑暗，好像是晚上的樣子。白色洋裝、紅色腰帶、橘色火燄。還有薇若妮卡夫人那白皙的臉和金色長髮浮在黑暗中，這色彩的搭配是多麼鮮明。她的身後有個穿白衣、手拿銀星、戴著三角帽的男子，和一個也身穿白衣的女子，像侍女一樣手拿蠟燭立在一旁。和一旁站著的女性相比，果然以瑞典人而言，薇若妮卡夫人的個頭算是挺嬌小的。

「這是在做什麼呢？」

經我這麼一問，她有點害羞地微笑「嗯」地應了一聲。

「那是和父親一起回瑞典時拍的照片。記得那是叫作露西亞祭典的一個冬至時節的例行活動。聽我祖父說那是我第一次擔任也是最後一次擔任露西亞的職務吧。」

「一身白洋裝搭配紅腰帶宛如日本的巫子（譯註：女巫，在祭神儀式上從事奏樂、祈禱的未婚女子）。這個叫露西亞祭典的也是一種宗教儀式嗎？」

「是的。是爲了讚美殉教的聖女露西亞所舉行的一種儀式。穿著那一身裝扮，一男一女跟在一旁，成一隊伍唱著散塔露西亞之歌，分配咖啡與點心給大家。都是家庭和職場上的例行之事，而且還有遊行隊伍。」

「散塔露西亞不是義大利民謠嗎？」

看起來像穿著睡衣的露西亞們和瑞典的白夜十分吻合，但是和散塔露西亞之歌卻怎麼樣也聯想不起來。

「雖然露西亞誕生於西西里亞，但是歌曲是以瑞典話來唱。」

「為什麼瑞典人要祭拜義大利聖女露西亞呢？」

「我也不太清楚。不過露西亞有光的意思，和白夜之國的冬至祭典印象挺吻合的，所以只是純粹讚美聖女露西亞也說不定。」

如果是這樣倒還能理解。

「瑞典女孩子每個人都想成為露西亞，不過我是從日本回去玩時當上露西亞的，所以回憶更美好，覺得整個儀式場面眞的很隆重。」

「那身打扮眞的好美。」我沒料到會從口中迸出這句話，自己也嚇了一跳。若只是社交辭令，就覺得自己的口才還眞不賴。但是面對女性，不應該會這麼輕率地將眞心話說出來啊！

「謝謝，您過獎了。」

是聽慣別人這番讚美，還是看透說這話的人已經害羞不已，她倒是很爽快地接受這番讚美。我不自然地輕咳了一聲，趕緊將視線移往別處。看著鑲有玻璃門的華麗書櫃，企圖轉換話題時，薇若妮卡用手指了指一旁的牆壁。那是和有著像是巨無霸香蕉和雪茄般粗的先生的手指一點都不一樣，像鉛筆一般纖細的手指。隨著她手所指的方向，看到牆壁上有幅畫。

「您看過右邊第二幅畫嗎？」

我記得是剛才才看過的《魯諾的不可思議之旅》的插畫。那是魯諾和白卡爾邊驚叫邊摔下瀑布的場面，已經拿到光之茸的二人，滿臉是泥地趕到昏睡中的母親身邊。原來這就是原畫啊！

「那是綱木輝美小姐畫的圖，我們拜託她將畫讓給我們的。」

左斜上方還有另一幅畫。

「那是《尼爾斯騎鵝旅行記》對不對？」

希望我的答案能讓她感到佩服。

「你還眞是清楚呢！」

看來好像也沒有多佩服的樣子。因爲那幅畫畫的是個少年乘著一隻鵝，將其一置換成日本耳熟能詳的童話，就是老爺爺和老婆婆撿到一個從河川上方流下來的巨大桃子而十分驚訝的圖。

我二十幾歲才讀過《尼爾斯騎鵝旅行記》。聰敏靈活的尼爾斯有天在看守時，被小妖精托德姆惡作劇報復，施以魔法變成只有拇指般大小的同時，居然也能理解動物們的語言。牆上那幅插畫繪的是尼爾斯乘坐他所飼養的鵝兒摩爾坦橫越瑞典的冒險之旅。尼爾斯與摩爾坦眼下是一大片交錯無邊的田野，點綴著幾間農舍，平緩的丘陵延展至天邊。

雖然諾貝爾文學獎大師塞爾瑪・拉格洛夫（Selma Lagerlof，一八五八～一九四〇，瑞典籍女作家）所著的《尼爾斯騎鵝旅行記》堪稱兒童文學名作，但是和我小時候讀的《愛麗絲漫遊奇境》等相較，在故事架構上就欠缺了這麼點奇想，覺得不是特別有趣。對於不甚喜歡閱讀傳統奇幻文學的我而言，總覺得故事情節不夠緊湊，太過鬆散。但是創作這個故事的出發點，也是希望瑞典的小朋友們可以由這故事對自己的國家有初步瞭解，巧妙地編進了許多關於國家地理、歷史、風土人情等，饒富趣味性。我在想，要是日本也有這樣的童話就好了。

「這是淑美小姐畫的。其實她本來不打算畫，是我先生拜託她的。當然她對自己的作品也相當滿意，因爲我先生創作《魯諾的不可思議之旅》這部作品的靈感就是來自《尼爾斯騎鵝旅行記》，所以就畫了這麼一張裝飾在牆上。」

綱木輝美畫作的線條奔放中帶著柔和感，姊姊淑美的作品則屬於纖細俐落的風格。可以感受到尼爾斯飛翔空中，強風吹拂他臉龐的迫力感。這對姊妹花的畫風還眞是天差地別。

「瑞典不單是以製造北歐家具聞名，在兒童文學領域中也誕生過不少世界知名的作家呢！」我像是想起什麼似地說。像《穿長靴的貓》的作者林德也是瑞典人。丹麥童話大師安徒生，還有『姆米』的作者朵貝・楊笙是芬蘭人吧？」

原來如此。薇若妮卡夫人點點頭。

「也許就像先前您說的。因爲冬天昏暗漫長，所以小朋友們會圍在爐火邊聽大人說故事。因爲自古流傳下來如此的風俗民情，造就了優秀的兒童文學也說不定。」

「可以說是一種很純樸的童話故事吧！像日本東北地方的民間童話最吸引我，當然磐梯山也有很有趣的故事哦！」

「妳有想過試著創作童話故事嗎？」

「以前……」話已到嘴邊卻又呑回去，有點怕說錯什麼話似地，神情顯得有些慌張。過了一會兒，終於——「以前我兒子還小時，我常常講故事給他聽，而且有時還會即興創作一些故事。而且那孩子還說過媽媽說的故事比爸爸的還有趣，我先生還因此心裏不太平衡呢！」

「這評語可眞是殘酷啊！我很同情妳先生。」

我們彼此微笑相對。難不成是我的錯覺嗎？總覺得她方才露出的笑容比在客廳和大家閒聊時，來得更開懷、更輕鬆。

於是她忽然露出鬆了一口氣的表情。我們之間開始飄散一股意料之外的親密感，不知爲何，總覺得不太妙。不過這眞的只是錯覺嗎？我感覺到只有我們兩人的房間中開始飄散一股微甜的空氣。似乎彼此都有意識到這般微妙感。

「另外還有間別館，淑美小姐和輝美小姐就住在那，如果不嫌棄也可以帶您過去看一下……」

她似乎想趕快拂去這種微妙的氛圍，其實也沒必要看，但我還是禮貌性地應了聲「好啊！」

她將門開了個細縫，像貓一樣輕巧地步出走廊。之所以沒有大刺刺開門的習慣，可能是因爲生長於嚴寒土地所養成的習性吧。我也學起了她的這種習慣。雖然內門就在不遠處的地方，但還是得穿上鞋子才行。因爲等一下還是要回到客廳，乙川隆、淑美和等等力三人不知道已經喝了好幾杯咖啡，還在閒聊。

「每次綱木小姐和等等力先生來這裏玩，都是這樣嗎？」出了玄關，一股寒風迎面襲來，我邊穿上外套邊問。

「如果是夏天來的話，除了散步之外，還可以開車兜風或是打打高爾夫，可是像這種天氣就沒辦法了。因爲大家有好一陣子沒見面，所以今天玩得特別盡興。」

「大家昨晚就到了吧？」

「是啊，預定住個三天兩夜吧。到明早之前還可以好好放鬆一下。」

庭院裏的雪已經積到腳踝深，一直往左走才走出內庭。來訪前看到的那根煙囪好像是距離主屋有三十公尺左右遠吧。綱木姊妹出入的足跡還清楚地留在雪地上。

別館只有兩個房間和衛浴設備。專門招待從東京來的親友——當然不只乙川隆的朋友，還有薇若妮卡夫人和他們雙親的友人——爲了讓客人住得輕鬆自在，一開始就是設計和主屋有些分開的別館。這裏也是使用角材的原木屋，雖然和主屋漆上同樣顏色，但是因爲是別館，所以看起來就只有觀光勝地觀光導覽所般大小而已。屋簷並未經過塗裝，也沒有塗上黃色窗框，但是門扉和主屋一樣都是鑲著作工精細的彩繪玻璃，增添整體華麗感。

「如果只是這麼一點大小，其實有滿多人會考慮自己動手蓋，享受ＤＩＹ的樂趣，但是我先生這方面不太行，所以就全權交由等等力先生負責。那個人老是喜歡在施工現場走來走去，讓工人有點傷腦筋。而且這種事也很難向雇主開口抱怨，所以工人們只好忍一忍了。但是相反地我卻會被數落：『妳在這裏的話，不小心可會將妳和原木搞錯，胡裏胡塗被斬了哦！』還這麼說呢！」

這還是第一次聽她開口講笑話。也許她終於稍微有點寬心了吧，不過這說法還眞是有點牽強。畢竟因爲興趣而蓋原木屋，還不是普通人說能作到就作到。一般會寫作的人，對於割板子和釘釘子等粗活都不在行。相對地，手工很靈巧的人反而寫不出什麼東西。

「不過，如果將我先生誤看成是一根大圓木而成了家裏建材的一部分，那可就有趣囉！因爲他長得很像根大圓木啊！」就像是自己想丟出黃牌般作了個了結似地，她高聲笑了起來。如果以棒球來譬喻，就是盜壘成功吧。「還有小小的原木椅哦！您看，那些椅子就是用剩下的原木料做的。爲了我先生他那大屁股一定得做四人坐的椅子才行。」

「那屋簷的素材是什麼呢？」因爲小說上有寫，可是我實在搞不清楚什麼是什麼，所以便試著提問。就算對讀者而言是個可有可無的名稱，但是對寫作者來說都是一個需花心思的構思。

「屋簷的素材？木瓦片吧。使用和主屋一樣的圓木切成薄薄的板材所砌成的。」

果然對讀者而言是個可有可無的名字。

「我聽我先生和等等力先生說，您對原木屋有些研究，如果想問什麼，請別客氣。——要看一下裏面陳設嗎？」

「不用了。」我禮貌性地婉拒了。「只要看一下外觀就可以了。」

「那我們就繞一周看看吧！」

我們沿著L型的外牆往東繞。我發現沒有像那種直接從房間打出來的窗台，都是鑲上格子狀的上下拉窗。從磨得十分明亮的玻璃可以看到內部陳設。

好像有誰在。

是一男一女。只看得見側臉，兩人看起來大概都三十出頭的樣子。男人的瀏海直直垂著，可是旁邊和後面卻大膽地往上剃，就是那種很難吃銀行飯的髮型。也許是因爲屋內開著暖氣的緣故，碎花底薄襯衫向上捲起，露出體毛濃密的手腕。雖然女子也是初次看到，但很容易就能聯想到她是綱木輝美。不只是因爲她那有些刻意裝扮華麗的五官，連那纖瘦的體型都和她姊姊淑美如出一轍。

他們完全沒有發現外面有人，忘我地緊緊相擁。

一瞬間薇若妮卡夫人呆立了一下，又立刻快步地走過去。當然我也很識相地當作什麼都沒有看到，默默地跟在她後面。雖然很好奇那男子到底是何人，但終究還是沒問。

「能夠多少作爲您的參考嗎？」我們繞了一圈回到主屋時，她終於打破沈默開口說話。

本來我應該回答「是的，眞的有很大助益」，但我卻回答得有點牛頭不對馬嘴。

「多謝招待，眞的玩得很高興。」

那眼尾看起來依然還是那麼寂寞、楚楚可憐，微微地泛起了一些皺紋。

「太好了。」

在露出那微笑前，有片雪花慢慢地、慢慢地飄落。到了夜半下得激烈的雪也是那最初的一片。

第二章　這實在令人無法理解

1

來到磐梯高原已經迎接了第二次早晨，早晨的陽光透過窗簾微微照射在枕上，和昨天不同，有些昏暗。昨天傍晚開始下的雪，深夜時分應該已經停止了吧？還是繼續在下呢？不過昨晚那場雪還眞是大。明明無風，宛如鈕釦般大小的雪從天翩翩而降，那氣勢仿如午後雷雨。

我伸手拉開頭上的窗簾一瞧，只看到一片鼠灰色的昏暗天空，看來雪已經停了。

我拿起放在床邊櫃上的手錶。眞是的！才六點半而已，似乎太早醒了。看來離用餐時間八點半還早得很，還可以賴點床。沒辦法，索性窩在溫暖的被窩裏，想想今天還沒計畫好的行程。

五色沼周邊大概都逛過了，加上這兩天從迫水夫婦那裏聽到很多關於度假別墅的事，提供了不少有利情報，所有取材工作可以告一段落。因此打算用過早餐後辦退房，然後前往會津若松逛逛市區和豬苗代湖。再轉往以古倉庫建築和拉麵聞名的喜多方，在那裏住一宿，看來應該是個不錯的行程。因爲來時是由東京搭新幹線經郡山，回程則是反方向地由新潟搭特快車沿著日本海回到大阪，其實像這樣變換路線似乎也不錯。曾在夏天時搭磐越西線往返會津若松與新潟，作過一趟愉快的旅行，想必深冬的窗外風景一定也是美不勝收。好，就這麼決定吧！

爽快地作出決定是件好事，不知爲何卻覺得有些寂寞。很慶幸只有自己一位客人，才能和迫水夫婦親密地交流。還有，想到這麼快就要和昨天剛認識的那些瑞典館人們道別，總覺得有點可惜。因爲他們都是十分健談的人，不單只是同爲喜歡白卡爾海豹的同好，對於一樣身爲作家的乙川隆也抱有敬意與好感。不用說，看到薇若妮卡夫人獨自站在積雪湖畔的背影，那有些冰冷又纖細的手腕、垂著眼有股莫名哀愁的側臉、裝扮成聖女露西亞的照片、和我閒聊時的那張笑臉，一切的一切都在我腦中盤旋。綱木淑美與等等力末臣的談話亦十分有趣、愉快。因爲瑞典館那邊的客人也是打算今天早上回東京，想必瑞典館也會變得非常冷清吧！若是主人與客人在彼此都已很疲憊的狀況下，還不見好就收，恐怕會糟蹋好不容易構築起來的愉快時光。

對於突然闖進他們愉快下午茶時間的我，給予了最盛情的款待。原本心中抱著像是遇到舊識般的心情，打算向瑞典館的人們道別，沒想到那天晚上用完晚餐後不久，乙川隆專程過來和我打聲招呼，著實令我有些驚訝，而且還拎著那天下午茶時聊到的馬鈴薯釀的燒酒「舒耐波」過來。

＊

「這可是從天然冰箱冰過後提來的，眞的很好喝，請品嚐看看。」他稍微起了點話題，沒想到他竟如此好客，還特地拿來給我嚐嚐，不過他後來說的話更讓我興奮。「那天午茶時沒和有栖川先生多聊聊，如果不嫌棄，我們邊喝這東西邊聊聊，如何？」

對於這番邀約可說求之不得，一點也不覺得麻煩。當然迫水夫婦也很喜歡這種酒，於是加上他們夫婦倆，四人開始閒聊起來。

「請問有栖川先生是以誰爲對象創作呢？」

夜已深沈，乙川隆突然話鋒一轉，冒出這句和之前雜談內容明顯不搭調的題外話。我想應該也要很認眞地回答，於是我也率眞地隨口回答：

「應該說是以自己爲對象，以能讓自己感動爲目標，希望能在完全忘記是自己作品的狀態下，閱讀自己的作品。雖說不太可能，但我眞的這麼想。其實也想過要改變寫作方式，但是顧慮自己筆鋒上的弱點，還是下不了決心。就像有些無理的設定，就是取材於無法涉及的地方，會試著以巧妙的手法來彌補。就像利用一些辯解，嘗試在完全自由的狀態下看待自己的作品，看看自己會對自我作品作出什麼樣的評價，你也可以試試看這方法，很不錯哦！」

「原來如此。不過如果能完全作到，你肯定會爲自己的作品拍手喝采吧！」乙川隆一臉微醺，語氣堅定地說。

「會嗎？」

「當然囉！不論是職業還是業餘的，都會對自己寫的小說很有興趣。這無關乎作品好壞，只能說是一種本能反應。——假設有栖川先生突然喪失記憶，看到自己的作品會有何反應呢？你不妨試著想想看。『爲什麼這本小說寫得這麼合我的意啊？文筆眞的很不錯，紮實、中肯又有水準。文章鋪陳高潮起伏，細細閱讀更覺頗具原創性，而且自然不矯作、挺有氣勢，也就是別具知性感。角色描述也很突出，不只是主角，連配角都很出色，實在很厲害。主題也頗有深度，著眼點也和一般作家不同，文章處處都散發著令人佩服的熱情與眞情。而且並不是那種赤裸裸的粗糙作品，有時會流露出高度的幽默感，有時又寫得鞭辟入裏，一針見血，寫作技巧十分出神入化。沒錯，可以說已經超越凡人領域，出自神之手。我要讚美它、歌頌它。離神的國度是如此近，哈利路亞。』應該會這麼想吧！」

不知道是否因爲酒精發作，他的情緒顯得有些亢奮。但是並未脫離我們談話的主題，「那麼乙川先生是以誰爲對象創作呢？」我反問他，他的神情突然有些嚴肅。

「我嗎？答案和你一樣吧。可以說是爲了另一個我而創作，但並不是所謂的分身。正確來說，就是另一個回到童年時代的我。」

很明顯地點出自己身爲兒童文學創作者，必須讓自我保有童心的道理。這道理我完全能理解，於是又問了這樣的問題：「是否曾將流音假想成讀者呢？」

「當然有。不過我是以比流音年長的孩子爲對象而創作故事的，我是抱著再過幾年流音一定會看這個故事，因此一定要創出一部能夠感動人心的作品。如果無法感動自己孩子的心，又如何能夠引起其他孩子的共鳴呢？不過在創作過程中我的心裏還是只有我的孩子。」

「嗯，這是理所當然的吧。」

我的隨聲附和卻立刻被他否決。

「其實我心裏對於詢問有栖川先生這個問題，感到有些畏懼。我所假想的讀者是全世界的孩子們，想竭盡所能爲那些被迫全盤接受事物，搞不清楚方向而感到恐懼的孩子們創作故事。因爲我曾是個非常膽小的孩子，對於自己的前途感到非常不安，甚至覺得有些無地自容。當小孩子眞的很辛苦，不是嗎？於是當我長大後就想，『其實自我開創人生也不賴啊！也許是件很愉快的事。至少比起老是看到一些不合理的事，背負沈重壓力的童年時代相比，要輕鬆多了。我想如果能夠當個稱職的小孩，長大後一定也能輕鬆適應大人世界。』所以爲什麼大人不積極地教導孩子，讓他們瞭解現實生活的嚴苛呢？這就是我想傳達給小朋友們的道理。」

對於他的說法，我持保留態度。我當然能夠理解現代孩子們的立場是多麼悲哀。還有想將孩子壓入一定模子裏的大人們，他們也是背負著沈重的社會壓力，而身爲弱者的孩子們，其實只能在歷史洪流中默默承受殘忍的處理方式，我眞的覺得很悲哀，也許童話作家就是想指出這一點吧！所以這部分我倒挺贊同。

可是，那大人又算什麼呢？在這個國家裏稱爲大人的人有多少人？又是以什麼樣的方式生活著呢？我眞的是愈想愈不懂。尤其對現代日本而言，孩子與大人之間是否有明確的分界點呢？此刻我們就是針對這問題大肆討論著。

「其實你想說的就是……拒絕長大，是吧？」

默默聽著迫水先生說出這句話的乙川隆，輕輕地點了點頭。

「是的，其實我想寫的就是這個。能夠拋卻心中的不安與恐懼，勇於向別人大聲說出『一切交給我』這句話。」

就這樣結束了這場熱辯。

「流音已經不在我眼前了。但是對我而言，這世上所有的孩子都是流音，所以我還是會盡全力創作。」

這時牆上的時鐘報時，剛好午夜十二點整，這才讓我們驚覺轉眼間夜已深了。迫水太太連忙關心地問道，放著家裏的客人不管，不是不太好嗎？只見乙川隆搖搖頭。

「還有薇若妮卡可以陪他們啊！其實我跟他們已經聊到沒什麼話題可聊了。不過我好像打擾太久，眞是不好意思。」他的醉意似乎已完全消去，說著說著立即起身套上夾克。壯碩的身軀顯得衣服有些緊繃。「那我就告辭了。今天眞的聊得很愉快，有栖川先生。」

站在玄關的他伸出右手，和我握了握手。他的手好厚、好溫暖。

「下次有機會再來我家坐坐，很歡迎你也能來我們家小住一番。眞是的，怎麼在迫水先生面前說出這麼失禮的話，明顯就是在搶人家生意嘛！」

「我們不會在意啦！因爲要是有栖川先生以我家爲舞台創作的小說成了暢銷書，搞不好看過的讀者就會排山倒海來我這囉！」

迫水太太反應倒是挺直接的。看起來有點睏的迫水先生打了個哈欠，突然插了句話：

「晚安，路上小心點。」

「就住在隔壁而已，安全得很啦！」

乙川隆一手拿著傘開門，「哇！」地抬頭看向天空。

「來的時候明明雪下得很大，馬上說停就停了。」

連續下了八個小時的暴雪，彷彿沒發生過般。

「看樣子雪應該不會再積了，眞是太好了。那麼大家晚安了。」

說完後又習慣性地發了一聲鼻哼，轉身離去。

＊

當我正反芻著方才七小時前的所有回憶時，忽然傳來一陣敲門聲。「有栖川先生——」迫水先生站在門外喊道。

「請稍等一下。」

心裏邊想著：明明離早餐時間還有一個小時啊！開門一看，不知迫水先生爲何穿著外套。

「將您吵醒，眞是不好意思。因爲發生不得了的事了。」

一頭霧水的我有點緊張。「發生什麼事了……？」

他深吸了一口氣說：「乙川先生家發生命案。而且……死因有點離奇。」

＊

「到底發生什麼事了？」聽到死因有點離奇這般曖昧說法，我立刻聯想到是不是從樓梯摔下來的意外事故。

「其實我也不是很清楚。聽等等力先生說不是意外事故，而是殺人兇案的樣子……」

「不會要我揪出兇手吧？」我激動地說出這句聽起來有點沒頭緒的話。

「那是誰不幸遇害呢？」我忐忑不安地問道。不論是誰被殺都會讓我感到心痛，不管是乙川隆還是薇若妮卡，因爲我眞的很喜歡他們夫妻倆。

「聽說是綱木……淑美小姐。」

我的腦中迅速閃過那會邊說話邊眨著大眼鏡框下的一對大眼，綱木淑美小姐的臉。想起她那股勤地招呼大家吃她親手做的，有加生薑的餅乾的聲音，還有那幅裝飾在乙川隆房間的《尼爾斯騎鵝旅行記》的原畫等，各種回憶。

「綱木淑美小姐的屍體是在哪裏發現的？」

「就在別館她自己的房間。」

「你說死因有點離奇……是怎麼個死法？」

一時還無法相信的我驚訝地癱坐在床上，連珠砲似地向站在房門口的迫水先生發問。只見他露出那種帶著些許歉意，有點困惑的表情。

「告訴我這件事的等等力先生，現在就在樓下。關於詳細經過，您要不要問問他？」

我並沒有回應，迅速換裝。只見迫水先生一反常態，雙手抱胸，發愣地看著我套上褲子。看來他腦子似乎也是一片混亂。

換好衣服後走下樓，等等力正喝著迫水太太遞給他的茶。他一看到我，便輕輕地向我點點頭，臉色顯得有些蒼白。

「您早啊！」就連打招呼也覺得有點尷尬。

「這事可不妙啊！也許瑞典館眞的發生殺人兇案。」

我坐在他旁邊的椅子。「聽說綱木淑美小姐不幸遇害……你剛說也許是殺人兇案，這是什麼意思？」

「她死在別館，頭部受到重創，一開始以爲是不小心跌倒還是什麼的，可是死狀有些離奇。」

他雙手捧著茶杯，啜飮了一口。

「怎麼個離奇法呢？」

「怎麼個離奇法啊……這……」等等力用右手抹了抹嘴，「眞的很奇怪呢！後腦明明有傷，屍體卻是趴著，這不是很奇怪嗎？而且因爲地板有暖氣，地上鋪著有點厚的地毯。有可能是癲癇發作——但是沒聽過她有這種病歷——就算啪地一聲向前倒下，照理說地毯也會有緩衝力，應該不會摔得那麼嚴重。」

即使他這麼形容，但是對於沒看過命案現場的我，實在很難下任何判斷。關於死因，也只能等待勘驗結果。

「應該已經報警了吧？」

「當然。我來這之前乙川已經打電話報警了，我想警方一會兒就會過來，所以得趕快回去。」

他將茶一口飲盡，將茶杯放在桌上。

「也是啦。警方一定會詢問些什麼的。眞是傷腦筋啊！」迫水先生邊摸鬍子，邊嘆了口氣。

「爲什麼等等力先生要趁警方來之前，特地跑來我們家通報這件事呢？」

迫水太太邊拉圍裙角邊這麼說，這位建設公司的老闆不知爲何直盯著我看。

「有栖川先生，您聽了可別生氣哦！因爲淑美小姐似乎是死於他殺，所以她妹妹輝美小姐打擊過大，情緒有些失控，她一直嚷著昨天到家裏來玩的推理作家很可疑。」

我一時愣住。「說我可疑？可是我昨天根本沒和輝美小姐打過照面啊！」

「這我知道，不過她又說了些有點莫名其妙的話。她在昨晚晚餐時這麼說：『投宿在隔壁別墅的推理作家為了創作以瑞典館為舞台的殺人事件小說，而前來拜訪，這不就是預謀殺人嗎？』當然我們根本不會相信她說的。但這整件事實在疑點重重，無論如何，大家都是相識多年的朋友啊！」

「所以，等等力先生也是為了確認我的樣子而來的囉？」

「不是這樣的。只是覺得等警方來時，她一定會提出希望能夠調查投宿在隔壁，一位叫作有栖川的推理小說作家，所以我想警方一定會過來一趟的。因此，我覺得還是事先來通報一聲比較好。您不是預定今天早上退房嗎？要是提著行李準備出發卻被警方攔下，總是不太好看吧。」

「話是這麼說沒錯啦！」

老實說，現在的我真的無心向他道謝，也許他說的是真的。不過如果我早一步出發，或許他也是第一個向警方報告的人。

「請你告訴我。除了輝美小姐以外，還有其他人懷疑我嗎？」

他倒是很爽快地否定。「不，只有失去理智的她這麼說過。昨天還跟我們愉快喝茶聊天的有栖川先生根本沒有理由殺死淑美小姐啊！我和乙川隆、薇若妮卡夫人都向輝美小姐解釋您真的不是什麼奇怪的人。」

這是理所當然的吧。在命案現場附近出現的陌生人物，勢必會成為頭號嫌疑犯，還真是傷腦筋啊！

「我先別急著辦退房好了。反正也沒有既定行程，自己的時間也好控制。倒是等等力先生，你不是應該要回東京了嗎？」

「看樣子暫時不能回去了。待會兒會打電話回公司。」

「也許我會再多住一晚吧！」我向迫水夫婦這麼說，只見他們對看著，一臉複雜地點了點頭。因爲今天並沒有客人會入住，應該不會造成不便。也許他們很同情我的處境吧。

「我也去趟瑞典館好了。」

我向準備起身的等等力這麼說時，「咦？」他回了這麼一聲。

「反正警方也會過來，我就幫他們省點麻煩吧！我爲人夠親切了吧？而且我也想讓輝美小姐明白我堂堂正正的，既沒逃走也沒躲起來。」

這是我的眞心話。而且聽到難得遇到的知音，乙川夫婦家發生如此慘案，我怎能袖手旁觀？

「這、這倒也是。」

看來等等力也頗爲贊同，於是我請他稍等，上二樓拿外套準備出門。才走到一半，就聽到刺耳的警車聲愈來愈近，這聲音就像昭告戲幕開啓的鈴聲。

一下樓梯，瞥見大地從房間裏探出頭來。有嚴重賴床毛病的他，頭髮像刺蝟般向上豎起。

「發生什麼事了？」大概是嗅到什麼不對勁，只見他一臉慌張地向母親詢問。

「沒有，沒事。」

雖然迫水太太試圖粉飾太平，但是這不尋常的週日早晨，是無法瞞過七歲少年的。

「隔壁發生什麼事了嗎？」

「沒有啊！和你沒關係啦！乖，回去房間吧。」

想也知道，大地一臉不悅，看來十分不滿。

和你沒關係啦！這句話可眞令人耳熟啊。因爲在某些家庭，親子之間的溝通眞的就是常靠這句話傳遞。只見大地臭著一張臉走回房間。

應該和他沒關係吧！那時的我的確這麼相信。

3

等等力與我到達瑞典館的時候，一群豬苗代警署的搜查人員已經來到屍體所在的別館。等等力向站在玄關的刑警表明身分後便進入屋裏，相關人士一律集中坐在客廳一隅，一共有六位。乙川夫婦看到我立刻站了起來。

「還勞煩您跑一趟，眞是不好意思啊！」

乙川隆垂著眉一臉歉意地對我這麼說。薇若妮卡則有些不知所措地不知該說些什麼。

「看來情況有些紊亂，我是在想有沒有什麼需要協助的地方，而且也許警方會詢問我一些事，所以才和等等力先生一起過來。沒想到居然會發生這種事。」

「我們也感到很驚訝，沒想到居然會發生這種事……」

我很快地觀察被集合在這裏的每個人，除了乙川夫婦之外，其他四位應該也不陌生。首先有位長得很像綱木淑美的女性，肯定就是輝美小姐。五官突出，輪廓分明的臉和她姊姊長得很像，就是昨天那位在別館和陌生男子擁抱的女性。她聽到我是位作家時，緩慢地抬起臉，用她尖銳的視線將我從腳到頭掃視一遍。雖然面無表情，但也許因爲心裏受傷太深，看得出她內心十分紛亂，不過看我的眼神倒是沒有一絲狐疑。

坐在昨天等等力和淑美坐過的位子上的那位，應該就是乙川隆的母親和薇若妮卡的父親。乙川隆的母親看起來約莫六十幾歲，是個滿頭銀髮，長相秀麗的老婦，有雙和乙川隆一樣沈穩的眼神。也許是因爲突如其來的衝擊而顯得有些驚慌失措，環抱膝頭的兩隻手的手指，像靜不下來似地動個不停。一旁的白人男性大約七十幾歲吧！肩膀寬闊，體格壯碩，長臉配上深刻的五官，臉上抹過一層陰鬱，不過眼神倒是挺銳利。光禿禿的頭頂和他那副結實的身材十分相配，穿著大格子的夾克，像穿軍裝照相般，背脊挺得筆直。

只有最後一位盤腿坐在離暖爐稍微有點遠的椅子上的男人，是我不認識的，不過也不算是初次見面。瀏海稍長，其他地方則剃得短短的，往上捲的花襯衫露出一雙體毛濃密的手，他就是昨天那位擁抱綱木輝美小姐的男人。雖然不知他是何方神聖，不知他是住在這裏，還是來此度假的客人？

客廳邊角和玄關分別站著幾名員警，正用有點饒舌的會津鄉音交談。相關人士則排排坐，等候警方詢問。

「這位是有栖川先生。──我跟您介紹一下，這位是家母，還有我岳父。」

一聽到乙川隆的介紹，意外地育子女士用聽起來十分年輕的聲音向我問好，乙川隆的岳父也很客氣地向我點頭問好。

「您好，我是漢斯・約哈森。沒想到第一次見面就是在這樣的場合，眞是遺憾啊！」

不愧在日本住了三十多年，講得一口流利日語，只是聲音過於低沈。可以想像他是那種講話十分簡潔明快，絕不拖泥帶水的人。

「還有，這位是不幸身亡的淑美小姐的妹妹，輝美小姐。」

輝美依舊低頭垂眼。我也一樣。

心裏還在想，還有一位還沒介紹時，穿花襯衫的男子卻主動開口。

「我是隆的堂弟，葉山悠介。昨天午茶時間我碰巧出去，所以沒能和您打聲招呼，我目前住在這裏。」

「敝姓有栖川，您好。」

這麼回答的我和他，像在試探彼此似的，眼神在空中交會。我腦中立刻浮現一個疑問，乙川隆的這位堂弟，爲何要和他們一起住在瑞典館呢？他是從事什麼樣的工作？還有，他和綱木輝美小姐到底是什麼樣的關係呢？關於這問題我十分感興趣，但是礙於第一次見面實在不好意思開口問。

雖然我不明白淑美的死因，但很在意輝美小姐的反應，不過還是提不起勇氣詢問。這時，乙川隆爲了不讓員警們聽到，悄聲靠近我耳邊說：「今天凌晨，我是第一個發現淑美小姐屍體的人。」

「聽說是死在別館？」我壓低聲音問。

「嗯，是啊！因爲覺得別館情況有點奇怪，前往看看，結果就看到她倒臥在地上──」

說到這，他的話突然被打斷。

「乙川先生，不好意思，麻煩借一步說話。」

被員警這麼一喊，他順口應了一聲「是」。大概是想詢問他發現屍體的經過情形。

發出一聲很大聲的鼻哼後，乙川隆站了起來，隨之而來的是一片靜默，大家都默默地坐著，氣氛顯得有些詭異。

終於──

「輝美小姐，妳還好吧？」葉山悠介用極度輕鬆的口吻問道。聽起來並不像是爲了一掃沈重氣氛而脫口這麼問，因爲他似乎無視這般緊繃的情緒。

「一想到姊姊死了，而且有可能是被殺死的，我頭就痛，腦中一片空白。」

「該不會是宿醉的關係吧？」

「也是啦。」

一聽到宿醉，才感覺到她身上散發出一股濃濃的酒臭味。因爲頭痛的關係，臉色不太好看，當然也是因爲姊姊的慘死，也有可能如悠介所說是因爲宿醉。

「要不要請薇若妮卡幫妳拿個藥過來？」

聽到育子女士這麼說，還等不及等薇若妮卡應聲，只見輝美小姐很激動地搖搖頭，好像頭眞的很痛。

「不用了！眞的不用了。我不需要吃什麼宿醉藥，過一會兒應該就會好一些了。」

「那要不要喝杯水？」

薇若妮卡問道。輝美想了想，點點頭。「謝謝，麻煩了。」

薇若妮卡一站起來，站在附近的一名員警立刻回頭。「我去倒杯水。」薇若妮卡向他說明。總之，員警們間的氣氛也挺緊繃的。

「一定是意外吧！淑美小姐沒有理由被人殺死啊！而且這裏也不可能會有搶匪出沒，所以應該是場意外！」

育子女士不停地變換手指姿勢，一個人像是獨白似地喃喃自語。漢斯・約哈森也回應。

「還是別胡亂猜測，全憑警方處理。調查結果還沒出來前，別隨便臆測。」

他用厚厚的左手按住育子女士的右手。宛如結褵幾十載的夫婦。育子也伸出左手按住他那大大的手。淑美曾說，他們倆感情好得讓人嫉妒，雖然乙川隆說別拿老人家開玩笑，但是看來淑美所言不假。他們倆親密得猶如夫婦，很難讓人不嫉妒誤解。

輝美一接過水就咕嚕飲下，即使水從嘴唇流到白皙的頸子，也顧不得擦掉。將沾著鮮豔口紅的杯子遞還給薇若妮卡，只冷冷說了句「謝謝」，這杯水彷彿有鎮靜劑般的效用，讓輝美的表情變得非常柔和。她語氣很堅定地說：「伯母，我不覺得姊姊的死是場意外，她一定是被人殺死的。」

育子女士仰著臉，聽著輝美的話。

「眞是的，爲什麼要這麼說呢？輝美小姐妳這想法實在太恐怖了。」

「恐怖的不是我，而是殺死姊姊的兇手。」

「話是這麼說沒錯啦……」

漢斯先生趕緊對迷惑的育子女士伸出援手。「還沒有證據顯示這是件殺人兇案啊！警方也還在調查，不是嗎？」

「因爲伯父、伯母沒有看到命案現場才會這麼說。那不是單純地滑倒撞擊到頭部而已，而且就是因爲根本沒什麼可以跌倒的地方才奇怪，況且姊姊不像我是個會喝到爛醉的人。」

看來昨晚輝美小姐肯定喝醉，如果眞的是因爲宿醉才對我抱持懷疑態度那就另當別論了。

「輝美小姐昨天的確喝了不少，很少看她喝得那麼醉。」等等力說。

「嗯，這倒也是。不過有時候也會喝醉。」輝美邊說邊看著大家。

「其實一年也才幾次而已，昨天和薇若妮卡聊天，聊得很愉快，所以情緒也跟著亢奮。眞是不好意思，讓大家看笑話了……也給薇若妮卡添麻煩。雖然常喝醉，可是總記不起發生過什麼事。」

好像是她喝醉後，就在流音房間的床上睡著了。就這樣別館只剩淑美一個人。如果輝美也在別館，一定會察覺不對勁，但是既然她睡在本館就沒輒了。

「因爲心情愉快所以多喝了點酒，是嗎？那就好。」

對於育子自然吐出的這句話，有幾個人的表情倒是挺複雜的，那就是輝美本人、薇若妮卡和等等力。因爲我沒有複眼，來不及瞄到漢斯先生和悠介的反應。爲什麼輝美他們會露出這麼難解的表情呢？實在搞不懂。由育子說的這句話來推敲理由，看來也許昨晚她並不是抱著愉快的心情喝酒。

「有栖川先生，您不是預定今天早上回去嗎？」

薇若妮卡突然想到似地問我，我便向她解釋的確原本預定今天出發一事。然後像等我將話說完似地，輝美插口問：「你就是有栖川先生嗎？聽說你要以瑞典館殺人事件爲題來取材？」

我趕緊否認。

「可是你昨天下午來這裏，聽說薇若妮卡也帶你參觀過本館和別館。」

這番話聽起來果然好像懷疑我涉案。問題是，我有什麼理由要這麼做？看來不得不思考這女人的精神狀況眞的有問題。

「不是的，我所構思的是以別墅爲題的小說，所以才會投宿 SUNNY DAY。」

「可是看過瑞典館後，不覺得這裏更適合當作殺人事件的舞台嗎？」

「不……」

不是這樣的。我才開口，走廊就傳來開門聲，方才的員警和乙川隆回來了。員警以冷漠的口吻向沈默的衆人說：「等會兒縣警就會過來，向各位進行詳細的偵訊，請大家務必配合。」

說完員警便往玄關走去，一臉疲憊的乙川隆並未立刻坐下來，站著向大家說：

「警方好像斷定是他殺。」

4

福島縣警的警車一到，瑞典館又陷入緊張氣氛。我們被要求全都得留在客廳，等待警方偵訊。因爲連上個廁所也要先獲得許可，大家陷入一片窘迫的狀態。雖然大批搜證人員好像都在別館勘驗命案現場，但是那邊的情況完全不得而知。沒有人提及這件慘事，大家只好有一搭沒一搭地聊些不著邊際的話題來打發時間，等待警方的指示。我不清楚輝美到底對我抱著何種印象，因爲我們幾乎沒什麼交談，因此就算被誤解也無所謂，反正我也不期待她對我的誤會能夠立刻冰釋。

終於，員警中有個眼神特別銳利的男人，向我們走近。他的額頭正中央有個和佛像一樣的痣。

「敝姓島野，是福島縣警。必須就這起命案向各位進行偵訊，還請配合。」

島野留著五分頭，讓我想起高中時代姓豬首的體育老師，而且目光都一樣兇惡。不知道豬首老師是因爲自卑還是人格偏差，一旦稍微反抗他，就會遭他痛扁。雖然不清楚島野是個什麼樣的人，即便只是外貌相像，就是對他產生不了好感。

「妳是綱木輝美小姐吧？」

他向還有點宿醉的插畫家問道。輝美點點頭，島野露出微妙的表情說：

「發生這樣的事還請節哀順變。非常遺憾的是，目前判定令姊是被人殺死的。」

輝美並未露出驚訝的神情，還是保持一貫沈默。漢斯也是默默無言地搖搖頭，像是要安慰育子女士似的，輕輕握住她的手。大家對這樣的報告，似乎早有覺悟。

「因爲是殺人事件，因此已經在豬苗代警署設立專案小組進行搜查。爲了能夠早日逮捕兇手，需要各位的協助，還請多方配合。」

他說完之後便轉過頭，用眼神向站在樓梯附近的一位員警示意，只見那位員警朝這邊走來，和島野站在一起。該員警留著整齊的西裝頭，穿著西裝，看起來像是業務員的刑警，感覺比我年輕幾歲。

「這位是小山內刑警，會和我一起負責偵訊各位。」

一聽到島野介紹，小山內就像演歌歌手般滑稽恭敬地向我們行禮，我還以爲他會獻唱一曲呢！

「那我們開始吧！」

兩位刑警坐在僅剩的兩張空椅上，環視著我們。可能是氣氛有些緊繃，只聽到乙川隆發出一聲很大的鼻哼。暖爐中燃燒的柴火突然發出很大的聲響，嚇得薇若妮卡的肩頭微微顫了一下。

原本以為會另闢房間進行個別偵訊，沒想到好像是進行集體詢問。對於完全不知道從昨晚到今早，瑞典館到底發生什麼事的我，倒是一大收穫。

島野希望大家按照順序自我介紹，然後兩位刑警邊聽邊作筆記。看到他們如此積極地記錄，反倒叫人更開不了口。看來他們似乎多少聽聞過童話作家乙川隆這號人物，倒不是因為乙川隆是什麼地方名人的關係，而是因為在他們所屬轄區的管轄範圍之內，像這樣妻子是瑞典人，母親和岳父同住一個屋簷下，連堂弟也搬來同住，如此奇怪的家庭組合令刑警們相當感興趣。

「葉山先生是從事哪方面的工作？」

島野所提的正是我想問的問題。

「目前待業中。」他的語氣聽來頗為輕鬆。不過大概是想到這樣的回答，肯定會被問東問西，便主動繼續說：「失業前是在東京一家行銷企畫公司工作，擔任活動企畫，負責企業的ＳＰ——也就是業務推廣，公司業務內容十分廣泛。可是因為不景氣的關係而倒閉，現在只好當個無業遊民。」

語氣可真是輕率。也許是我個人偏見吧！總覺得他就是那種憑著一張嘴游走四方，予人輕佻印象的傢伙。

「從什麼時候搬來這裏的？」

「半年前吧。幸好這裏還有空房間，於是我便搬過來打擾。因為沒想到公司會突然破產倒閉，因此借了點錢，還清後便一貧如洗了。」

「可是搬到這麼鄉下的地方，很難找到工作吧？」

「嗯，就是啊！只好成了整日無所事事的米蟲。不過以前曾一起工作過的同事，打算在附近開間小小的企畫製作公司，問我要不要過去他那裏工作，原本預定今年初就要開工，可是因爲各種因素一再延誤。就算要重回職場也要等到東京櫻花開時，所以在這之前只好邊休息邊充電，再打擾堂哥他們一陣子了。」

這番話實在說得叫人無法起疑。雖然總算知道他是因爲失業才暫時寄住在這裏，但是他和綱木輝美之間爲何如此親密的疑問，還是未解的謎。可是不知情的島野只說了句「這樣啊」，便結束對於葉山悠介的偵訊。

綱木輝美因爲五年前幫乙川隆的書繪製插畫，而和姊姊淑美開始與乙川家有往來。等等力和乙川隆則是高中時代的學長學弟關係，而且還擔任乙川隆與薇若妮卡的婚禮上的司儀，負責瑞典館的設計與施工，可說交情匪淺。

再來就是我了。

「您是 ARISUGAWA ARISU 吧？請問字怎麼寫？」

初次聽到小山內開口說話，意外地，他的聲音竟有點像是港邊漁夫那般嘶啞低沈的嗓音，眞是一個具備各種職業屬性的人。

我先說明自己的名字怎麼寫，也適度地解釋自己爲何來此的理由，乙川隆突然插口說：

「有栖川先生是來此取材旅行的，就住在隔壁的度假別墅，昨天才第一次來我們這裏玩，所以和這次事件完全沒有關係。之所以會和我們一起坐在這裏，只是爲了幫我證明我昨晚的行蹤。」

聽到這句幫乙川隆證明昨晚行蹤的話，我一度有些困惑。但是想想，我的確有義務倒是眞的。雖然還沒問清楚命案是何時發生的，但我想應該是昨晚滿晚的時候吧。也許就是乙川隆來訪 SUNNY DAY 的那段時間。如此一來，我、還有迫水夫婦，不就成了最有力的證人嗎？

「就像乙川隆先生說的。」

邊這麼說邊盯著輝美看。她並沒有說出才怪、或是這男的眞奇怪等之類的話，只是靜靜聽著我們的交談。

我簡短地說明來訪瑞典館的經過。不過覺得和薇若妮卡在沼澤相遇的經過有些冗長，因而省略不說，只以我們是在散步時認識，然後迫水先生邀我一起過來喝杯下午茶，簡短地描述一下。

「不好意思，刑警先生。」

偵訊完所有人後，輝美舉手向島野請求發言。我總覺得她好像想對我說些什麼，可是沒有。

「所謂殺人，是說姊姊的頭部遭人重擊是嗎？」

「是的。」

「那麼……這是什麼意思呢？也就是說……」

葉山悠介從容不迫地替詞窮的輝美接口：「輝美小姐想說的是，不要光只說是件殺人事件，希望能夠詳細說明到底是發生了什麼事。我也很想知道淑美小姐是什麼時候、什麼狀況、在什麼樣的情況下慘死。」

島野依舊面無表情。雖然長相和我高中時代的體育老師一樣兇惡，但是更加撲克牌臉。

「我現在就是要向各位說明勘驗結果，也會盡量解釋得能讓各位明白。綱木小姐是死於後腦遭到鈍器重擊，死因爲腦挫傷，可以研判是當場死亡。現場並沒有發現任何疑似兇器的東西，警方目前已進行搜索，推定死亡時間爲昨晚九點——十二點之間。」

「不太可能是昨晚九點吧。因爲一直到十點半還看到淑美小姐啊！」

雖然等等力這麼說，島野還是面不改色。

「我是根據檢查官的驗屍報告，至於死者到幾點前還活著，這就要問問各位了。我們會按照順序進行偵訊工作，請各位稍安勿躁。」

等等力有些不悅地嘟起嘴。

「那麼根據方才所言，綱木姊妹與等等力先生，從十二日週五到十四日週日，預定來此住個三天兩夜是吧？然後等等力先生是住在本館一樓，綱木小姐與姊姊則是住在別館。」

不只兩位當事人，連乙川夫婦也跟著點頭。

「你們常常來這裏玩嗎？」

「一年都會來個一、兩次吧！大概每半年就會來一次，上次來這裏是去年七月的時候。」

搶著回答的等等力一副「那妳呢？」的表情看著輝美她這麼說：

「我們以前大概每年都會來拜訪個一、兩次，可是這四年來，這次是第二次造訪。上次來這裏大概是去年初秋時，那時只有我一個人來，姊姊並未同行。」

「也就是說，淑美小姐這次是隔了四年才來的囉？」

「是的。」

自從流音死後，綱木姊妹造訪的次數就減少了——淑美更是自意外發生以來，再也不曾造訪瑞典館。不過，等等力倒不會。令我納悶的是，既然連幾年沒來都交待得清清楚楚，爲何對於流音發生意外一事，卻隻字未提。因爲其他人也沒有補充說明的意思，島野便繼續問下一個問題：

「剛才也聽說了，大家聚在一起其實也沒爲了什麼特別的活動，只是閒話家常罷了。一直到昨天爲止一直都是這樣嗎？沒有發生什麼特別奇怪的事嗎？」

有幾個人表示並未感覺到異狀。但是面色有些猶豫的輝美，遲疑了一下，說：

「如果要說有什麼奇怪事發生，就只有昨天午茶時間，多了一位有栖川先生加入而已。」

雖然這種說法聽起來令人不甚愉快，但刑警先生並沒有打算將此發言記在本子上。即使如此，還是無法明瞭她對我的懷疑與反感究竟有多深，令我莫可奈何。

「淑美小姐的樣子和平常有什麼不一樣嗎？」

這回大家倒是面面相覷，沒有人回答。過了半晌，乙川隆才代表大家發言：「並未發現任何不對勁之處。她和平常一樣還是很活潑、健談。」

「那輝美小姐覺得姊姊有什麼不對勁嗎？」

總算問到重點了。

「這麼說的話……」

「想起來什麼事了嗎？」

輝美撫著額頭，一副好像拚命想憶起什麼事的樣子。「是的。有件事我倒是挺在意的，就是這次乙川先生邀請我們來玩時，『我們也很久沒看到等等力先生了，一起過來玩吧！』這麼說過。我很興奮地立刻安排時間，可是姊姊卻猶豫了一下，才決定同行。而且我們答應要來這裏玩後，姊姊還露出過一副不知道該不該去的迷惑神情，現在回想起來，總覺得有點不太尋常。」

「爲什麼淑美小姐會出現這種反應呢？連妳都不知道嗎？」

「……也許是想起四年前的事，心情多少會受影響，所以才有點猶豫。」

話題突然轉到流音意外身亡這件事。可想而知，島野當然會問清楚四年前到底發生了什麼事。

「四年前的夏天，乙川先生的兒子——流音，因爲意外……掉進附近的湖沼身亡。碰巧那時我們和等等力先生前來造訪，大家徹夜在森林中尋找流音，一直到早上才發現流音的屍體，而且我和姊姊就是最早發現的人。因爲回憶太過悲傷，所以一直刻意鎖在記憶深處……也許姊姊就是因爲這樣才有些猶豫要不要來吧……」

「雖然猶豫卻還是來了，卻發生這種事……」

島野話說到一半，用鉛筆尾不停地彈著自己的嘴唇。同樣地，我也陷入了沈思。綱木淑美慘遭殺害一事，難道和流音的死有什麼關連嗎？而且她之所以猶豫要不要來此的原因，眞的如輝美所想像的嗎？

「這還是第一次聽說。可是看她的樣子還是和以前一樣啊！並沒有什麼不對勁的地方。而且也沒提到四年前那件意外。」乙川隆說。

也許是因爲一直相信綱木淑美是帶著愉悅的心情來此度假，因此身爲主人的他感到有些錯愕。輝美則不發一語。

「關於這件事我會再思考一下，接下來要問問各位關於昨晚的事。」島野似乎爲了斬斷這個話題，趕緊話鋒一轉。

5

「淑美小姐和輝美小姐明明就是一起住在別館，爲何昨晚只有淑美小姐一人在別館過夜呢？」

薇若妮卡替輝美辯駁，向警方說明因爲她喝得爛醉，所以乾脆睡在本館。

「是這樣的。我們邊喝酒邊聊天，一直聊到十二點多才休息，因爲輝美喝得爛醉，所以就讓她睡在流音的房間。」

「之前我們也一起喝過，從傍晚開始喝，愈喝情緒愈亢奮。所以這次並非輝美第一次喝醉。」

只見葉山悠介的嘴角浮現一抹和這場合有些矛盾的微笑。

「拜託不要將我說得像個酒鬼一樣好不好。我自己也很後悔啊！」可能是因爲宿醉還沒完全消去，輝美看起來心情似乎不太好。

「這下就瞭解爲何他們姊妹倆沒有同睡在別館的原因了。那麼，淑美小姐是何時回別館呢？」

沒有人立刻回答這問題。等等力一副莫可奈何狀，只好先開口：「剛才就已經說過了，她一直在客廳待到十點半。我、淑美、薇若妮卡和伯母四個人聚在一起聊天。」

他稱育子女士爲伯母。只見育子女士微微頷首。

「這麼說，淑美小姐約十點半左右離去囉？」

「因爲她說她睏了，想先回去睡覺。後來我也回房睡覺了，所以那時是最後一次看到淑美。」

育子和薇若妮卡的說詞也一樣。島野點點頭。

「這下就必須縮小死亡時間範圍了。應該是昨晚十點半到十二點之間吧！那麼除了等等力先生之外，另外兩位昨晚的行蹤呢？」

島野以一副等待求援的可憐神情投向她們，薇若妮卡開口說：

「我和母親一起回二樓房間就寢，記得那時淑美小姐還在客廳吃剩下的點心。我和母親道過晚安後，因爲父親這幾天感冒發燒，所以就去看他有沒有好一點。看到父親面向牆壁睡得很熟，爲了怕吵醒他，我迅速走出房間到樓下時，就沒看到淑美小姐，心想她大概已經回別館的房間吧！」

「從妳上樓到下樓大概花了多少時間？」

「在他們兩位老人家的房間都只有待一下下而已，我想……應該只有十五分鐘左右吧！」

如此一來，就可推斷十點半到十點四十五分之間，淑美還待在本館。不過這只是一種推測。

「那其他人呢？有沒有人目擊淑美小姐回別館呢？」

因爲漢斯・約哈森早已就寢，所以島野只針對乙川隆、輝美和悠介詢問，只見三人都搖搖頭。

我倒是對輝美和悠介二人的行蹤十分感興趣。傍晚那幕兩人擁抱的畫面，又該如何解釋呢？

「大概從十點到十一點，輝美小姐都在我的房間。因爲很久沒見面了，所以我們邊喝幾杯邊聊天。」

看來只有我才會對悠介的回答持保留態度吧！因爲現在才提及他和輝美是舊識，因此島野首先確認這件事。

「你說很久沒見面，那你們認識多久了呢？」

「我還在企畫公司工作時，我們曾經共事過。五年前她才剛從美術大學畢業，還在設計公司工作的時候吧！後來她終於如願以償，成爲專職的童書插畫家，擔任我堂哥的作品的插畫創作，有一次堂哥跟我說：『介紹一位很年輕的才女給你認識。』就這樣我們又開始比較熟稔起來。雖然我堂哥因爲工作之故常和她打照面，可是我一直到公司倒閉前，才和她見過幾次面而已，總之我們就是那種一起小酌幾杯的酒伴吧！」

我並不覺得他們只是單純的酒友關係，雖然我不清楚其他人是怎麼看待他們倆。

「原來如此，所以你才會說好久沒見了。」島野邊搔著額頭上的痣邊說：「那麼從十點到十一點，你們在葉山先生的房間裏都聊些什麼呢？」

「都是一些比較私人的事，像是最近工作情形、或是共同認識的朋友的近況之類，因爲我現在待業中，幾乎都是我問她的近況如何。」

「那十一點之後呢？」

悠介像是事先就演練好說詞似地，口齒伶俐地回答：「聊完天已經非常晚了，也沒想到會聊到這麼晚。雖然她說『還沒有喝夠』，但是已疲倦到連話都說不清楚了。加上我自己也已醉得不能再喝，就這樣告一段落，洗過澡便上床就寢，大概十二點左右吧！」

「那輝美小姐呢？」

她並沒有看著刑警，眼神有些飄忽地說：「我十一點左右離開葉山先生的房間去客廳時，看到薇若妮卡在收拾東西。我對她說：『要不要幫忙？』兩人卻一屁股坐了下來，不曉得是誰先開口提議喝個兩杯……」

「那時你們都喝醉了吧？」

輝美像小孩子般搔搔頭。「只有我而已吧，薇若妮卡一直在招呼我，根本沒喝到酒。我覺得有點不好意思，便勸她也喝一點，也許是我很熱心地叫人家多喝一點。」

看來深夜的酒宴，並不是誰主動提議的樣子，當然薇若妮卡也證明了這點。

「輝美小姐已喝得爛醉，所以不能再讓她喝下去了。但我能夠感覺到她是在安慰我，勸我放寬心，讓我能輕鬆點，所以又讓她小酌了兩杯。」

「只有妳們兩人喝嗎？喝到幾點？」

薇若妮卡聳聳肩，輝美也一樣。

「輝美已經完全醉倒，不知不覺就睡著了，睡到根本叫不醒的程度。所以我扶她到空著的房間休息，那時候是幾點啊？大概是十二點二十分左右吧！」

「從十一點多到十二點二十分，妳一直都和輝美小姐在一起？」

「是的，我們一直都在一起。」

「是這樣嗎？」

島野想再確認，可是輝美卻一副頭痛欲裂的樣子，一直用手緊緊按住太陽穴。

「老實說，我眞的不知道該怎麼回答，因爲我完全記不得了。雖然還記得出了悠介的房間，又和薇若妮卡喝了幾杯，可是三杯下肚後一直到今天早上在流音的床上醒來的這段時間，感覺整個人像進了墓穴似的。」她一臉痛苦地說，「像是夢到在雪山遇難，或是在稻草堆裏翻來覆去，作了一堆不太舒服的夢。總之就像萬花筒似的，盡是些令人眼花撩亂的夢境。而且姊姊還出現在其中一個夢境，好像是我們爲了一件事大吵特吵的樣子，雖然是在夢裏，可是感覺卻好眞實……」

話說到一半，輝美立刻又恢復一貫地冷靜。「所以我實在沒自信自己敘述的到底對不對。我想一定就像薇若妮卡說的，我根本醉得一塌糊塗。」

坐在島野身旁的小山內像是要安慰沮喪的輝美，一直不停地點頭，發現我在注意他才停止了動作。

「拖著喝得不省人事的我一定很辛苦吧？」

聽到輝美現在才略帶抱歉的口吻，一直保持沈默的漢斯終於開口。

「不需要感到抱歉。這孩子不像外表，力氣可大得很呢！」

薇若妮卡似乎有點不太服氣。「我才不像你說的那樣呢！爸爸老是一臉嚴肅地說些冷笑話。是隆幫我一起扶輝美到流音的床上啦！只是沒辦法替醉得不省人事的她換睡衣。」

島野用鉛筆指了指乙川隆。

「既然提到主人的名字，那就來問問乙川先生昨天傍晚後的行蹤吧！」

乙川隆發出一聲鼻哼，開始說：「吃過飯後，在客廳和大家聊了一會兒，八點多便過去拜訪住在隔壁 SUNNY DAY 度假別墅的有栖川先生，是想帶些下午喝茶時聊到的瑞典館招牌燒酒給他嚐嚐，加上老闆迫水夫婦一共四人邊喝邊聊。雖然我們家也有訪客，可是就算我不在，氣氛還是一樣熱鬧，況且也想多和有栖川先生聊聊，沒想到一聊就聊到十二點多，關於這點可以請有栖川先生證明。」

終於輪到我登場了。可是如果只回答「一點也沒錯」，就覺得自己似乎不太盡責。「辛苦了，你可以回去了。」我可不想這麼快就退場，總之得好好盡義務才行。

「昨晚十二點多，乙川先生還在別墅，因爲我們聊得很愉快，所以他大概十二點十分左右才回去，我記得那時候雪剛好停了。」

「有栖川先生也見過綱木小姐是吧？感覺她有什麼異狀嗎？」

「不，完全沒有。」

只簡短地問了我兩句後，又再次詢問乙川隆。

「如果你十二點十分從隔壁離開，回到家大概十五分左右吧！回到家就發現輝美小姐醉倒在客廳嗎？」

「是的。因爲看她醉得根本不省人事很難回到別館的房間，於是我和內人商量後，決定扶她到空房休息，因此剛才她說的十二點二十分是正確的。」

「那後來呢？」

「看到內人正在收拾客廳，我就對她說時間太晚了，明天再收就可以後便上二樓就寢。因爲喝了點酒，睡得非常熟。」

「那麼乙川先生是清早前往別館，發現淑美小姐慘死囉？」

「是的。」

「乙川先生是幾點醒過來呢？我想確認一下。」

「六點左右，那時天還沒亮。」

「爲什麼那麼早起呢？」

「也沒什麼特別理由，只是突然醒過來想上個洗手間，可能是前天晚上喝太多水的緣故，忽然很想上廁所。」

「這理由可以理解，可是爲什麼要冒著寒風去別館呢？」

「因爲我們家樓上樓下各有一間洗手間。我早上起床當然會上二樓的洗手間，稍後您調查一下就會知道我所言不假，那間洗手間的窗戶位置有點低，可以眺望外面。而且是面向北邊，可以清楚看到別館。」

「因此發現那邊有異狀？」

「也不能說是異狀啦！只是覺得有點不對勁，心想是不是發生了什麼事。我是那種只要醒來睡意就全消的人，於是換上衣服，決定前往看個究竟。」

「那時尊夫人還在就寢，是吧？」

「是的。不只內人，大家都還在睡，所以家裏十分安靜，靜得好像不論敲什麼東西都會發出尖銳的聲音。現在想想，宛如不祥的靜寂。」

「不好意思……」我終於忍不住插話，「不好意思，可不可以請教一個問題？乙川先生看到的異狀，到底是什麼樣的情形？」

刑警對我的提問並沒有感到不悅，島野向乙川隆使了個眼色，請他說明。

「有栖川先生，我想你來我家之前應該沒注意到才是。——令我覺得不對勁的地方，就是明明這麼冷，門卻居然半開著，另一個就是煙囪斷掉了。」

「煙囪斷掉……爲什麼？」

「這我也不太清楚。——不只煙囪，客人住的地方居然門戶大開，這怎麼行！身爲主人的我當然不能坐視不管，於是穿上外套，前往看個究竟。」

一出後門，只見一條腳印直通別館，那是又小又淺的腳印，因爲下雪的關係輪廓有些模糊。乙川隆心想，可能是雪正在下時，淑美留下來的吧！於是他穿上從玄關拿來的靴子，朝別館走去。除了自己踏著雪的足音之外，連風的聲音都聽不到，在早晨的寂靜中，筆直地往別館走去。

踏進客廳前，他先從外面喊了聲「淑美小姐」，可是沒聽見任何回應。再喊一遍，側耳靜聽，還是沒聽見任何回應。於是只好說聲「打擾了」便走進去。

「因爲客廳和外面一樣寒冷，彷彿沒有任何人在的樣子，感覺不到一絲生人的氣息。我歪著頭心想，該不會突然發生什麼緊急事，跑去哪了吧！只是單純地這麼想，並沒有想太多。

「房門緊閉。我心想應該還在睡吧！但是敲了好幾次門都沒有回應，結果開門一看，發現穿著睡衣的淑美慘死在地上。」

「你有碰觸屍體嗎？」

乙川隆立刻搖搖頭。

「我連她的一根手指都沒碰，因爲看到她的頭部受到嚴重創傷，心想這下不妙了。」

「那有碰觸別館裏的其他東西嗎？」

「完全沒碰。」

「其他房間沒有異狀嗎？」

「這我倒是沒特別注意，我想應該沒有吧！」

「嗯……」島野點點頭，「那麼立刻回到本館是吧？」

「是的，感覺自己彷彿作了一場惡夢，雙腳不聽使喚地發軟，心情久久無法平復。」

在座的每位都靜靜聽著他的描述。

「這就是大概情形吧！根據紀錄，您是在六點十七分報警的。」

「差不多就是那時吧！的確是我報的警，我通知大家發生慘事後便趕緊打電話報警。」

島野又用鉛筆彈著嘴唇。

「在座的各位，有人比乙川先生更早發現煙囪壞掉，大門敞開的不尋常狀況嗎？」

結果並沒有人。「這是當然的啊！」漢斯說。

「別館與本館相距大約三十公尺。倚著森林而建的別館，大半夜裏只依稀看得見屋子的輪廓而已。煙囪什麼時候壞的、大門什麼時候敞開，我想只有作這件事的人才知道，而且……」

他以那對和女兒一模一樣的藍眼睛，直視刑警。

「我很好奇警方是如何解讀這起案件呢？是在想這家裏的某個人殺害了淑美小姐嗎？我只想問清楚這點。」

「先別急著問這種問題，目前並沒有什麼具體結果，畢竟搜查工作才剛開始而已。」

果然是這種無關緊要的回答。漢斯．約哈森像是威嚇島野似地，目不轉睛地盯著他。

「謝謝各位的配合。今天的偵訊就先到此爲止，若有需要各位幫忙的地方，還請大力協助。」

看來，第一幕第一場戲終於告一段落。輝美一副精疲力盡似地垂著頭。

「薇若妮卡，不好意思，可以再給我一杯冰水嗎？」

「只要水就好了嗎？」

薇若妮卡立即起身走向廚房。只見輝美深深嘆了口氣，我第一次發現，她那撫著額頭的右手的拇指上，和我一樣纏著繃帶。

6

「眞的耶，眞的斷了。」我望著矗立在灰濛天空下的別館這麼說。雖然相距三十公尺遠，但是煙囪從中腰折的樣子卻看得一清二楚。與其說是折斷，倒不如說是前端的部分不見了。

「我說得沒錯吧！昨晚並沒有下什麼大雪，也沒有颳什麼強風，不可能會斷成那樣。再加上大門敞開，裏面應該冷得跟冷凍庫沒兩樣。我當然會想客人是不是發生了什麼事，慌慌張張地跑去看個究竟，也是很正常的啊！」

一旁的乙川隆雙手抱胸，促使我認同他的說詞。

「換作是我也會跟你一樣吧！」

我一這麼回答，他立刻半開玩笑地要握我的手。

「那麼，白卡爾海豹與推理作家一起前往殺人現場來趟冒險之旅吧！」

*

警方在客廳偵訊完大家後，我們終於得以暫時解脫。話雖如此，當然像是等等力被要求還不能返回東京，其他人如果要外出，暫時也必須得到許可才行。至於我，島野還在思考到底要怎麼安排我，但是趁他尚未開口，我先主動向他報備我打算再留宿一天。

「爲了推理小說的取材工作嗎？」

他的意思就是如果是這樣的話，並不歡迎我留下來。不過我回答，並非如此。

「我只是碰巧遇上殺人事件，也不打算將這案件作爲小說題材，因爲犯罪搜查對我而言，並不是什麼稀奇的事。」

因爲他反問我這話是什麼意思，我便向他說明自己曾多次參與實地的犯罪搜查，而且有好幾次幫助犯罪學家的友人一起偵查案件，因此也認識不少任職於京阪神的警察總部與警署的警界朋友，但是我從來不曾將這些事當作小說題材。

「因爲有這樣的經驗，所以我並不是想窺視搜查過程什麼的，只是不想在還沒弄清楚事件經過的情況下就這樣離開。而且綱木輝美小姐也對我有所存疑，我實在無法抱著這種不明不白的心情回去。」

「是嗎？爲什麼她會對你有所存疑呢？」

有著低沈嗓音的小山內翻開記事本，也許他是個筆記狂。

但是當他聽到我的陳述，立刻喪失了興趣似地，旋即將記事本收進口袋裏。這傢伙可眞伶俐。

「可以看一下命案現場嗎？」

我這麼問，卻遭到拒絕。

「這會造成我們的困擾。因爲現場搜證的工作還會繼續進行，因此你的請求會讓我們很爲難。當然如果在別館附近繞繞、看一下的話是沒什麼問題，只要跟員警說明你是這戶人家的客人就可以了。」

＊

站在一旁的乙川隆不但能夠理解我的需求，也對我說了他那時發現屍體的經過，然後我們一起走到庭院。島野不知道跑哪去了，小山內雖然沒有斷然拒絕我們的請求，卻緊跟在後面。大概是覺得沒必要將我也劃上等號，所以態度比較寬容些。

乙川隆帶我繞到後門，雖然玄關與別館間有很多雜沓腳印，不過只有一組是往返的腳印，而且每個腳印既深且大，一看就知道是同一人往返所留下的。另外沿著左手邊，還有一組有點小，輪廓不太清楚的腳印，而且這腳印只有單趟往別館的方向。

「右邊那個是我今天早上留下的腳印。你看，是來回的吧！然後左邊那對是淑美留下的。可能警方認爲這些腳印具有重大意義，所以沒人敢踏到這三組腳印。保留被害者淑美的腳印是理所當然的，可是爲什麼連我往返的腳印都保留著，這又該如何解釋呢？」

「也許他們在懷疑第一目擊者吧！也許認爲這是犯下罪行往返時留下的腳印。」

我很率直地這麼說。

「有可能是懷疑第一目擊者？嗯……雖然可以理解，可是懷疑我是兇手實在太荒謬了。因爲我有很確實的不在場證明啊！」

與其說是確實，倒不如說是超完美的不在場證明吧！推斷綱木淑美遇害時間爲昨晚十點半到十二點之間，他一直都和我與迫水夫婦在一起。當然中間有好幾次起身上洗手間，可是就時間而言根本不可能，而且我坐的地方可以清楚看見他進出洗手間。就算可以由洗手間的那扇小窗脫逃，以他那種壯碩體型也不太可能辦到。也就是說這四人中的我，比世界上任何人都確信他不是兇手。如果很不識相地分類我們四個人的話，那就是我、迫水夫婦，還有——眞正的兇手。

「如果我的不在場證明成立，那麼推斷淑美小姐的死亡時間就是到十二點爲止，這時間點還眞是敏感啊！可以說差一點就讓自己沒命般危險。可是所謂死亡推斷時間到底精確度如何呢？實在叫人有些不安。就算有到十二點十分爲止還在隔鄰人家的不在場證明，但是只要有一點點誤差，就根本不會被認同，而且會成爲有缺陷的說詞。」

我們在後門前停下腳步，乙川隆這麼問我。身爲推理小說作家的我面對這種聽起來十分耳熟的說詞，由於自己沒學過法醫學，無法不負責任地隨口回答，只好將這問題丟給專業刑警。

「小山內先生，你的看法呢？」

眼神望向另一方的刑警「啊？」地發出一聲，聽起來是立即反應，不太像是裝的。

「這要由專家判斷，我不方便表示任何意見，我看你們就別隨便臆測了。」

「也是啦！」

我很輕鬆地這麼回應，乙川隆看起來似乎暫時安心許多。

「那我們就別想太多吧！」

然後包括小山內刑警，我們三個人就這樣穿過三十多平方公尺的雪地，往慘劇發生地——別館前進。庭院少說積了五、六十公分深的雪吧！雪地上還摻雜著其他鑑識人員的腳印。發現屍體的乙川隆的往返腳印——大概有二十公分左右深——因爲保留得相當完整，在我的眼裏就像某種紀念物似的，閃閃發亮。

別館周邊大約站了十來位鑑識人員，邊吐著白氣，邊牽著鼻子在雪地上東嗅西嗅，尋找任何可以當作證物的協尋犬。其中有位顴骨突出，看起來年紀比較大的刑警，邊向小山內招呼邊朝我們這邊走來。

「出現了、出現了，煙囪出現了。」

雖然一開始聽不懂他在說什麼，但是仔細聽就知道，原來是說折斷不見的煙囪前端找到了。

「就埋在那邊的雪堆裏，竟然到現在才發現。」

小山內回頭對乙川隆這麼說。

「剛好，可以請主人確定一下。」

從雪堆挖掘出來的煙囪就放在露台上。亮晃晃不鏽鋼製，前端呈H型。雖然只遠遠地看過，但還是依稀記得這個形狀。乙川隆十分確定這東西就是裝在別館上的煙囪。

「就是在那裏發現的，在那裏。」

發現這支煙囪的人用手指著突出的屋簷正下方，那裏還留著挖掘雪的新痕跡。乙川隆看著這光景，雙手抱胸喃喃自語：「這到底是怎麼回事？就算煙囪是自然折斷，也不太可能會掉在這裏啊！應該會沿著屋頂滑落，往後面掉才是，而且就算力道再怎麼大掉了下來，也不可能完全埋進雪堆裏啊！」

如他所說。與其說不太可能，還不如說根本不可能。既非自然力使然，也非動物的惡作劇，那就肯定是誰爲了某種目的而這麼作。煙囪的上半部斷掉，深埋進屋簷下的雪地裏，到底代表著什麼意思呢？實在令人費解。

「這附近有沒有煙囪斷掉就代表能夠夢想成眞、或是詛咒的習俗呢？」

我這番有點唐突的提問，根本不被理睬。看來果然不可能會有這種習俗存在。

「也許讓煙囪折斷並不是這麼困難的事。」小山內從露台下到院子，邊抬頭看著屋簷邊喃喃自語。站在他身旁一看，才明白他說的意思。一般成年男子只要站到露台上的欄杆就可以輕鬆搆到屋簷，就算是女性，指尖多少也能碰到。如果由那裏攀爬上屋簷，運動神經恐怕得好一點，不然就有點困難了。但是如果用繩索之類的東西，往上拋套住煙囪，應該多試幾次就能成功，套住後用力一拉，煙囪便能應聲而斷。

「如果用繩索拋投，可能掛上去又掉下來，如果是這樣又如何呢？況且之後還學狗埋骨頭，將煙囪埋起來。我實在想不透這和殺人行爲有何關連？」

面對我的叨絮，小山內只有苦笑。

「我也無法判斷出什麼，也許這算是推理作家的領域吧！」

根本沒這回事，哈哈，只有無奈接受的份，但是內心卻拚命思索這光景的意義。

假設犯罪的時候，是不是有什麼不利兇手的證據殘留在煙囪上，那到底是什麼樣的痕跡？又是如何弄上去的？兇手不只要回收，也要完全處理掉啊！就算因爲沒時間丟掉，情急之下埋在雪堆裏，可是就這樣隨便埋在屋簷下的雪堆，難道不怕被輕易地發現嗎？不然就是那痕跡已經隨著埋在雪堆而消失掉了？怎麼想都覺得不盡情理，況且如果只是一點點髒污，只要抹上雪就可以擦掉。

我也思考過，難不成是死去的綱木淑美所爲？因爲折斷煙囪一事，連女性也可以辦得到。可是稍有常識的客人實在不可能會作出如此不尋常的事。何況還是個雨雪紛飛的夜晚。腦海中浮現她一邊吐著白氣反覆投繩的模樣，實在有違常理，而且也太過超乎常理，宛如一幕令人渾身不舒服的童話故事。

我回到露台，半蹲著，窺看著放在桌上的煙囪內部。只見被煤燻得又髒又黑，並沒有什麼值得注意的地方。如果警方採科學辦案，也許可以找出什麼有趣的事實。

「有栖川先生，你看你看！可以看見裏面的樣子哦！」

站在窗邊的乙川隆向我招手。就像昨天傍晚窺看到綱木輝美與葉山悠介緊緊相擁的樣子般，窗簾只開了一點點，可以看見屋裏有人走動。明明沒此必要，我還是很自然地躡手躡腳走近窗邊。

那是間約八疊榻榻米大小，還算寬闊的房間。房間裝潢和本館一樣，兩張舒適的床分別靠牆擺置，在床中間的地板上，用膠帶貼了一個屍體倒臥的形狀。頭朝北，雙腳則朝南面向門的那方。因爲聽等等力形容過，屍體呈俯臥狀，所以很容易想像當時遺體是呈什麼樣子。門旁掛著一面大鏡子，被鑑識人員灑滿採取指紋用的鋁粉。房間一角放著兩個旅行袋，看起來有些孤寂，無法判斷是哪一只旅行袋會永遠失去主人。

「房間內沒有遺失什麼貴重物品吧？」小山內回過頭詢問。

「經她妹妹證言，綱木淑美小姐所持物品與金錢並沒有任何遺失，旅行袋也沒有被翻動過的跡象，家中其他物品也沒有遭竊，是吧？」

「是的。」乙川隆說。

「如您所見，這房間的陳設十分簡樸，小偷就算進來也偷不到什麼東西。警方來之前薇若妮卡和悠介都到現場看過，沒有發現任何可疑人物，而且也沒有任何異狀。」

我的目光再度回到室內。房間內沒有暖爐這點令我有些訝異，不過忽然想起不知道是誰跟我提過地板就裝有暖氣一事。還有突出於屋簷上的煙囪，不曉得是客廳的暖氣設備？還是浴室呢？

「可以進去裏面看一下嗎？只要站在玄關看一下客廳就好了。」

小山內回了一聲：「請便。」

繞到玄關打開門一看，別館內部陳設一目瞭然，只有二十疊大小的客廳和兩扇門。正面右邊那扇門應該是房間，左邊那扇則是洗手間與浴室，兩扇門中間有扇活動拉門，大概是用來存放物品的小儲藏室。擺設的質感不錯的桌子和椅子，講好聽一點是簡樸，不太好聽的話就是有點冷清，煙囪是由客廳暖爐延伸出去的。

「聽說那時玄關的門半開著，也就是說沒有圈上門鎖囉？」

這是理所當然的事吧。

「可能是兇手犯行後很慌張，沒有將門關好。是因爲犯行後呈現亢奮狀態？還是時間過於緊迫……。應該是沒時間從容帶上門的關係，因爲擔心輝美小姐回來撞見自己的犯行而慌張逃逸。」

乙川隆打斷了我的自問自答。「可是如果兇手很慌張，爲何能從容地弄斷別人家的煙囪呢？」

「如果假設兇手企圖以繩索套住煙囪，而且試了好幾次浪費不少時間，所以才慌張地連門都沒關就逃走了呢？」

「這個嘛……」只見他噘起嘴，「這還是得問本人才知道吧！」

「對了……倒是沒聽聞遺體有什麼衣衫不整的情形，淑美小姐生前有遭遇什麼暴行嗎？」

我低聲向小山內詢問。

「沒有，只有後腦部遭到重擊，而且只有一次，也沒有任何扭打或是掙扎後留下的傷口。」

因爲乙川隆就站在一旁，理所當然聽得到我提出的詢問。

「你的想像力未免也太豐富了吧？有栖川先生。」口氣聽起來不甚愉快。

「警方認爲兇手也許就是我的家人或是客人，這種推測未免太奇怪了。如果兇手的目的是想侵犯淑美小姐，那麼兇手應該是男的才對。當然在這裏的男性，除了肯定不是兇手的我之外，就只有三位而已。我想你應該很瞭解等等力先生的爲人，他是個超級顧家好男人，是那種連酒店都不會去的老實人。就算多喝了點酒，也絕不會對淑美小姐作出無禮貌的行爲。悠介更不可能，雖然他是那種個性軟弱，黃湯下肚就成了色鬼的人。可是他沒有理由對淑美小姐作出無禮的舉動，也沒必要，因爲他和輝美小姐的感情很好。」

我本來想追問他會何知道他們倆的關係，可是話到嘴邊又吞了回去。因爲如果這麼問，肯定會被反問爲何知道此事，還得說明一番反而麻煩。

「哦！難道葉山先生和輝美小姐的感情不只酒友關係？」

「是啊，明眼人一看就明白吧！而且昨天薇若妮卡還親眼看到他們倆很親暱的樣子呢！雖然他們說要去鎮上買東西，其實是躲在別館房間約會啦！」

「原來如此，所以他就不會對姊姊淑美起什麼歹念才是。」

「他這小子還算正經。——這麼一來，就只剩我岳父了。可是我岳父感冒發燒，身體微恙，實在不可能拖著病體摸黑犯行——」

「不說了、不說了。不隨便胡亂臆測了。」

看來乙川隆的臆測已經到了某種限度。只見他邊挺胸邊將話題矛頭轉向小山內刑警。

「剛才島野刑警說了句很曖昧的話，他說警方認爲是內犯所爲，是吧？」

「目前尚未有足夠證據證明是內犯所為，況且在初步搜查階段就妄下判斷是一大禁忌。附帶一提，島野是首席警官，也是此專案小組的負責人。」

還眞是模範生式的回答，但實在缺少了那麼點眞心。只見乙川隆搔了搔他的粗脖子。

「算了、算了。總之說什麼兇手就是昨晚住在本館的七個人中的說法，我還是無法接受。我們都是憎惡暴力的人，而且大家相處融洽，請務必傳達這點讓島野先生知道。」

「好的。」

趁他們在客廳爭論的空檔，我悄悄回到露台，從口袋取出相機快速地拍下放在桌上的煙囪。至於兇案現場，因為還有機會進去所以不用急著拍照，接著再拍下往本館的腳印，再捉準拍攝角度拍下往這邊來的兩組腳印，還有往本館去的一對腳印，接著又拍下從露台下到雪地各種來往附近的腳印。雖然現在還保留原狀，可是如果不快點記錄，一下子就會不見了。乙川隆留下的腳印是像靴子的底，宛如蓋印般清楚的痕跡，可是淑美留下的腳印，可能是因為正值雪下得最大，加上經過一段時間，所以變得有些模糊不清。但依稀可看出是淑美所穿的鞋型，還有腳印是朝別館方向的痕跡。

「你在這裏作什麼……？」

突然背後傳來叫聲。回頭一看，原來是那位挖出煙囪的刑警。他倒沒露出不悅之色。

「你在幹嘛？拍這些照片要幹嘛？」

一瞬間，我找不到什麼好藉口回應。

「沒什麼，只是還有多餘的底片而已。」

7

這位看起來比較年長的刑警邊喃喃自語邊走掉了，大概沒空理我吧！乙川隆和小山內刑警八成還在客廳，沒看到他們走出來。

廿四張底片全都拍完，我將相機收進口袋，再次審視留在庭院的腳印。這時，島野刑警忽然出現在本館後門。身旁伴隨著幾位搜查人員，邊指著庭院的腳印邊說話，但是聽不清楚他們的談話內容，好像在議論些什麼吧！因爲聽不見他們的聲音，也讀不到他們臉上的表情，與其說搜查工作進行得如火如荼，倒不如說像是在窺視一件不怎麼有趣的事。

我邊眺望心中邊想：到底在談論什麼呢？忽然心中湧現一個疑問，就是關於庭院留下的腳印。

首先可以確定的是，乙川隆發現屍體時所留下的往返腳印。另外，往這裏走來，比較模糊的腳印，假設是從本館回到別館的淑美留下的腳印。因爲那時十點半左右，剛好是雪下得最大的時候，腳印模糊不清也是理所當然的，到此都還算合理。

庭院裏留著被害人的腳印和第一個發現屍體的人的腳印。那麼，兇手的腳印跑哪去了？假設兇手隨後前往別館殺死被害人，居然沒有留下任何腳印不是很奇怪嗎？

這麼說——也許兇手在淑美離開本館之前，更早就潛進別館埋伏等候囉？如果兇手滿早就前往別館，就可推測兇手的腳印早在下雪時就被雪覆蓋掉了。因此可以推斷兇手早就等在別館裏伺機下手。

不。

不對。即便如此，兇手在犯行後逃離別館時應該也會留下腳印，但是卻沒有留下，這是爲什麼呢？明明被害人和第一位發現屍體的人的腳印都留著，唯獨兇手的腳印卻消失無蹤，這該如何解釋呢？難道只有兇手足跡的上方才飄雪嗎？

這麼說……

往返的腳印不是乙川隆的，而是兇手留下的。假設是某人穿了乙川隆的靴子往返本館與別館，似乎又有些不合情理。但是如果眞是這樣，那麼如乙川隆所說，這腳印是自己發現屍體時所留下的證言就是假的囉？仔細一想，和乙川隆體重最相近的應該是他岳父，漢斯・約哈森先生。如果是他留下的腳印，然後乙川隆再循著腳印踩一遍，非但不造假而且很清楚。

眼前彷彿突然浮現出兇手的名字似的，身體不由自主地顫抖了一下。但是立刻就意識到這樣的推理並不能成立。因爲我可以斷言乙川隆的靴子在慘案發生的那段時間，一直都擺在 SUNNY DAY 度假別墅的玄關。如果有人偷偷打開玄關門，借用他的靴子，肯定會被在起居室聊天的我們發現盤問，所以怎麼想都不太可能。

不，假設同樣的靴子還有一雙，然後兇手穿著那雙犯案呢？一直緊咬著這一點的我，又被另一種理由給潑了桶冷水。因爲乙川隆的靴子是特別訂做的，不太可能輕易拿到。況且這麼做對兇手而言，又有何益處？

如果連這個假設也被推翻，到底兇手的腳印該如何解釋？

有了，而且非常簡單，獨一無二的解答。

我在腦子裏描繪某種場景。深夜下雪的庭院，應該只留著淑美留下的單趟模糊腳印，和兇手往返本館與別館間的腳印。於是經過數小時後，快近天明時，乙川隆打開本館後門，發現院子裏留著比誰的體重都還要重、擁有一雙大腳的人的腳印。於是他穿上靴子走到庭院，往別館方向前進。他小心翼翼循著兇手留下的腳印往別館走去，邊銷掉這些腳印。到了別館，再往回走邊銷毀兇手回時所留下的腳印，返回本館。

如果乙川隆也是共犯，那他對於庭院腳印的說明也未免太完美了？沒有任何讓人存疑的地方。換句話說，他之所以這麼做，就是爲了銷毀兇手的腳印，然而卻衍生出實在無法理解的疑問。

乙川隆有不在場證明，因此無法直接下手殺害淑美。如果是用前述方法就可幫兇手脫罪，這麼一想就覺得實在很可疑。他之所以拿酒過來找我們聊天聊到深夜，也許就是爲了製造不在場證明。

但是他是那種會構想殺人計畫，作出這般恐怖行爲的人嗎？光是想像就不太愉快。也許會被我那冷靜的犯罪學者朋友嘲笑，但我還是不願想像。

「難道沒有其他可能性嗎？」

當我說出口，就表示還要檢討其他可能性。島野一行人還在本館後門附近交談。也許他們那不停張合的嘴型會和我的思考有同調的時候，感覺像在幫一齣默劇配音似的：

『除了被害人的腳印之外，就只有乙川隆的足跡。這麼說，他有可能就是兇手。』

『可是他有不在場證明。』

『除了乙川隆，也不可能有人穿他的靴子啊！因為那時他的靴子就擺在隔壁度假別墅。』

『如此一來，可能性只剩一個，那就是兇手的腳印被乙川隆銷毀了。』

『可是要說乙川隆偶然將兇手的腳印銷掉，也不太可能啊！要是只銷毀一、兩個還說得過去，全部都銷毀的話，那肯定是故意這麼作的。』

『因為他是個有百公斤重的巨漢，可以很輕易地銷毀兇手的腳印。相反地卻沒人能夠銷毀他的腳印。』

『等等！這麼輕易就下結論好嗎？有沒有忽略了什麼關鍵點？』

『如果乙川隆說的都是真話，那麼留在庭院裏，往別館方向走去的腳印真的是被害人留下來的嗎？也許那是兇手遺留的？假設兇手早一步就潛入別館伺機犯案，應該不會留下去時的腳印。那個不屬於乙川隆的單向腳印，會不會是兇手犯案後倒退著走回本館所遺留的？』

『不太可能吧！如果被害人一直在本館待到半夜才返回別館，她的腳印應該早已埋在雪堆了，可是被害人一直到十點半還待在本館。如果那個單趟腳印是兇手倒退走所遺留的，這麼一來被害人的腳印就不見啦！』

『這麼說，乙川隆果然作了偽證？』

『除此之外無法作任何合理解釋。』

他們的對話應該如我所想像地進行著，刑警們的每個動作也如我想像的那麼契合。

別館傳來開門聲，只有乙川隆走出來，我一直盯著他看。因爲我是那種很討厭肚子裏藏著疑惑的人，所以便直截了當問他。

「警方好像在進行現場搜證，我們是不是也該回本館了？」

我邊走近他身旁邊叫他，「乙川先生。」

「有什麼事嗎？」

「突然這麼問眞的很冒昧，今早您往返別館時，是不是刻意銷毀留在庭院的腳印？」

「沒有啊！」他似乎很訝異，「留在院子的腳印不是淑美小姐的嗎？那腳印不是很清楚嗎？」

這時，瞥見島野刑警一行人正準備朝我們這裏走來。難道他們同時和我下了一樣的推斷，前來追問乙川隆的嗎？總覺得他們的頭頂上方飄散著一股詭異的氣氛。

「有栖川先生，怎麼連你都這麼說啊？」

嗯？

「什麼意思……？」

「那些豬苗代警署的刑警們曾很嚴竣地這麼問過我，沒想到你竟然也會問我同樣的問題。就是剛才你問我的，我是否銷毀了某個人的腳印這個問題。當然我很明白地說我沒有這麼作，只要調查一下就會知道我沒有說謊，就算半脅迫我也沒有用。」

刑警們踏在雪地上的腳步聲愈來愈大。

「我知道這麼問眞的很失禮，如果乙川先生沒有銷毀誰的足跡，那麼兇手的足跡跑哪去呢？這就成了個謎。」

「你太多心了。」他笑了笑。「兇手肯定是從外面侵入的。所以沒在院子裏留下腳印。」

「可是就算是由外面侵入，也應該會在別館周圍留下腳印，可是卻沒有。」

「一定是從後面的森林侵入的，而且用了某種巧妙的手法銷毀腳印吧！」

「巧妙的手法是指什麼？」

「這我就不知道了。」他沒有笑，語氣堅定地回答我。

「可是警方和我都抱著一樣的疑問啊！雖不清楚爲何要護著兇手，但你的立場眞的很危險。」

「有栖川先生，你誤會了。警方已經沒有懷疑我了，因爲疑點已經解開。」

「什麼意思？」

「你後退一步看看。」

我的身體比我的嘴巴還早一步反應，順從地往後退了一步。只見他重重地踩了一下我留下的腳印，然後慢慢將腳舉起來。

我蹲下來，仔細觀察新腳印。他的靴底所留下的印子，怎麼樣都無法精準地將我的腳印嵌住。樣子和剛才所見往返的腳印不太一樣，靴底的模樣變得不是很清楚。

「這樣您懂了吧？無法精準地銷毀啊！如果你還是無法理解，我們再實驗一次看看吧！雖然有位刑警留下赤腳的腳印讓我踩踩看，可是我的靴型還是無法精準地銷毀。你要不要也試試？」

聽他說得這麼有自信，我想也沒有試的必要了。我覺得很不好意思，只好頻頻向他道歉。如此一來，果眞如他所說兇手是從外面侵入的嗎？

「恕我妄下斷語，眞的很抱歉。」

「別這麼說。會懷疑是理所當然的，因爲連警方都這麼想過啊！我們家其他人因爲太過震驚根本沒辦法想到這些，果然還是你比較敏銳。」

總覺得他的語氣似乎帶點諷刺，感覺好像有點責備我和其他人相比少了點人情味似的，不過乙川隆的表情還是保持一派溫和。但我並不死心，又再追問是否有另一雙和他一模一樣的靴子。

「你是說兇手穿著那雙靴子？」

沒錯。

「並沒有。也許警方認爲輕易相信我的話會有違職守，於是他們採集了昨天我在迫水先生家留下的腳印，和庭院留下的腳印進行比對。只要經過比對，就會連靴底受損的情形都查得一清二楚，只要經過調查就能明白了。」

我看著神情自若的乙川隆，就已經很清楚那兩雙靴型肯定是一樣的了。

我們的談話告一段落，從本館往我們這走來的腳步聲，在我身後幾步處停住。

「乙川先生。」島野刑警越過我的頭頂喚他。乙川隆也回應了一聲，「是。」

「麻煩事來囉！剛才的腳印試驗經我們再實驗一次，確定你無法完全銷毀兇手的腳印。而且比對過您在隔壁人家留下的腳印和庭院的腳印，也確定是同一組腳印沒錯。——到此爲止都還好。」

「那到底是出了什麼麻煩事？」乙川隆挺了挺身子問道。

「經過我們拚命搜查，還是沒有在森林裏發現任何可疑腳印。也就是說，可以確定的是兇手不是由外面侵入的，亦即，我們強烈懷疑貴府的某位就是兇手。」

「不可能會有這種事的！」乙川隆的心底似乎有些動搖。「如果說淑美小姐是死於他殺，那兇手肯定是從外面入侵。可能是爲了偷東西或是起了色心等等，才會失手殺了她然後倉皇逃逸，請你們一定要再仔細調查。因爲如果兇手是我們家的人，應該會留下往返的腳印啊！」

我倒是很感興趣警方會如何回答這個問題，期待警方的回答能夠解開我心中的盲點。但警方只是平靜地，像是喃喃自語似地回應：

「是啊！這實在令人無法理解……」

第三章　看來這個謎題不太好破解

1

從瑞典館告辭後回到下榻處。「今天的午茶時間，請務必賞光。」因爲乙川隆這麼對我說，當然爽快允諾。

「警方也來查訪我們家呢！我長這麼大還沒碰過眞的刑警向我出示過證件呢！」迫水先生看著我這麼說，口氣聽起來就像劉姥姥進大觀園般興奮。

「他們應該是來詢問關於乙川先生的不在場證明一事吧？」

「沒錯。他們問我乙川先生是不是從八點到十二點左右一直待在這裏，我回答是的。雖然很想知道究竟是怎麼回事，可是總不能對刑警打破砂鍋問到底，眞是傷腦筋啊！而且我們的證詞，不就可以證明乙川先生不可能涉案，不是嗎？」

我邊望著窗外的瑞典館邊脫下外套掛在窗旁的椅背上，一屁股坐下。

「是啊！的確如此。」

倫代快步從裏面走出來，好像很期待我的現場報導似的，雙眼褶褶發亮。其實兩夫婦都對隔鄰的不幸事件，寄予無限的同情與遺憾，但還是無法掩飾心中好奇。

「辛苦您了，有栖川先生。雖然不希望這種事發生，不過您應該沒有被懷疑吧？」

「不好意思，讓妳擔心了。幸好我有不在場證明。」

「哦！這樣啊！」

「不在場證明」這個彷彿只在電視或是小說裏才會出現的名詞，看來似乎讓她很興奮。

「哦！那麼有栖川先生和乙川隆先生的不在場證明都成立囉！也就是說，兇案是發生於昨晚十二點左右？喂，別光坐著，幫忙去泡壺咖啡，然後再拿點吐司過來啊！人家有栖川先生早上還沒吃呢！」

「眞過分！好事就沒人家的份。」

倫代嘟著嘴。但是因爲迫水先生又補了句：「站在廚房也聽得到啊！」所以迫水太太只好一臉不悅地站起來。其實我也沒什麼胃口吃早餐，所以並不在意。只是要努力地發出能讓廚房聽得一清二楚的聲音，覺得有點辛苦而已。迫水先生挪了張椅子坐在我旁邊，邊抽菸邊好整以暇地準備聽我娓娓道來。

「——總之，推定兇案發生時間爲十點半到十二點之間，因此一直在這裏待到十二點十分的乙川隆，他的不在場證明算是成立。也就是說，等他回去後，一直沒出過別墅大門的我正好成了他不在場證明的最佳證人。」

「瑞典館其他人沒有不在場證明嗎？」迫水先生邊吐著煙邊問道。

「因爲十點半過後，大部分的人都回到自己的房間就寢，所以沒人可以確實舉出自己的不在場證明，尤其薇若妮卡夫人的處境更是微妙。」

如果她的供詞可信，那麼乙川隆回家後她便一直和輝美小姐在一起，所以她們倆就有不在場證明。但因輝美小姐已經喝得爛醉，不太記得什麼，因此還是有懷疑的空間，當然也不能否認她可能趁輝美小姐熟睡時犯案。而且如果是預謀殺人，也有可能會被認爲她想企圖灌醉輝美小姐。

「可是薇若妮卡夫人怎麼可能殺人……」

迫水先生語帶抗議。別急，冷靜、冷靜。

「其實我也不想懷疑她，只是推測有此可能性，可能性而已。」

「可是如果是這樣，」從廚房傳來迫水太太的聲音，加入我們的談話。「不管輝美小姐如何辯駁，也沒有具體證據證明自己是清白的啊！而且也沒有證據證明薇若妮卡夫人是兇手，不過就算薇若妮卡夫人說的都是實話，也還是缺乏確實證據。」

「虧妳想得出這種歪理，輝美小姐沒有理由是兇手啊！畢竟她們可是親姊妹。」

「就算是親姊妹也有各種可能性啊！我說你啊，就是死腦筋。」

一時語塞的迫水先生，只好雙手上舉作出投降狀。然後從廚房又傳來迫水太太的聲音。

「兇手一定就是乙川先生家的某個人啦！不可能是什麼強盜還是變態的人侵入，是吧？」

「嗯……這種可能性的確不高，我也聽警方這麼說過。」

「咦？」因爲聽到這樣的驚訝聲，我只好想辦法掩飾剛剛不經意的失言，然後趕緊補充說明現階段警方還沒有作出任何具體判斷之類的。

吐司和咖啡終於端來了。因爲夫婦倆覺得暫時不太方便打擾我享用美味早餐，於是我們的談話暫且告一段落。待我享用完美食後，這次換我主動提問。

「這附近有相片沖印店嗎？如果有那種能夠快速交件的店當然更好。」

「得到豬苗代那一帶才有吧！如果很急，我可以開車送您一程，如何？如果只是純洗照片，我幫您送過去就行了。」

「眞的嗎？那就麻煩了。眞是不好意思。」

我抽出底片交給迫水先生。雖然這卷底片是爲了取材，拍攝五色湖周邊景色之用，不過只用了一半，剩下大約十幾張都是拍攝兇案現場的照片。因爲我想早點將這些照片拿給某人看，所以想快點洗出來。迫水先生說他中午去買東西時可以順便幫我拿去沖洗，所以我先拿錢給他。

「對了，明天之後這裏應該沒有什麼團體客人會來吧？」

「我們生意沒這麼好啦！莫非有栖川先生打算長住這裏寫小說？譬如取材自眞實刑案小說，瑞典館殺人事件之類的。」

「拜託！我才不會作這麼缺德的事！迫水太太，謝謝妳的美味早餐。」

當我回到二樓房間時，發現大地少年又從房間裏探出頭偷看我。因爲我們四目相交，我正想舉手向他打招呼，只見他迅速往後轉，一溜煙似地躲回去。因爲度假別墅常常有外來客出入，加上老闆性喜交遊四方，在這種環境下長大的孩子應該都很習慣這樣的生活方式，但是我想這孩子算是例外吧！不，搞不好他其實很厭惡這種生活。令人意外的是，這孩子倒是有著一點也不遜於他父母的好奇心，也許方才我在敘述經過時，他就一直在旁邊偷聽了。但我想這種事也沒什麼大不了的。

進到房間，一屁股坐在床上，打電話給住在京都的朋友。沒有把握現在打過去有人接，但他居然剛好在家。

「喂，請問是英都大學社會學系副教授火村英生先生嗎？」我故意裝客氣。

「喔，有栖啊！」他打了個哈欠。「禮拜天一早就打來，有啥急事嗎？人家還在睡覺耶！」又打了個哈欠。「我是不曉得你有啥急事，不過我剛被吵醒，心情不太好哦！」

聲音聽起來有氣無力。禮拜天一早打電話擾人清夢的確有些失禮。

「對不起啦！不過你的聲音聽起來倒是挺悠閒的。」

「不好意思哦！我不是安妮．法蘭克（譯註：二次大戰間，一名在納粹極權統治下，受盡迫害的猶太小女孩安妮，記錄其逃亡點滴的《安妮日記》一書，爲感動世人之名作），不可能時時刻刻都繃得緊緊的！」

看來他已經清醒了。不過還是繼續說些不著邊際的話。

「拜託！還不到十點耶！不過話說回來，你這時候居然在外面閒晃可眞難得啊！你不是那種只在半夜才能工作的超低產能作家嗎？」又打了一個哈欠。「啊啊，我想起來了！你爲了取材去旅行了。沒空的話就不用寫什麼明信片給我了。」

「拜託！你覺得我會寫那種東西嗎？」

因爲對方始終一派輕鬆的模樣，反而找不到什麼好的時機點切入，說明自己去了兇案現場才剛回來。我深吸一口氣調整一下語氣，企圖將話題拉回比較嚴肅的感覺。

「我去了一趟裏磐梯的五色沼，投宿在一家叫作 SUNNY DAY 的度假別墅，他們隔鄰碰巧發生兇案，因爲我和他們那家人多少認識，所以也一併接受警方偵訊，還看了兇案現場。」

腦中浮起電話那頭，火村興奮地坐直身子的模樣。

「你到底是純粹爲了個人興趣，還是不小心被捲進去的啊？」

聽他講這些不著邊際的話，就知道他的睡意似乎去了大半。

「到底是什麼樣的事件，說來聽聽吧！」

我立刻將事情的始末告訴他。火村只是爲了要整理出個頭緒，偶爾插話幾句提醒我說重點，幾乎都是我一個人在講。

「這事件聽起來挺複雜的，你能理出個頭緒嗎？」

不但沒得到他的答案，還反而被提問。

「留下的腳印是什麼樣子，可以再描述一次嗎？」

我又仔細說明了一次。過了一會兒，才聽到話筒那端傳來野獸般的低吟聲。看來一早起來就被丟了個難題的他，似乎有些憤怒。

「不是有個老是寫些如何密室犯罪，名叫有栖川有栖的作家在現場不是嗎？你要不要找他談談啊？像是如何不在雪上留下腳印行走、或是如何消除掉腳印等，他應該曉得很多有關這類的方法。我只是個窩在大學裏教犯罪社會學，知識淺薄的人，怎麼可能有能力解答這些事。」

看來我被耍了。

「你聽我說，我有不好的預感。」

因爲實在很想再見識火村副教授那神乎其技的專業能力，只好主動開口請求協助。但是連自己也搞不清楚爲什麼會吐出後面那句「不好的預感」。火村問我到底在擔心什麼，我竟一時困惑得不知該如何回答。其實倒也不是有什麼特殊的預感，只是因爲受到火村所說的話影響，一時牽引出的情緒。但是脫口而出的同時，內心卻莫名地浮起一抹不安。這股不安的源頭究竟爲何？究竟是不是被火村勾起的，自己也不明白。

「告訴我你投宿的地方和電話。」

聽我說完後，他又覆誦了一遍然後掛上電話。

深吐了一口氣，姑且放了心。腦海裏浮現薇若妮卡憂傷的面容。或許我是想借助朋友之力，保護著將來也許會發生什麼事的她吧。

2

「沖個照片至少要花個四、五十分鐘，大概傍晚就可以帶著沖好的照片回來。」

迫水先生鑽進車子前，向我揮了揮手裏裝著底片的袋子這麼說。我邊向他點頭回禮，邊祈禱相館千萬別臨時公休才好。

看著他的車逐漸遠去，我又再度前往瑞典館拜訪，這已是第三次了。雖然離下午茶時間還早，可是我已經等不及了。而且至少要在火村趕來之前，盡可能多蒐集一些資料。

並不只是隨便蒐集一些情報，而是要有明確目的，連一點點細微之事都不能漏掉地進行蒐集工作才行。我邊走向隔鄰，邊想著什麼是必要的情報、什麼是非得提供不可的情報，先試著在腦裏進行簡單的整理。

首先要確定兇手到底是不是館內的人。

如果鎖定兇手就是館內某個人爲前提，那麼相關人士與被害人的關係就成了相當重要的一環，也就是行兇動機。表面上，被害人與兇手那天晚上應該都不在館內，所以才發生這起兇案。也許檯面下潛藏著利害關係與憎惡。

再者，也必須更詳細地掌握關於昨晚相關人士們的行蹤。如果讀過戰前文學作家希利魯・何亞所著的《英國風殺人事件》的話，「這裏有幾間房間啊？」偵探如此詢問檢查官，然後檢查官回答「五十三間」，就會知道有這麼一幕。不過要說瑞典館是間多大的原木屋，充其量也只有七間房間而已，這是早已知道的事實。就算兇手自以爲掩飾得天衣無縫，還是有可能露出破綻，如果將每個人所說的證詞排列組合來看，也許就能找到任何犯行的蛛絲馬跡。

接下來的問題，雖然有點偏離所謂情報蒐集的範疇，那就是想找出兇手的腳印是如何消失的答案。就像火村說的，未留下任何兇手腳印的現場宛如一處雪地密室，對於身爲推理小說作家的我而言，是個再感興趣不過的問題。如果再回到現場探勘，我想也許能發現什麼突破點。

雖然不是在思考什麼很重要的問題，不過邊走邊想，不知不覺已經來到了瑞典館。腦裏正想著裏面即將有番戲劇性地展開時，對講機那端傳來育子女士沈穩的聲音。

「原來是有栖川先生啊！立刻幫你開門，快請進。」

進屋一看，並沒有瞧見刑警們，只看到育子和漢斯坐在暖爐旁的沙發。昨天還是人聲沸騰、熱鬧非凡的客廳，今天卻顯得異常地幽靜空曠。，

「隆和薇若妮卡正在別的地方接受警方的偵訊，等等力先生在自己的房間。至於輝美小姐，大概和悠介在一起吧！——快請坐啊！如果不嫌棄，要不要跟我們聊聊？」

我覺得這句話應該由我開口才是，因爲我很想直接和他們兩位談談。雖然育子女士表現得很親切，可是一旁的漢斯先生卻自顧自地抽菸。漢斯先生給人的印象就是很軍人作風，雖然我沒看過眞正的軍人——日本沒有所謂的軍人，只有自衛隊——因爲實在沒看過，所以在此更正。應該說是像那種街坊鄰里出名的老頑固才對，有種說不出的恐怖感。明明只是穿著一件有點緊的普通上衣，可能是因爲釦子全都釦上的關係，嚴謹的穿衣風格，就是給人強硬感。

育子女士問我要來點咖啡還是紅茶，我回答只要給我一杯冰的飲料就行了。因爲坐在暖爐邊，就算捲起袖子也覺得很溫暖。

「搜查工作還在進行嗎？」

等育子女士走到廚房後，爲了劃破沈默氣氛，面對漢斯坐著的我主動開口提問。只見他張大眼直視我，輕輕搖了搖頭。

「我也不太清楚，我想這案子可能滿複雜的。」

因爲聲音有些低沈、威嚴，令人不由自主地有些畏懼。

「是怎麼樣的複雜法？」

反被這麼一問，一時之間不知道該怎麼回答。

「難道警方不覺得庭院裏居然沒有留下兇手腳印這件事，有點不可思議嗎？」

漢斯一副頑固老頭樣，露出一抹苦笑。不過似乎還不覺得和我說話是件煩人的事。

「如果是寫推理小說的人，應該一開始就會注意到吧！不論管兇手是館內的人還是外來的入侵者，應該多少都會留下腳印，可是卻遍尋不著，所以淑美小姐眞的是在本館待到十點半嗎？還是更早就離開了？他們一定會這麼打破砂鍋問到底地問我女婿和女兒。」

如果死者是在更早時間——譬如說九點半前——就離開本館回到房間遭到殺害，應該就能夠說明爲何犯人沒有留下任何腳印。可是有不少人都證明淑美確實在本館的客廳待到十點半，因此這點假設無法成立。

「我覺得腳印不論如何還是可以消去的。因爲周遭一片雪，大可每走一步就將腳印給掩埋掉之類的，可是那些警察卻不這麼認同，還說根本沒理由這麼做。只會胡亂地將事情想得更複雜，眞是可笑至極。」

育子端著盛著柳橙汁的托盤從廚房走來。使用比咖啡店用的器皿看起來更高級的杯子裝著，反倒給人有種不曉得要不要付費的詭異感。

「您爲什麼覺得警方想得太複雜呢？」

總覺得漢斯的話裏有著什麼含意，我試著這麼問。只見他一臉沈痛地回答我：

「TENAGA ASINAGA。（譯註：日文手長腳長的發音）」

「咦？」

想必他講的是瑞典語。

「就是TENAGA ASINAGA的伎倆啊！」

因爲瞧見育子一臉驚訝，我央求她幫忙翻譯。不過還眞是出乎我意料之外的答案。

「所謂手長腳長的意思，就是傳說以前常在這裏出沒的妖怪。據說這妖怪大到可以坐在磐梯山上，在豬苗代湖洗手呢！而且妖怪常常騷擾地方鄉民，聽說後來被碰巧路過的弘法大師給收服。」

原來如此。小時候也常聽親戚說過這種關於巨大妖怪的傳說，也有各式各樣的結局，像是弘法大師收服了雙頭龍、還有其他之類的。

「就是這手長腳長的巨人幹的啊！如果是這傢伙幹的話，就不會留下任何腳印，只要伸手就可以摸到別館，所以我說警方必須更有想像力才行。」

只見漢斯笑得眼尾擠出一條條皺紋，虧我還聽得亂認眞一把的，有種被耍弄的感覺。

「漢斯，都這種時候了還有心情開玩笑嗎？」

育子委婉勸告。聽到她直呼他的名字，更覺得他們像極了一對夫妻。漢斯原本嚴肅的神情頓時瓦解，嘻嘻地笑著。

「聽說您好像受了點風寒，好點了嗎？」

「哦哦，你說感冒啊！已經沒事啦！大概昨晚舒服地睡了個好覺吧。感冒只要好好睡上一覺就會好的。」

我抓住這話題，想探出他昨晚行蹤。「您很早就休息了嗎？」

「吃過飯後就立刻回房間休息了。大概九點左右就寢吧！其實如果精神能再好一點，還想多跟客人聊天呢！」

「沒有被今早的騷動給吵醒嗎？」

「完全沒有。好像是六點半左右被我女婿叫醒的，所以大概足足睡了九個半鐘頭。」

六點半，不就是報警前後時被叫醒的嗎？

「這九個半鐘頭應該都睡得很沈，沒有突然醒過來嗎？」

「沒有。聽說薇若妮卡好像有來看我一下，她說那時我睡得很熟不是嗎？」

這樣的回答，讓我實在沒有再繼續問下去的空間。

「伯母和薇若妮卡夫人她們一直聊到很晚？」

「也沒有聊到很晚啦！大概在樓下和大家聊到十點半左右而已，我自己十一點前就休息了。所以我想別館發生慘案時，我正睡得沈吧！」

「那時候我應該還在跟乙川先生聊天，然後不知不覺中慘案就這樣發生了。」

「那孩子好像打擾到很晚，眞是不好意思。」

育子一副像是自己的年幼小孩作錯事般，誠惶誠恐地向我道歉。就算是身形壯碩的童話作家，但是在母親眼中，永遠都是小孩子。

「他還請我品嚐瑞典館的招牌酒，我們聊了很多有趣的事，眞的很有意思。」

「是嗎？那就好。隆那孩子帶著舒耐波酒一直打擾你們到深夜，結果還害你也被當成嫌疑犯，眞的很過意不去。所以聽您這麼說，我就放心了。其實是我建議他帶瓶酒去給有栖川先生嚐嚐的，反正家裏還存放好幾瓶。他也覺得還沒跟你聊夠，所以就過去打擾了。託你們的福，他有很確實的不在場證明，不曉得這樣算不算是幸運。」一臉微笑的她，感覺好像有點在炫耀自己的小小功勞。

「雖然警方好像懷疑兇手就是住在館內的人，如果眞是這樣，那麼兇手應該會有什麼可疑的舉動，我想一定多少有人會注意到，不知兩位有沒有感覺到什麼不對勁的地方？」

「用餐時並沒有發生什麼奇怪的事，對吧？」漢斯看著育子的側臉這麼問。

「之後也沒發生什麼奇怪的事情，警方也這麼問過好幾次，像是半夜有沒有聽到奇怪聲音之類的。如果眞的有什麼不對勁，我們早就說了。莫非懷疑我們同謀隱匿什麼事嗎？」

「大夥同謀啊！這種事不是常出現在懸疑電影裏嗎？就像英格麗．褒曼演的那部電影。」

我早已忘了那部改編自阿嘉莎．克莉絲蒂的原作，英格麗．褒曼演出的電影。漢斯立刻舉出褒曼的名字，也許因爲她也是瑞典人。

「這麼說來，薇若妮卡夫人和年輕時的英格麗．褒曼還眞的有點像呢！」

這句話很自然地脫口而出。其實只有美麗是共通點，倒不是長得像不像的問題。

「可能因爲她也是瑞典人，所以在你們日本人眼中看來她們長得很像。這已經是陳年舊事了，我的房間還貼著從雜誌裁下來的葛麗泰嘉寶和英格麗的照片。她們都是非常漂亮的女明星，你看過英格瑪．伯格曼的電影嗎？」

出身於瑞典，作品風格特殊名聞國際的導演英格瑪．伯格曼的電影，我倒是還看過幾部，像是《處女之泉》、《第七封印》等。因爲是很小的時候看的，如今幾乎不太記得電影內容，因此盡可能地想迴避這話題。

「瑞典這國家的國力只有日本的幾分之一強，卻出了許多馳名國際的名人。像是諾貝爾獎的創辦人和電影導演伯格曼，還有童話作家塞爾瑪．拉格洛夫和阿絲特麗．林格倫（Astrid Lindgren），推理小說作家方面馬丁．貝克的系列等也很有名。」

「作家的話，像是拉格威士特（Par Fabian Lagerkvist），劇作家阿格斯特．史特林堡（August Strindberg），還有知名植物學家林內也是瑞典人呢！」

「網球選手艾伯格（Bjorn Borg）和知名流行樂團 ABBA，在日本也頗受歡迎。」

「你聽過畫家安迪斯．森（Andes Sone）和雕刻家卡爾．密爾斯（Carl Milles）嗎？」

「重金屬吉他手英格威．瑪爾斯帝（Yngwie Malmsteen）也是個天才。」

「這我就沒聽過了。但我知道來自瑞典的知名歌劇歌手，尼可拉（Nikola）和尤西（yussy）……」

「還有Volvo。」

這是知名的汽車製造商。因爲愈講下去就愈暴露自己知識的貧乏，因此企圖轉移話題。

「漢斯先生爲什麼想定居在日本呢？」

他又點了一枝菸。「因爲工作的關係來到日本，後來又進了這裏的公司工作，幾年下來交了不少日本朋友，我自己也沒想過會遷居到這麼遙遠的國家。」

「不會覺得不適應嗎？」

「瑞典一半的國土全是針葉林，近一成是湖泊與河川，我的祖先就是住在森林裏，與大自然共存，謳歌大自然的一切，這點不是和日本人很像嗎？」

老實說，我實在搞不清楚日本人到底是愛大自然？還是愚昧地崇尚著什麼。不，應該說非常、非常深愛著吧。但是這般愛的方法並不像親子之間的愛，而是不斷地撒嬌，而母親總是爲了孩子犧牲不求回報，我認爲也許只是想貫徹這樣的思想。

「日本與瑞典不同之處，便是瑞典人對於大自然有種特別觀念。瑞典人認爲人人都有享受大自然恩惠的權利，因爲有著這樣的觀念，所以不會有人在美麗的湖畔建別墅，想要獨享美景。因爲沒有人會建別墅，所以到處都是風景優美的地方。任何地方都是屬於每個人的，沒有人會想獨佔。」

眞是言簡意賅的一番話。因爲他的日文實在超乎想像地流利，聽起來格外知性、富含深意。

「這是一種良性循環。報上曾報導，這國家的美麗海岸線正逐年消失百分之一。我居住的大阪自然海岸線已經完全遭到破壞，就算想建什麼人工海灘也是困難重重，因爲全都被港灣設施、工廠和大型娛樂設施給佔滿了。」

漢斯露出像是想鼓勵我的微笑。

「有很多原因是迫於無奈的。雖然瑞典國土面積只有日本的一・二倍大，人口卻一直比東京還少，因此平均每位瑞典人比日本人享受更多的自然美景。不過人口過於密集也是天賜的一項條件，並非日本人的責任。雖然日本人總是喜歡批判自己，但是如果連平原狹小、山地過多這樣的自然條件都怨天尤人，未免太過幼稚。不過如果遠離都市，這國家比較鄉下的地方眞的非常美麗。」

「磐梯是個好地方，也有像是瑞典那般美麗的森林和湖沼。」

他像是在說不、不是的，搖了搖手裏夾著的菸。

「有栖川先生，你應該聽過『火車』這首兒歌吧？有這麼一段歌詞……現在在山中、現在在海邊。」

這首歌我當然聽過，那又如何呢？

「那首歌裏描寫的情景，就是在說日本眞的有很豐富的美景。像是剛剛才奔馳山中，穿過隧道的火車，一下子就來到了海邊，穿過鐵橋渡過河川來到平野小鎭。看著車窗外瞬息萬變的景色，是種極盡奢侈的享受。有人會說那只不過像是個小巧的山水庭園造景，那種人就是不曉得自家也有青鳥（譯註：就是傳說中帶來幸福的鳥）的人。」

「哦！」

「你知道我來日本之前，對這個國家抱著什麼樣的印象嗎？一直以來聽聞日本是個宛如水泥叢林的工業之國，沒想到竟是如此綠意盎然的地方。日本群山美景是如此地柔美、優雅，有著溫暖顏色，我想這是一直認爲這是理所當然的你們所無法感受到的吧？有著如此豐富多樣的植物和樹木的群山與森林，其他地方不見得有。只要看到被絢爛顏色染紅的秋季山景，就能明白不是嗎？如果認爲這裏美不勝收的美景遠不如遠處美景，想法就太幼稚了。我有位日本朋友……其實就是等等力先生，有一次和他聊天聽到了一件很好笑的事情。他說北歐才是『眞正的自然』，而且表情十分認眞呢！」

還眞是符合日本人一貫的偏執想法，但是這麼說也不難讓人理解。好幾年前，曾經作過一趟令人心蕩神馳的美麗英國田園風景的鐵道旅行，回國後，有次搭火車，當我抱著有點不屑的心情眺望著綿延不絕的群山時，竟然有種愛憐之心油然而生。也許是被眼前如此輕飄、朦朧，充滿慈愛的山景給深深吸引，也許在這世上擁有如此多美景的國家並不多，那一刻我深深感覺到這般美景和這個母系社會國家還眞是匹配。

雖然這番話並不容易理解，但是我想以他的程度應該能夠明瞭才是，就讓這話題自然地延續下去吧！儘管骨子裏始終都有日式觀念和自然觀，不過礙於老外的外型，還是讓人會對他有所誤解。

「曾聽電視上報導過，在瑞典，小孩成年後就不會和父母同住，可以說完全沒有。生長在那樣國家的您，覺得現在的生活如何呢？」

「我覺得很舒服啊！過著無憂無慮的老年生活，每天都很快樂。我覺得能夠常和不同世代的人接觸，非常有意思。在瑞典根本不可能會有這樣的機會。」

「您覺得年紀大了和小孩一起生活是件很自然的事嗎？」

我差點就要說出和孩子與孫子一起住這句話，慌忙將孫子這字眼給吞回去，好險啊！

「你應該還沒結婚吧？」

「咦？嗯……是的。」

「這一生還是有可能會有小孩和孫子，你會覺得這樣的人生很不自然嗎？」

哎呀！也許他是個喜歡反問別人問題，喜好議論的老爺爺。

「不會啊！不管有沒有娶妻、有沒有小孩，也不會覺得不自然。如果要舉出什麼才是不自然的事，我想我會回答人出生來到這世上這件事吧！」

可能是我回答得過於曖昧不清，感覺得出他對我的答案有些不太滿意。

「我想你可能沒聽懂我問的意思。我想說的是瑞典館的人的餘生是自然的，日本人的餘生是自然的，這種事不是輕易就能決定的。」

「當然，這我知道。」

「我很滿足於現在的生活，這樣就足夠了不是嗎？並不是因爲女兒陪伴身旁，而是能夠隨心所欲度過每一天，眞的很幸福。——不，也許是因爲能和育子邊喝茶邊聊天、一起用餐讓我覺得很滿足。我想這和我女兒沒有任何關係吧！」

「眞是的，怎麼又這麼說了。瞧你嘴巴這麼甜，不管參加哪裏的老人會一定可以迷倒不少女人吧！」

育子輕輕敲了一下漢斯的肩頭，只見他故意裝作一副很痛的樣子。

「我和漢斯不一樣，能夠和我兒子夫婦倆住在一起眞的覺得很幸福。還有漢斯這麼棒的茶友相伴，宛如天上掉下來的禮物，這就是我的感覺……」忽然轉變成沈穩的語氣。「要是流音能陪在我們身邊，我就別無所求了。」

這句話我也贊成，漢斯輕輕地點頭，沈穩地說：「遺憾的是我也有同樣感觸，但我相信我們一定能在天堂相會的。因此爲了迎接那時，我們要好好保重自己。」

「不好意思，說了一些很無趣的話。」

育子立刻又回復爽朗聲音，向我和漢斯道歉。比起她的歉意，漢斯那句確信著「天堂相會」的話語更讓我印象深刻，看樣子他應該是位虔誠的教徒。也許是怕別人讀出內心最敏感的訊息，他趕緊對我提問：「有栖川先生，你覺得人死後會如何？」

這問題還眞難回答。要是一向崇尚唯物論的火村，肯定會立刻回答「被分解成原子」或是「變成垃圾」之類的答案吧！不過我就沒辦法果決地立刻回答。聽到像是八重地獄、最後審判之類的，只會覺得這是支配階級對於被支配的人所作的一種愚劣恫嚇，不曉得該不該否決所謂的死後世界。

漢斯滔滔不絕地說著，主導著話題：

「我相信靈界的存在。因此我想那些已經去世的人，還有之後將步向死亡之路的人，一定能夠再相會的，只要這麼想就會覺得很興奮，不是嗎？」

基督教也有所謂的靈界說嗎？正當我滿腹狐疑時，猛然想到一件事。

「剛才列舉了很多出身瑞典的名人，但是有些人早已被遺忘，無關乎他是不是瑞典人吧！」

漢斯點點頭。「偉大科學家存在的同時，也有偉大的神學家，還有巨人般的神秘學者。《靈界日記》這本書有日文譯本嗎？」

應該有吧。因爲日本是個什麼書都會翻譯的國家，不過我沒有讀過。其實對於我剛才所提的論調，讓我聯想到巴爾札克的《人間喜劇》一書中登場人物的某段台詞，主角有段絕口不提的往事，是個信奉靈體進化論的傢伙，有些誇大妄想，一味鑽研著超能力理論，總是焦躁不安。

「他似乎能夠自由來往於人世與靈界，還有關於人死後上天堂一事也有很精闢的解說。」

這根本就是騙子般的說詞。就算是知名影星丹波哲郎也不敢說出如此大膽的話。

「當然我也不可能盡信他所寫的每一個字啦！不過對於人死後靈魂出竅，移轉到靈界的新肉體一說，倒是被這樣永生的思想所吸引，聽起來眞的頗有說服力。此外書中探討人類到底擁有什麼樣的愛，透析人類性格的本質等，也讓我覺得挺眞實的。」

雖然我並不反對這樣的說法，但是這樣的話題還是讓聽者覺得不太愉快。正當心裏有些不太舒服時，育子開口插話：

「我和漢斯一樣也相信著。雖然有些作家會覺得並沒有所謂的死後世界，什麼天堂再相見的說法。但是我覺得每個人都應該修身，盡力琢磨自己的心。」她像是在說給自己聽似地，喃喃自語：「流音在天國可是我們的前輩呢！聽起來好像有點奇怪哦！所以他得教導我們天國的各種規矩。……我還想問他很多問題呢！問他我們還沒去之前，他都和誰玩呢？」

她的視線邊投向窗外邊說：「還有爲什麼要沈睡在那湖底呢？之類的問題……」

3

可能是因爲平常習慣午睡的關係，近三點時，漢斯的眼神開始有些迷濛，哈欠連連。

「明明感冒都好了，可能是一時興奮過頭有些疲倦，我想先回房休息一下。」

「不好意思，打擾太久了。」

漢斯邊說：「哪裏哪裏」邊將菸盒塞進上衣口袋。

「隆他們大概馬上就回來了，請再等一下。——我要先上樓休息了。」

育子也和漢斯一起站起來上二樓去，只留下我一人留在別人家的客廳。我邊發出聲音邊啜飲杯底僅剩的果汁，將身體深深地埋進沙發，仰頭呆望著吊扇燈慵懶地運轉。就在我呆望著單調的回轉運動時，一種新的思緒悄悄浮上我的意識表層，那是個關於消失的犯人腳印的新見解。

再仔細想想，不，倒也不到鑽牛角尖的地步，本館與別館間所留下的腳印，並不是只有死者與目擊者的，不是還有留下許多刻意避掉這三組腳印的嗎？當然這些有可能是兇案發生後，那些進行現場搜查人員留下的。但是這些足跡裏面，會不會混雜著乙川隆發現屍體通報大家後，前往別館一看究竟的人的腳印呢？我想一定有才是，那些許多人留下的雜沓腳印，也許其中就夾雜著兇手的足跡，沒錯，有可能是這樣。

因爲腦筋轉的不可能像吊扇燈那般快速，就算再焦急也只是枉然。我拚命吸著其實只剩冰塊的杯底的果汁，企圖鎭靜心情，讓腦裏的思考模式再清楚一點。雖然有個頭緒會比較容易整理，但手邊碰巧沒有任何可書寫的白紙，只好拿出塞在錢包裏的自己的名片，利用空白部分簡單地畫個草圖。（請參考 **P.166** 圖１）。淑美留下的腳印可能是Ａ，乙川隆前往別館的腳印是Ｂ，回來的腳印是Ｃ，然後一堆雜沓的腳印則是Ｄ。

就算足跡Ｄ中混有兇手的腳印，但因爲是在屍體被發現後才留下的，因此應該只有留下兇手前往別館時的腳印。就像之前所思考的，兇手是在比雪停更早之前——假設是九點——從本館走向別館，然後在那裏埋伏等待死者，因此回程的腳印便消失了吧！然後等雪下得最大的時候——也就是十點半過後——淑美回到別館時，將其毆打、殺害。然後再躲在別館的某處，一直等到屍體被發現，這種假設是否能夠成立呢？當然乙川隆就是擔任發現屍體的角色。當他慌張跑回本館告知大家兇案發生時，其實兇手還躲在別館，一直待到從本館趕來的幾個人確認淑美死亡的事實。當那些人返回本館時，留下了如D般的雜沓腳印，我想這對犯人而言，是個早就能預見的可能性，所以這時犯人才現身依循腳印D返回本館，我想就理論而言，這樣的推論是有可能成立的。

原本看著隨手畫的圖的我，又抬頭瞄了一眼吊扇燈。

能夠完成這般犯行的人，在昨晚的瑞典館裏只有一個人。

那就是漢斯·約哈森。

只有他符合這樣的條件。只有他早在九點左右就回到自己房間，可以不留下前往別館的腳印，一直埋伏在別館等待淑美回去，不是嗎？而且不僅如此，身體微恙的他，對於隔天早上發現屍體的騷動應該也是最後一個知道，因此擁有對兇手必要的空白時段。也就是說，昨晚漢斯只是假裝就寢罷了。當乙川隆發現屍體時，他就藏身於別館中。等大家趕到命案現場時，他依舊躲在那裏。然後等大家返回本館時，他才趕緊回去。趕在乙川隆敲他房門前鑽回床上，假裝一直熟睡著。難道這就是眞相？

我舉起隨手畫在名片上的圖，反覆檢討這樣的假設有無可議之處。究竟漢斯是否趕在乙川隆敲房門前鑽回床上這件事，就是一大重點。但因這項推論需要先詢問相關人士求證，只好暫且擱在一旁。除此之外還有什麼難解之處呢？那就是薇若妮卡說她十點半過去看父親時，他正熟睡著的這項證言。老實說，我對於這項證言十分存疑。照理說，女兒應該不會說出不利於父親的證言，也許薇若妮卡為了保護父親而說謊，當然之所以這麼推論是有證據的，懷疑她作了僞證的另一個理由，就是有可能在根本沒有開燈的情況下，就胡謅犯了風寒的父親正熟睡中一事。如果眞是如此，那漢斯就真的沒有任何不在場證明。

此外還有兩點必須先確認，那就是漢斯眞的能夠趕在乙川隆敲房門前回到本館嗎？還有漢斯十點半後眞的躺在床上嗎？如果這兩點都能夠解開，是否就能斷定漢斯是兇手呢？

愈想愈覺得自己花了十分鐘所思考出來的推論，還是有些不周到處。首先，犯人爲何殺害淑美後非得在別館待到天亮呢？實在是有違常理。因爲兇手在這段時間內，如果被人發現沒有待在本館就慘了。而且也不需要擔心警方會由腳印來判斷自己就是犯人的事實，因爲如果是有計畫地犯行，大可找雙適當的新鞋——而且要找雙尺寸不一樣的——這都是可以事先準備好的，就算沒有作這些準備，只要一步步小心謹愼地踩在已經被破壞的腳印上，就沒什麼問題了。況且D腳印的出現是可以預期的，如果犯人眞的企圖將自己的腳印混進腳印D中，也就是說這項假設成立的話，在D腳印還沒製造好前警方就已蜂擁而至，這麼一來就能查出誰躲在別館，兇手也就無法再躲下去了。問題是風險實在太大了，而且也要顧慮自己萬一趕不及乙川隆敲門前鑽回床上，是否會穿幫的問題。就算沒有這層顧慮，想要若無其事地離開別館迅速鑽回床上，這等俐落手法怎麼想都難度很高。

難道我的推論又錯了？我邊嘆息邊確信這樣的假說還有一線可能性。爲什麼呢？那就是就算再怎麼危險又不合理的行動，也會有超乎想像的事情發生，如此一來兇手＝漢斯的推論也許能成立。夏洛克·福爾摩斯曾說過——將所有不可能消去後，剩下的就算再怎麼不可能也是眞相。

然後當我正想找個人來檢驗我所想的是否能成立時，等等力碰巧從房間走出來。不過我倒也不是抱著誰都能來驗證的心態。

「乙川他們還在現場接受偵訊嗎？都已經到了下午茶時間啦！」

「好像是吧。對了，等等力先生。」

我想先聽聽等等力的意見，試試剛剛才出爐的推論是否成立。因爲考慮到如果將漢斯就是犯人的假設說得太明，恐怕會招致他的不悅，因此遣詞用字力求小心。我想問的事情有二，乙川隆通報大家發生兇案後，有看到哪些人前往別館呢？還有當大家回到本館後，有誰可能依著大家留下的足跡隨後從別館走出來呢？面對我坐下的等等力仔細想想後，這麼回答我：

「乙川趕緊叫醒所有人，除了感冒不舒服的漢斯先生之外。」

很好很好。

「然後由他帶頭，我、薇若妮卡、輝美小姐、葉山先生——對了，除了育子伯母以外——五個人趕往別館。」

「你是說五個人？」

「是的。因爲確定淑美小姐已經死亡，爲了報警，大家便趕緊回到本館報案，我想犯人實在不可能隨後由別館走回本館。」

「難道你有一直盯著別館嗎？」我的語氣不由自主地變得有些不屑。

「倒也沒有。可是如果犯人是踩在我們雜亂的腳印上行走，那也只會留下回到本館的腳印不是嗎？這麼一來兇手就不可能逃到外面啊！」

看來不太需要拿隨手畫的草圖給他看。

「假設兇手就是館內某個人，你覺得如何呢？」

「因爲當時所有人幾乎都趕去別館——啊，難不成你在懷疑當時沒有跟著去的漢斯先生嗎？」

「我只是盡力找尋各種可能性罷了。」

「太過分了！」他邊說邊笑，「居然懷疑那麼嚴謹正直的老紳士是殺人犯，根本怎麼想都不可能嘛！算了，就算有這種可能性好了。可是由結論而言，漢斯先生不可能是兇手。怎麼說呢，因爲看到淑美小姐遺體的我們，回到本館後就直接上二樓，叫醒還在睡覺的漢斯先生。而且是乙川敲的門，我和其他人都站在旁邊啊！」

難道眞的沒辦法身手俐落地迅速鑽回床上嗎……？如果眞的不行，就沒辦法了。

「有栖川先生，難道你一點都不考慮兇手是外來入侵者的說法嗎？」

這話聽起來有點諷刺。

「不，我倒沒有這麼想，只是因爲找不到兇手逃到外面的腳印……」我話說到一半，又想起了奇怪的事。

「怎麼了？」

「所謂找不到逃往外面的腳印，莫非……」

「莫非？」

「是說犯人還躲在別館中囉？」

「啊？」等等力似乎有些驚訝，「你不是在說笑吧？」

「我是很認真的。」

只見他無可奈何地聳聳肩，「你的思考方式還眞是執著啊！這點雖然讓我很佩服，但是無法贊同。你不在的這段期間，警方已經徹底搜查別館每處地方，就算藏在壁櫃最裏面也會被搜到的。」

「也許有什麼特別隱密的地方。雖然這種情形比較像漫畫情節，像是有什麼隱藏門、或是秘密地下室之類的——」

他還等不及我說完，就連忙搖頭反駁：「你忘了那幢建築物的設計與施工都是由我們公司一手包辦的。我是受屋主委託建造原木屋，可不是要蓋什麼忍者屋，所以不可能會有那麼隱密的機關設計。」

「就算等等力先生沒有受到特別委託，也有可能屋主後來再精心施工啊？」

「就房屋結構而言，根本不可能。如果你信不過我，可以去找警方查明。不，如果眞的有這種機關存在，早就被警方發現了。」

原來如此，他的說法倒還能接受。——也許胡亂推敲根本就擊不中要點。

「我認輸了。看來這個謎題似乎不太好破解。」

並沒有放棄之意，只是想讓腦子稍微休息一下。等等力竊笑地看著故意裝出一臉沮喪的我，邊掏出記事本不曉得寫些什麼。因為他默默地寫著，不曉得他到底是在記錄我們剛才的對話，還是記些毫不相關的事。

「您是職業級的推理小說作家，解謎不是您最拿手的嗎？」

他將原子筆插回胸前口袋，蓋上記事本這麼問我。的確像是推理小說作家或是喜愛推理小說的迷，不少人都喜好解謎。解謎就像魔術、撲克牌般，兼具推理成分與親和力。不過老實說，解謎、魔術、撲克牌這些東西我都不擅長，倒是看過那種三兩下就能夠解謎，立刻就能想出答案的同業人士，或是能夠當眾拆穿魔術伎倆的厲害高手。

「我眞的很不擅長，尤其一碰到數字就像出蕁痲疹般難受。」

「如果不是數學方面的謎題，應該就有興趣了吧？如果不是，如何能靠寫作有關解謎的推理小說營生呢？」

「沒啦！只是偶爾玩些塡字遊戲消磨一下時間罷了……」

「塡字遊戲不是謎題，只是一些問題的集合不是嗎？我說的是解謎，我們換個心情來作作這個如何？」

他翻開記事本移到我面前。上面畫著兩間房子和一條像是河的圖案。（參照 P.166 圖２）。

圖1

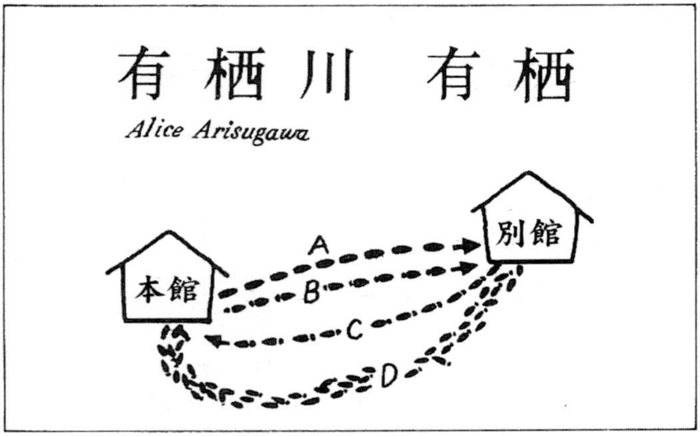

圖2

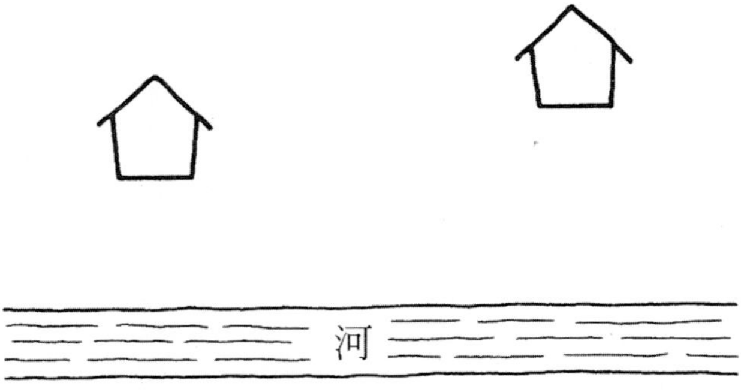

「這就是謎題，如何？當你站在左邊這間小屋，忽然聽到右邊小屋傳來隔壁鄰居『失火了！快拿水啊！水！』的尖叫聲。雖然是那種只須立刻灑水就能滅火的程度，不巧那天卻斷水，只能用水桶提水滅火。更慘的是，裝水的容器只有左邊那戶人家的一個水桶而已。那麼這時候你會採取什麼樣最有效率的方法來提水呢？」

哈哈，這算是數理問題嗎？我覺得應該算是腦筋急轉彎之類的謎題。提著水桶走到河邊取水，然後再趕到右邊人家，應該不可能是這種理所當然的答案。一直思考著每一字每一句都充滿陷阱的我，再一次反芻問題。——可是並未發現什麼可稱之爲陷阱的地方。

「這問題不是用嘴巴回答，請以畫圖的方式來回答。」

「咦？一定得用畫圖的方式來回答嗎？」

「倒也不是，其實用說的也行，不過應該很難表達吧！」

這就是陷阱。露出一副給你個提示的表情，這就是陷阱，也是推理小說常用的手法。我盯著時鐘，可是它固定在牆上沒辦法拿下來玩，我試著將心中那顆偵查氣球往上舉高。從右邊的屋子拉了一條斜線到小河旁，然後再拉一條同樣角度的斜線到左邊的小屋。

「像這樣用水桶運水的方法——我想這……應該不是正確答案吧？」

「還有比這更迅速滅火的方法。」

「啊，我就知道。」我盯著記事本上的圖，不自覺地悄聲低語。「應該沒有像是地勢起伏之類的提示吧？」

「沒有，題目就只有這樣。」

「需要藉助什麼外力嗎？」

「不、不需要。」

有時向出題者提出各種詢問，也許會抓到什麼意想不到的重點，但是我決定閉口不問了。看來這不太像是什麼腦筋急轉彎的問題。等等力雙手抱胸，悠然地觀察著一臉煩惱的我。想必這時的他正享受著所謂出題者的優越感吧！當我動筆書寫推理小說時，明明也會感受到這種優越感，但是為什麼總是居於優勢的我，此時卻掉入死胡同，怎麼也解不出答案呢？

「要我宣布答案嗎？」

「先不要，因為離我要回大阪還有段時間。」從小我最會大聲嚷嚷，叫人家先不要講出答案。

「嗯，那就等你的答案了。請慢慢思考吧！」

等等力闔上記事本，似乎並不打算將那頁圖撕下來給我，果然這不是什麼很重要的問題。

哎呀，真是的。看來要解答的問題又增加了一個，不是嗎？

4

因爲一直不見乙川隆與薇若妮卡回來，我留下等等力一個人在客廳，跑到外面看看。望向別館方向，瞥見夫妻倆在平台上和島野刑警們不知道在說些什麼，看來一時之間還不太可能脫身。想想還是先回別墅再過來好了。

我邊這麼想邊站在玄關附近，就這樣盯著別館方向有好一會兒。從雲間灑下的陽光照射在那前半段應聲而斷的煙囪上，閃爍微微的光芒。

爲什麼煙囪會斷掉呢？這也是一大問號。當然煙囪不可能自然斷掉再慢慢地滑進雪地裏。究竟是誰呢？難不成是殺害淑美的兇手——所要的一種伎倆嗎？至於到底是用什麼方法弄斷的，這點倒不重要。重要的是爲什麼要弄斷呢？諸如此類的問題。煙囪會是兇手弄斷的嗎？還是自然斷掉的？也許該從這方面切入思考。

明明想讓腦子暫時休息一下，結果又不由自主地陷入思考的泥沼中。眞是的！唉，算了。

雖然想不通兇手爲何弄斷煙囪的理由，不過換個角度想，也許煙囪斷成兩半並非兇手本意，這樣的假設是否能成立呢？如果煙囪是意外折斷的，那麼兇手就不需要將其修復了。那麼，究竟是因爲什麼原因煙囪會斷掉呢？我想試著找出這個答案。到底是什麼樣的物理力量能讓煙囪應聲而斷？

「你站在這裏作什麼？」

聽到身後有人喊我，那是葉山悠介的聲音。一回頭，看到他和將外套掛在手上的輝美小姐一起走來。

「午茶時間已經到了，可是乙川先生他們好像還在忙，我在想要不要先回去一下比較好。你們要出門嗎？」

「老窩在家裏肯定會得憂鬱症，我們想開車出去兜兜風，透透氣。」他搖晃著手中的車鑰匙。

「如果不嫌棄，要不要一起去啊？」

邀我同行的人是輝美。因爲悠介面有難色，一時之間也不好意思立刻應允。

「如果會打擾到兩位，那我就不好意思了。」

「如果困擾就不會邀你同行了。只是覺得有栖川先生也出去透透風，轉換心情會比較好！」

在這裏居然會有人如此貼心待我，眞叫人感動。於是我爽快接受他們的邀請。

「那我去將車開出來，你們在這裏等一下。」

只見悠介一臉苦笑，轉身朝本館西側走去，看來這下子電燈泡是當定了。留下我和輝美兩人，輝美突然向我深深地點頭致意，這舉動著實嚇了我一跳。

「今早眞是太失禮了，一定讓您感到很不舒服吧！還請見諒。」

「千萬別這麼說。其實我還很擔心自己隨口說了什麼不該說的話呢！發生這種事，眞的很令人遺憾。」

「我已經搞不清楚到底是怎麼一回事了。警方不是說了嗎？兇手有可能是本館中的某個人，可是明明就沒有人會想殺死姊姊啊！到底是怎麼一回事，我眞的不懂。眞的能夠以這樣的理由逮捕到兇手嗎？我眞的很擔心。」

因爲等悠介開車過來還有點時間，所以要聊密室的話題就要趁現在。

「妳眞的認爲沒有會想殺了妳姊姊的人存在嗎？在這節骨眼上，可是不能將義理、情字等混爲一談哦！如果眞的有什麼，一定要老實說出來才行。」

「我不可能會隱瞞什麼，因爲我恨死奪走姊姊生命的兇手。」

雖然聽起來口氣有些不滿，但還不至於壞了心情。

「也許兇手有種莫名的怨恨，等事情全都解決後，會再掀起大家早已料想得到的風波。要是想起什麼事，還是要和警方說一下比較好。」

只見她不經意地噘起嘴，一副這種事還用得著你說的樣子嗎？不過也許是企圖引起我的注意。

「怎麼啦？這麼快就想起什麼了嗎？」

「你剛才說的再掀風波一事——雖然目前看起來沒什麼衝突點……」

哦！似乎問到核心了。因爲她看起來一副欲語還休的樣子，看來得趕在悠介來之前簡單地問出個大概才行。當我正想著只要再推一把就行時，聽到陷在泥地的輪胎運轉的聲音，不一會兒就看到有輛吉普車從屋角拐出來。好不容易布局好，卻苦於找不到適當時機跟輝美好好深談。

「久等了，我們出發吧！」

悠介打開駕駛座旁的門。我先鑽進後座，輝美則坐在悠介旁邊。我們的車與停在瑞典館前的警車擦身而過，飛快向外駛出。

「眞是的！沒想到能順利脫身，眞是緊張啊！緊張得腦袋都快缺氧了。」駕駛大剌剌地這麼說，聽得出這是他的眞心話。後車窗也映著輝美一副贊同、終於鬆了口氣似的表情，輕輕地點點頭。

「我們要去哪兒呢？」

我問悠介。只見他一手握著方向盤說了聲「這個嘛……」，車子剛好打 SUNNY DAY 前經過。

「去哪都行吧！乾脆去賞鳥如何？」

他並未交待清楚目的地，就這樣朝著豬苗代湖前進，我和輝美都無異議。天氣已經完全好轉，回復到如昨日上午般清朗天空。焦躁的心情似乎比較平靜，因爲混沌的腦袋像是換了氣般，心也跟著輕飄飄了起來。車窗外流逝著一片片杉木林景色。

「有栖川先生，關於你剛才所說的……」

車行了一段時間後，輝美開口這麼對我說。我抬頭看了一眼後照鏡，發現她正直盯著我。

「雖然表面上似乎沒有人和姊姊起衝突，但還是有人耍陰，不曉得我這麼形容會不會很怪？我總覺得有人就是對我姊姊很反感……」

雖然我覺得這種話好像不應該讓第三者聽到，不過看她一臉平靜，我也不方便說什麼。果然悠介迅速地別過頭問道：「輝美，妳剛才說什麼？」

「是剛才有栖川先生問我的啦！他問我有沒有人和姊姊起過衝突。我也不曉得那算不算衝突，可是總覺得沒有說出姊姊和乙川先生的關係好像不太好……」

雖然末了的語意有些含糊，聽起來也不像是跟悠介商談到底該不該說這回事，不過總算有點眉目。

「乙川先生和淑美小姐有什麼心結嗎？」

「不，不是的。剛好相反，應該算是有點曖昧關係吧！大概就是這個意思。」

「所謂曖昧關係是指……感情方面的事情嗎？意思是說……乙川先生婚後和淑美小姐發生婚外情？」

「是的。是在瑞典館蓋好搬過來磐梯之前的事，差不多六年前的事吧！聽我姊姊說好像是因爲和出版社的人商談關於出書事宜，兩人見過兩、三次後就熟稔起來了。」

聽到這些話，我的心中頓時湧起一股對乙川隆的不滿與憤怒。說憤怒是有點誇張，但是心裏眞的很不舒服。已經有了如此賢慧、令人愛憐的美麗妻子，居然還搞婚外情？眞是不可原諒。如果這麼不珍惜，乾脆讓給我算了。雖然只是口頭上說說的玩笑話，但對於有種又與人生伴侶擦肩而過，扼腕不已的我而言，眞的是很忿忿不平。加上他那宛如白卡爾海豹的外型，雖然這般諷刺的說法太過無禮，但這是出自於娶不到美麗妻子的帥男人一種獨有的情感，就像是一篇文章被拆解得支離破碎，講白一點，就是我眞的很憤怒。

「對了，聽說乙川先生很有女人緣呢！」

昨天的午茶時間這麼聽說過。記得是聽等等力說的，而且淑美還十分肯定地附和。雖然不太確定原來到底是這麼說的，大概的意思好像是說他散發著一種令女人難以抗拒的魅力。

「他從以前就很有女人緣。」

「好像從小學就是這樣吧！還收過班上最可愛的女孩子的情書，希望能和隆交往，長得再帥的帥哥也無法與他相抗衡呢！不可思議的是，就算被別的男生杯葛過，還是桃花運不斷。所以才會在兒童文學方面這麼成功，不是嗎？因爲他對女人和小孩子特別吃得開。」

「你很羨慕吧？」輝美說。

「還好啦！討小孩喜歡好像也沒什麼好處吧！」

雖然話題被扯遠了有點傷腦筋，但是悠介這番話倒也不會突兀，算是補強輝美所說的吧。

「那麼關於乙川先生傳出婚外情這件事，到底是怎麼回事？」

我看著映在後照鏡上的輝美，企圖催促她繼續說下去。

「雖然還是小姑獨處的我這麼說不太好，但是他們兩人剛開始在一起時好像很快樂的樣子。可是當我姊姊表現得愈來愈認眞時，關係就開始不妙了。不過有些是我單方面的推測罷了。」

「沒關係，還是願聞其詳。」

「乙川先生之所以搬過來這裏，應該是有其用意的。大概是想迴避已經有點玩得過火的倆人關係吧！我想姊姊應該也很明白乙川先生的意思，對他的感情也會慢慢有點退燒。不過她倒也沒有主動跟我提過什麼，可能看我一直都很忙吧！」

只見輝美目不轉睛地盯著悠介，大概是想說自己的感情世界也很忙吧！

「那……回到本題。」我想到自己眞正想要知道的事，「那麼對於淑美小姐而言，最大的麻煩就是陷入婚外情的漩渦，所以乙川先生對於一廂情願的淑美小姐有些反感囉？」

「這該怎麼回答呢……」

我很期待輝美回答「是的，沒錯。」但是輝美的態度卻顯得有些猶豫。遲疑了一會兒，才想起該怎麼回答。

「大概吧！也許姊姊對乙川先生有些怨恨。但是我想她不至於會怨恨薇若妮卡小姐的存在。」

「畢竟情人還是贏不了老婆是吧？」

因爲悠介忽然哼了句老歌的歌詞，這舉動讓輝美有點錯愕。

「難道薇若妮卡小姐不知道他們兩人的關係嗎？」

「你想如果知道的話，她還能那麼自然親切地接待我姊姊嗎？她那個人雖然外表看不出來，但其實是個嫉妒心很強的女人呢！」

「我記得好像有聽誰說過，薇若妮卡小姐好像吃過淑美小姐以外的女人的醋，是吧？」

「沒錯。」悠介回答。

「關於淑美小姐的事，我聽輝美小姐提過，不過隆之前也和別的女性有過從甚密的關係，對方是大學講師，好像是因爲採訪認識的。那時還被薇若妮卡逮到，隆拚命道歉才得到原諒。不過薇若妮卡的醋罈子可不是婚後才這樣，聽說婚前更可怕呢！」

「婚前是嗎？那乙川先生和薇若妮卡小姐是在哪裏認識的？」

悠介遲疑了一下，這麼回答：「她從秘書培訓學校畢業後便進入貿易公司，好像是任職於建築材料部門。在一次公司舉辦的派對上認識了客戶等等力先生。」

算算至少也是十年前的事了，剛好是她剛踏入職場不久時。

「所以比起乙川先生，她和等等力先生相識得更早囉？」

「是啊！之後她和等等力先生出去吃了幾次飯，兩人的關係也僅限於此。有一次他們到一家氣氛十分好的酒吧小酌一杯時，忽然有個巨大身影朝他們走來，就是隆啦！那時他的兒童文學著作雖然已經出版，但還沒有什麼名氣，所以就在出版社兼差打工。」

看來薇若妮卡與乙川隆初次見面就互有好感。照理說，被後輩橫刀奪愛的等等力先生應該相當氣急敗壞，其實不然，扮演愛神丘比特的他還在婚宴上大方地致詞祝福。可是光只這樣，似乎還感覺不出薇若妮卡強烈的醋罈子個性。

「記得他們相戀結婚後剛滿一年左右，聽說那段時間還發生了很多曲折事，因爲隆還和很多女人牽扯不清，而且其中有個女的更是隆的超級紅粉知己，死纏著隆不放，薇若妮卡還因此數度傷心落淚。」

「眞是不可原諒！」

「您剛說什麼？」

「沒事。」

「眞的很過分，是吧？」

「……就是啊！」

「但是兩人還是克服了重重危機，共結連理。外人實在很難想像一直到他們步上紅毯那刻，薇若妮卡不知打翻了多少次醋罈子，不過現在他們已經能夠笑談往事了。她常常開玩笑地說：『我可是個很會吃醋的女人哦！』不過大家都當她在說笑罷了。而且多少也是在暗示隆不准再亂來，向他下馬威也說不定。」

我覺得好像又有點離題了。「不好意思，我整理一下。我們是在討論到底是誰有殺害淑美的動機，是吧？」

「咦？是嗎？」

悠介一臉吃驚地問輝美。都已經到這地步，看來也沒必要掩飾了。

「是的，沒錯。那麼綜合上述所言，淑美有可能因爲乙川隆和薇若妮卡的關係而心理不平衡！況且乙川隆和薇若妮卡應該有理由憎恨淑美小姐，不是嗎？不過表面上似乎一切就這樣蒙在鼓裏落幕的樣子。」

「搞不好他們的關係早就被拆穿了。」

「如果被拆穿，衝突應該早就浮現檯面了！」我說。

「也或許姊姊心中又燃起對乙川先生的不捨，因此逼迫乙川先生跟薇若妮卡離婚，給她個名分之類的。」

趕在我開口之前，悠介語氣有些輕蔑地說：「輝美，我想應該不是像妳所講的那樣吧！如果淑美小姐已下定決心這麼作，那麼隆和薇若妮卡就不可能在大家都在的場合，還能那麼平和地和淑美小姐談笑，不可能刻意重提好幾年前的陳年往事才是啊！」

因爲輝美沒回應，所以我有責任替她辯駁：「輝美小姐是應我的要求才說了那些話的，希望別因爲這樣而壞了大家的興致。」

「嗯嗯，這我知道。」他的口氣還是一派乾脆，「莫非你打算轉行當個私家偵探嗎？」雖然他試圖以輕鬆詼諧的口吻回應，不過似乎適得其反。

「我可不想當什麼私家偵探。只是一想到這事件就覺得有些焦躁不安。尤其對於兇手竟沒有留下腳印這件事，拚命苦思卻還是想不透，總覺得好像掉入了死胡同。一直不停地思考到底哪裏是解不開的死穴呢？如果讓你們聽起來覺得我好像將淑美小姐的死當作一個解謎遊戲，眞的很抱歉。也許它算是個謎題，但是我個人絕對沒有抱著遊戲心態來看待這起兇案。」

「我不會介意的。我也很討厭自己一直疑神疑鬼，希望有人能夠早日解開這個謎題。」

我忽然想起火村，心想得趕快確認他什麼時候能到這裏。

5

三十分鐘後到達ＪＲ豬苗代車站。既然都開車來到這了，早知道就不用麻煩迫水先生特地跑一趟。不是說好要去賞鳥嗎？爲什麼會開來市區呢？正想這麼問時，車子突然疾速穿過市區，原來他的目的地是豬苗代湖。車子停在什麼都沒有的湖畔，悠介示意我們下車。環顧四周只有幾間看起來不怎麼樣的土產店，景致不是很好。在陽光照耀下閃閃發光的湖面，觀光旺季總是泊滿遊覽船，現在卻是一片寒冷的鼠灰色景象。風從水面拂過拍打著臉龐，我將外套前襟拉得更緊。

「我們從這裏下去吧！」

最後下車的悠介對輝美和我這麼說。朝著他所指的方向一看，有段石階沿著茂密枯萎的蘆葦往湖畔方向一直延伸下去，輝美緊跟在我身後走下台階。水邊泊著十幾隻白天鵝。

「雖然有點不太好走，不過路面沒有泥濘應該還好，你們有看到白天鵝吧？」

悠介拎著塑膠袋步下石階，袋子裏裝著事先準備好的麵包屑。與其說是賞鳥，倒不如說來餵鳥比較恰當。他抓起一把麵包屑，投向白天鵝群。剛才還一副昏昏欲睡的天鵝們立刻顯得活力十足。

「你常來這裏嗎？」

「也不能說常來，大概一個月來個兩、三次吧！不過並不是每次都會餵鳥，所以也算不上什麼愛鳥家，只能說是一種消解壓力的方法吧！」

「消解壓力的方法？」

「也許我這種譬喻不太適當。因為我現在寄居在瑞典館，和這些被餵食的白天鵝不是很像嗎？雖然不曉得別人怎麼看我，但是心裏還是有點在意。所以想藉由主動餵鳥的動作，一嚐不同立場的滋味吧！這是我的自我分析。」

「看來你也挺辛苦嘛！」

輝美笑了笑也抓了些麵包屑，作出像力士灑鹽的動作般將麵包屑投向白天鵝群。我又注意到她那纏著ＯＫ繃的右手拇指。

「妳的手怎麼了？」

聽到我這麼問，「啊？」地露出一臉訝異表情，「哦哦！你是說這傷嗎？」

「是啊！跟我傷在同一個地方呢！」

「我今天早上才發現的。大概是喝醉時割傷的吧！我常常會這樣。」

「該不會是被掉下來的流音的相框給割傷的吧！因為我也是被相框的碎玻璃割傷。」邊說邊看著自己的拇指。

「我也不知道是怎麼回事……。好像不記得有碰過相框啊！也許有吧！我跟薇若妮卡說：『我的手指割傷了。』她還問我：『在哪割傷的啊？』所以應該不是在她面前受傷的。」

看來從當時早已爛醉如泥的她口中也問不出什麼所以然，我在心裏這麼想。但是我還是很努力地扮演私家偵探角色。「妳有回想起喝醉時發生的任何事嗎？」

她自顧自地抛著麵包屑，並沒有轉頭看我，只回答了句：「沒有。」態度不是很友善。

「她早就醉得不省人事啦！問她也沒用。她還曾經醉到摔下樓梯，摔得一時之間連自己是誰都不知道呢！」

輝美一聽到悠介帶點訕笑的口吻，立即反唇相稽：「如果你最瞭解我的狀況，就應該阻止我喝啊！還說什麼『兩個人一起喝酒興致比較高昂』，居然還跟警方這麼說。人家薇若妮卡可沒有一直向我勸酒哦！所以我之前會喝得爛醉還不都是你害的。」

「我可沒有批評妳喝醉的事哦！」

「算了！我已經打算戒酒了。」

輝美像是想起宿醉兩天的痛苦，用手撫著額頭。悠介則看著我輕輕地聳聳肩，將袋底僅剩的麵包屑用力擲向湖中。

「因爲葉山先生只有一個人，有沒有發現什麼不尋常的事呢？」

「那晚雪下得實在很大，我還看了窗外一會兒，記得那時是十一點左右吧！但是因爲看不到別館所以也不可能目擊到兇手，就算窗子開在別館那側，可是因爲雪下得太大，大概什麼也看不到，也沒聽到任何奇怪聲音。原木屋的隔音性很強，再加上外面下著大雪，是個非常安靜的夜晚。」

一隻白天鵝忽然振翅，發出很大聲響，嚇了我們一跳。只見掉落的白色羽毛隨風飛舞。

「可以說說發現淑美小姐遺體後的經過嗎？」

「我可不想再說第二次了！除了漢斯先生外，隆急忙叫醒所有的人，然後大夥趕緊奔向別館看個究竟。說是大家啦！可是伯母並沒有去。就像隆說的，淑美倒在地上已經斷了氣。大家驚覺發生不得了的事，趕緊奔回本館打電話報警，事情經過就是這樣。」

「那時有沒有人表現得不太自然呢？」

我看著悠介和輝美問道。二人並沒有對看，均搖頭否認。

「與其說不自然，倒不如說是冷漠吧！我想並沒有人會跟這起命案有關。」

「因爲看到姊姊慘死，頓時失了分寸，所以我什麼也沒……」

「一回到本館就立刻報警嗎？」

「是的。正確來說，應該是回到本館後先上樓叫醒漢斯先生，之後才打電話的。」

和等等力的證言一致。因爲命案發生當時，大家早已慌了手腳，根本不可能有時間和心思動什麼手腳。

「發現屍體時，大家的反應如何？」

「倒也不會立刻直覺這是起殺人兇案，本來猜想是不是因為跌倒撞到頭之類的，只有等等力先生直覺這是起殺人兇案。」

「兩位那天傍晚也在別館吧？」

「為什麼這麼問？」輝美問。

「我聽別人說的。——你們在別館的時候、還有今天早上，有發生什麼不尋常的狀況嗎？」

悠介首先回答：「沒有。」輝美則是若有所思似地搖搖頭。

「我想應該沒有什麼不尋常的狀況……只是覺得有件事有點怪。不過應該沒什麼啦……可能是我多心了……」

這種回答方式讓我更好奇，我趁勢追擊：「是什麼樣的事？」

「這個嘛！其實我也記不太起來。也許是我太敏感。但總覺得有種說不出來的不尋常感……」難不成輝美有習慣性喪失記憶嗎？只見她瞇起眼迷惘地望向天空，一旁的悠介則是一臉呆滯地看著她。

「感覺妳好像一被有栖川先生問到問題，就會喚醒失去的記憶似地，明明警方怎麼問都問不出個所以然。」

也許輝美覺得這樣的說法聽了心裏不太舒服，只見她默默地用手摀住耳朵。看來就算給她點加油聲也沒用，只能靜靜等著她的回應。

「我自己也不曉得爲什麼。只是覺得愈想就覺得離正確答案愈遠，可是總覺得有如此感受的自己，也許握有什麼不一樣的證據。」

「怎麼說呢？也許是一被有栖川先生誘導式詢問時，就會產生什麼敏感的想法。」

輝美否認這種說法。「一看到刑警的臉，就會緊張得想不起任何事。——到底是什麼呢？總覺得是種很微小、不太容易注意到的變化。」

「回去後就立刻告知警方吧！告訴他們讓妳看一下別館現場，也許能清楚地想起到底是哪裏不太尋常。」

「嗯……沒錯。好，就這麼辦。」

目前還無法判定是否已經碰觸到解開兇案之謎的鑰匙。也許眞的是她太敏感，她口中所謂微小的變化和整件命案根本毫無關係，是種曖昧卻無法置之不理的證詞。

「我的腳好冷哦！我們可以回去了嗎？」輝美縮著身子，渾身發抖地說。她那發抖的身子引起我們的注意，悠介立刻抖掉沾在手上的麵包屑，表示贊成。

「ＯＫ。我們回去吧！我們要是出來太久，搞不好會被人誤會我們畏罪潛逃呢！」

邊抵著寒風邊鑽進車內。歸途上，三人均沈默著。我將目前爲止得到的情報加以整理，輝美則是拚命想尋回失落的片刻記憶也說不定。悠介因爲聊天的對象不想開口，不得已也只好沈默。

我在 SUNNY DAY 前面下車，打算等會兒再過去瑞典館。

「我會要求警方讓我看一下現場，如果有想起什麼事再告訴有栖川先生。」輝美語氣堅決。也許她心裏那無形的不安感變強烈了。

「那就麻煩妳了。」我朝駛離的車子揮揮手後便進屋，發現迫水先生的車子停在一旁，看來他比我們早一步從豬苗代鎮上回來。我邊想著照片是否順利洗出來了邊開門。

「您回來啦！」

正在脫鞋的我聽見身後傳來迫水太太的聲音，那聲音聽起來好像已經一直在等我回來的樣子，我轉身對她說：「我回來了。——迫水先生好像也回來了是不是？照片已經沖好了嗎？」

「現在正在看呢！」

這回答有點莫名其妙。我心想不會吧！一回頭看到火村正坐在餐廳，右手還挾著一根菸。因爲根本沒聽他說今天會來，所以一時愣住。

「你什麼時候來的？」

「剛到而已。換了兩班新幹線再轉搭快車，四點多抵達豬苗代。在等公車時，很幸運地看到車身寫著 SUNNY DAY 字樣的車子停在面前，主人很爽快地答應載我一程。眞的太幸運了。我可是搭了十點四十七分從京都發車的光號飛來這裏，不知是誰還刻意模仿某部小說中的犯人的搭車路線呢！」

冷不防地被這麼說，我才發現自己嘴巴半開著，趕緊慌忙地閉上。我拍的照片像撲克牌似地被攤在餐桌上。

「接到我的電話後就立刻趕來嗎？」

他斜叼著菸點點頭。

「沒錯，像風一樣地趕來。」

第四章 來！跟叔叔說吧

「少在那邊裝模作樣啦！拜託，風還會坐電車啊？」

雖然嘴巴這麼說，其實心裏卻很竊喜火村比我預想的還要早到。也許他的到來，能讓我那掙扎著想從雪裏抽身的雙腳，獲得解脫。對於致力於犯罪社會學研究的他，雖然還不是很瞭解，但是對於他的探案能力抱著莫大的信任，因爲在此之前已經見識過他多次展現專業能力。如果有他相助，肯定能吹散籠罩在瑞典館上方的黑霧。回神過來才發現突然豁然開朗的自己竟然東想西想，想得出神。

「別一直站著，快坐下啊！來吧，過來坐吧！」

火村用下巴示意我坐到他對面那張椅子。瞥見桌上攤著一堆照片，就像在玩撲克牌決勝負的感覺。只見副教授將已經抽得十分短的菸丟進菸灰缸。倫代迅速拿走已經躺了好幾根菸殼的菸灰缸，換了一個新的過來。

「不好意思。——好，進入正題吧！已經在電話裏聽你說明大致經過，也大概看過你拍的照片。這是綱木淑美的腳印吧！然後……這是乙川隆的。那個……就是其他雜沓的腳印，是吧？」

很快就進入正題。他夾起每張照片確認著，一旁的我頻頻點頭。

「哦，每一張都照得不錯嘛！」

「就是啊！如果綱木淑美和乙川隆的腳印上都沒有動過任何精細手腳，那兇手的腳印會不會被混在那一堆雜沓的腳印裏呢？也就是說——」

因爲之前我也有過同樣的推測，因此輕易被推翻也是理所當然的。於是我又隨即補上自己後來檢討出的可能性。

「那麼……犯人現在還躲在別館的假設就不太可能成立囉！」

「原來如此、原來如此，各種獨特的假設都無法成立。那麼很明顯地，本館和別館之間並沒有纜繩聯結，所以兇手藉由纜繩的犯罪手法也無法成立囉！」

眞是的。

「這根本是兩回事吧！」

「覺得這說法太過愚蠢，不値得一提是吧？」

是的，眞的非常愚蠢。而且這般推測根本就可以完全不用考慮。

「如果你也去趟現場就會明瞭，就算本館與別館之間要連結纜繩，也需要相當長度。就算是直線距離也要三十公尺左右，有可能還會更長。雖然還沒確認瑞典館內是否有這樣的繩索，就算眞的有，靠繩索渡過也是件非常棘手的作業，更何況還得掩人耳目。所以實在無法理解兇手這麼作有何益處可言。而且如果犯案後還得躲在本館旁拖回繩索，那麼庭院的雪地上應該會留下腳印啊！」

火村面無表情，又點了一根菸。

「嗯，這我瞭解。因爲我自己也還不清楚兇手爲何這麼做的理由，只是很在意煙囪爲何會折斷一事。」

他用手指彈了彈那張被折斷呈H型的煙囪的照片。

「啊，莫非連結本館和別館的繩索就是掛在煙囪上？」

「然後因爲超過承載限度而應聲折斷。如果不這麼想，實在想不透那種東西爲何會折斷。」

沒想到才剛到不久的火村竟然快刀斬亂麻地下了這麼大膽的推測，倒是令我有些吃驚。

「果然還是得讓你盡速到現場看看比較好。要避人耳目，利用繩索連結本館和別館橫渡過去，我想幾乎不太可能。況且像那樣的不銹鋼製煙囪要承載一個人的重量也不太可能吧！如果兇手想模仿野戰部隊一試身手，我想立刻就會應聲折斷。而且就算繩索一說有其可能性，還是無法說明煙囪折斷的部分爲何會埋進雪裏。」

火村微笑地聆聽我的敘述。

「你是想說我的想法根本牛頭不對馬嘴，叫人失望是吧？」

「不，倒也沒這個意思。只是有點沮喪而已。」

「有什麼感想儘管說出來吧！」

他再度笑了笑。「雖然繩索一說也不是不無可能，只是連說的人自己都沒把握，要說哪裏不太合邏輯，就像有栖川剛才說的，兇手這麼作到底有何益處？而且如果這樣的假設能夠成立，那麼其他的假設也能成立囉？或許兇手故意不在現場留下任何腳印？還是一種障眼法？眞的很想解開這些謎。」

「你的意思是……如果能夠解開爲何沒有留下腳印之謎就能找出答案？」

「基本上是的。」火村將現場照片攏在一起，像切牌似地玩著。好像手邊動邊在思考什麼，玩了一會兒，手停了下來——「聽到警方說兇手不可能是外來侵入者時的乙川，有沒有一副受到打擊的樣子？」

「當然。當他聽到房子四周並沒有留下任何兇手逃脫的腳印，十分驚訝。對他而言，根本無法相信兇手就是自家人的說法。」

「嗯，那就好。——一直到警方判定沒有任何兇手向外逃脫的跡象，應該是隔了段時間吧？」

「是的。雖然一開始就確定沒有由房子正門逃脫的腳印，研判也許兇手是逃進林子裏，不過這點還需要時間調查。」

「眞的不可能是外來侵入者所爲嗎？如果兇手逃進林子，然後邊搖樹木邊逃，企圖藉由落下的樹枝遮蓋雪地上的腳印，也可以達到消去腳印的目的。」

我對他的說法感到有些困惑。

「如果有任何質疑，可以詢問警方或是私下再進行調查如何？」

「請問……」倫代突然插口問道。原來她一直站在廚房聽我們談話，差點忘了她的存在。穿著圍裙的迫水太太站在廚房餐檯旁，面向我們很專心地聽著。

「什麼事？」

火村用他那充滿活力的聲音問道。倫代像得到勇氣似地，快步向我們走來，坐在火村和我中間的椅子上。

「因爲從剛才就一直在聽你們談話，不好意思，有件事我一直很在意。我想我可以回答剛才火村先生的疑問。」

火村沈默地舉起右手示意她請說。

「早上有栖川先生前往隔鄰時，警方來過我們家。我想警方的第一個目的，就是想確認乙川先生昨夜是否眞的來我們家。其實關於這一點，我有點在意。莫非在調查乙川先生的不在場證明的同時，也是在調查我們夫婦倆的不在場證明呢？這是我的想法啦……」倫代說。

這些話聽起來有些莫名其妙。爲什麼警方連迫水夫婦的不在場證明都要調查呢？他們根本沒有殺害綱木淑美的動機啊！

「當然我們絲毫沒有想殺害綱木淑美小姐的理由和動機。可是後來想想，愈想就愈覺得自己好被懷疑似的。」

「爲什麼會這麼想呢？」副教授語氣平和地問道。

「我想說的是，警方屢次來勘察我們家西邊的林子，而且從這扇窗戶可以看到那片林子。你們瞧，不是可以看到隔壁屋簷嗎？一出了林子，就可以直接走到乙川家的別館附近。所以我想警方會不會是懷疑我們家有人穿過林子，潛藏進別館？」

「可是警方說林子裏沒有發現任何兇手的腳印啊！」我說。

「嗯，好像有說過。可是如同火村先生所說，可以邊走邊抖落樹枝上的雪消去腳印啊！而且警方好像也有進行過這項實驗。」

「眞的能夠那麼簡單就消去腳印嗎？」

「應該可以吧！不過只限於樹林中。」

火村彈了彈手指。

「哦哦！也就是說兇手可以潛藏在只隔著一片林子的度假別墅裏囉！可是要從這裏逃脫，就非得走出林子不可啊！難道沒有發現任何痕跡嗎？」

迫水太太點點頭。

「也就是說，如果兇手躲在這間別墅，就可以解開腳印之謎。兇手穿過林子前往乙川邸別館，犯行後邊抖落樹枝上的積雪邊消去腳印走回來。不過因爲當晚待在這裏的人全都有不在場證明，自然沒有嫌疑。」

「我想大概就像火村先生說的。雖然表面上是乙川隆先生想舉出不在場證明，不過也許是我們夫婦倆的不在場證明反而成了幫他的證詞。」

「然後再加上我的不在場證明。」眞令人扼腕啊！我居然沒有發現當時在這間別墅裏的人才是最該被懷疑的對象。

「有栖川有栖可眞是千鈞一髮啊！」火村挑眉的模樣十分逗趣。

「多虧乙川先生帶酒過來聊天。」

「也應該感謝建議他帶酒過來的育子女士。——但是兇手的腳印之謎還是沒有解開啊！」

「哎唷！先別急。我都還沒到現場探勘啊——」

餐廳一角的電話突然響起。火村不悅地嘟起嘴，迫水太太站了起來。原本以爲大概是通和兇案毫不相干的電話，只見接電話的迫水太太嘟嚷著一連串不知所云的話，看樣子好像是輝美打來的。

迫水太太回頭將電話遞給我。

「有栖川先生您的電話，輝美小姐打來的。」

果然沒錯。我立刻起身接過電話。

「剛才眞是謝謝你了。」彼此幾乎同時說出這句沒什麼特別意義的客套話。

「嗯……剛才在回程的車上曾提過……」

一時腦筋打結，反應遲鈍，竟然瞬間反應不過來她指的到底是什麼事。

「就是那件事啊！我不是說覺得今天早上別館的樣子好像和昨天有些不一樣嗎？」

「哦哦！」不由自主地伸直背脊。「嗯，我想起來了。妳想起是哪裏不一樣了嗎？」

她回答，是的。

「與其說是我想起來，倒不如說是薇若妮卡先注意到，然後我聽她提起才想起來的。因爲我看你好像挺在意的，所以想趕快打電話告訴你——」

火村邊玩著手上的照片邊往我這邊看。

「謝謝。那麼到底是什麼地方不太一樣呢？」

「其實也沒什麼大不了的，只是我的枕頭套不見了。」

雖然一時之間無法有何具體聯想，不過這回答倒是挺有意思的。

「妳是說……枕頭套嗎？」

火村的手停了下來。

「是的。姊姊的枕頭套還在，只有我的枕頭套不見了。雖然只是件小事，可是心裏總覺得有些不可思議，爲什麼枕頭套會無緣無故不見呢？難不成兇手順手拿走了。」

「兇手拿走枕頭套……對啊！爲什麼要這麼作呢？」

嘴裏嘀咕，灰色腦細胞開始急速活化，有種新假設即將誕生的感覺。

「稍後再找個機會請教妳這問題，如果還有想起其他事情，麻煩再跟我說一聲。」

「好的，那麼再聯絡。」輝美說完後掛上電話。

「死者妹妹的枕頭套不見嗎？」聽到電話內容的火村顯得一副興趣盎然的樣子。

「是的，剛剛是輝美小姐打來的，她說薇若妮卡夫人比她早發覺。」

「別館裏只住著綱木淑美和輝美兩姊妹，卻只有輝美小姐的枕頭套不見嗎？」

「是的。煙囪折斷、枕頭套被盜，還眞是謎上加謎啊！」

我嘴裏邊說邊對枕頭套無緣無故消失一事，有所想法。也許可以大膽推斷拿走枕頭套的人就是殺害淑美的兇手。那麼，兇手爲何要拿走枕頭套呢？可以想見枕頭套上一定留有某些不利證據。譬如，因爲死者拚命抵抗，因此兇手受了點輕傷，如果枕頭套上不小心沾到一滴血，那當然不能讓其留在現場啦！而且因爲沒時間洗掉血漬，當然就會順手帶走。如果說身上哪處有受傷的人有可能是兇手，我自然就聯想到輝美右手拇指上裏著ＯＫ繃。雖然本人說不曉得這傷是在哪、怎麼弄傷的，不過也許是被淑美給抓傷的。

「你突然在沈思什麼啊？」

被火村這麼一喊，我才回過神來。與其一個人猛鑽牛角尖，倒不如說出來比較好。於是他一聽我說完，神情立刻變得很嚴肅。

「兇手的血濺到枕頭套上……你的想像力會不會太豐富啦！就算如此，也有可能是沾到被猛烈毆打的死者所流的鼻血。就算兇手有外傷，也不可能是輝美手指上的那點小傷，傷口應該是藏在某個人的衣服下吧！」

「話是這麼說沒錯啦……」

火村打斷我的話。

「而且不僅如此。說她是兇手，將枕頭套帶走的推論根本不合理。如果眞是這樣，那麼她就不可能透露現場有什麼疑點，不是嗎？難不成她忘了自己是兇手而說出來嗎？」

的確怎麼想都有點不太可能。

「忘記自己是犯人啊……原來如此。也許她因爲喝得爛醉如泥，醉到連自己殺人一事都不記得了。」

火村聽我這麼說，露出一臉沈痛表情，搔搔有點少年白的頭髮。

「根據我在電話裏聽你說的，她不是有不在場證明嗎？而且薇若妮卡夫人還是證人。」

「也許證詞不一定正確，其實她並沒有一直待在輝美小姐身邊。」

火村又點了根菸，「你說薇若妮卡夫人的證詞不一定是正確的，這樣好嗎？我聽你電話裏的口氣，明明對這位大美女很感興趣啊！」

「不是感興趣，是有好感。」我趕緊澄清，「喂！對方可是有夫之婦，別亂說啊！而且我不記得我有用那種口氣跟你說過。」

「眞是的！也不用對我的無聊笑話認眞嘛！腦子裏浮現綱木輝美是兇手一說固然有理，但是視野未免太狹隘了點。如果她是兇手，那麼消失的腳印一事又該如何解釋？」

「這就完全搞不清楚了。老實說，我也不希望輝美小姐就是兇手，只是偶然將她手指的傷和枕頭套聯想在一起罷了。」

「完全沒有任何有力根據。」火村語氣堅決地說，又將照片排列在桌上。我發現其中還混著五色沼的照片。

「每一張都拍得好漂亮哦！流音那孩子是在哪處沼溺斃？」

「我沒拍發生事故的那處沼，那處沼離步道還有段距離。」

「哦……這地方不錯呢！等一下我也去那裏拍幾張照好了。反正難得大老遠跑這麼一趟。」

「好，走吧！可是有個地方想先帶你去看一下。」

「瑞典館是吧？」

火村迅速將照片收好，拿起披在椅背上的黑色皮外套。

2

來應門的是薇若妮卡。「聽說您方才也來過，沒招待到您眞是不好意思。」薇若妮卡邊對我說邊看著一旁的火村。

「一直來府上打擾，眞是不好意思。這是我的朋友火村，在大學教授犯罪學，剛剛才從京都來到此地。」

火村輕輕地點點頭。薇若妮卡看起來有些迷惑的樣子。

「教授犯罪學的老師特地從京都趕來……。莫非是爲了調查淑美小姐的事？」

「因爲聽說朋友惹上麻煩所以才趕過來的，結果看他的樣子好像沒有我想像中那麼慘嘛！」

火村語帶詼諧地說，搞得我不得不接口：

「我朋友他曾協助警方偵辦過不少案件，而且成績斐然。我相信他對這次案件的偵查方面一定能助力不少，所以才硬請他過來。不好意思，可以讓我們看一下命案現場嗎？如果能跟大家聊聊當然更好。」

「先請進再說吧！」

一陣客套寒暄後，我們穿過玄關，站在客廳的乙川隆向我們點頭問好。

「聽說您午茶時間來過，和家父、家母相談甚歡呢！請問這位是……？」

待我介紹過後，童話作家和夫人一樣一臉迷惑地先請我們坐下。然後薇若妮卡端來咖啡。

只見她露出手足無措的眼神看著丈夫，在他身旁坐下。

「也就是說，火村先生並不只是位學者，也會參與實際的案件調查工作囉？」乙川縮著幾乎看不見的脖子，邊看著副教授邊問。

「如果沒有實務經驗就當不了社會學者，犯罪行爲的研究算是我的專長領域，當然有栖川也有參與一些案子。」

「那麼至今爲止參與過不少案子囉？」

「嗯，大概五十件左右吧！幾乎都是兇殺案件。因爲大多發生在京阪神或是東京的案子，所以認識不少當地警察，有時也會受邀出席搜查會議。不過福島縣方面的警察單位就不太熟了。」

乙川隆邊點頭邊雙手抱胸。我想此刻他的心情，只能說莫名其妙地面對一個突發狀況。

「是有栖川先生請火村先生過來的嗎？」

我回答，是的。乙川隆又邊點點頭邊鬆開手，端起杯子喝了口咖啡。也許他覺得十分困惑吧！然後想更深入地問個明白似地開口問道：

「我想火村先生一定聽有栖川先生說明大概情況了，您有什麼看法嗎？」

「是。」

聽到火村如此爽快地回答，感到訝異的人不是乙川隆也不是薇若妮卡，而是我。明明剛才沒聽他說有什麼具體想法啊！

「等一下。您還沒看過兇案現場，就對兇手一事掌握頭緒了嗎？」

「基本上還沒確認前，我不會胡亂發表任何意見。」

「也破解了兇手爲何沒有留下腳印的謎題了嗎？」

「某種程度的假說是成立的。不過是否能夠切合就得等看過現場後才能判定。」

「是指使用繩子之類的工具嗎？」

「這個嘛……」

雖然之前已經目睹過好幾次他發揮專長的傑出表現，但是如果假說成立，這次事件就會改寫他破案速度的最快紀錄。可是無論火村再怎麼高竿，只憑聽我在電話裏東扯西扯談了一堆，就能迅速釐清眞相也未免太神了點吧！我的推理能力遠不及他是理所當然的，但是警方的搜查能力總不會比不上他吧！

「與其在這裏談論，還不如親自走趟命案現場。我也很希望這件命案能夠早日偵破。」乙川隆說。看來他似乎不太領火村的情，換言之，似乎也不樂見搜查工作順利進行。就算覺得有個搞不清楚從哪來的男子滿口故弄玄虛，但是也拿他沒辦法。

「碰巧警方已經返回搜查總部，現在別館那邊一個人也沒有。」

「那我們就快點過去吧！」

「由我來帶路吧！好歹我也是第一個發現命案現場的人，有些事情必須先說明一下。」

「那就麻煩了。」火村站了起來，大概是衣服的袖口不小心掃到盤子，湯匙掉落腳邊。「眞是的！」立刻想彎腰拾起，但是動作卻突然停下來。他的視線投射到對面一角的暖爐。

「您怎麼啦？」薇若妮卡關心地問。

「暖爐裏有個很奇怪的東西。」

我試著和他一樣微彎身子看了一下暖爐，好像有根細細的棒子掉在地上。因爲還沒有升火，所以看得不是很清楚，不過從火村的角度似乎看得挺清楚。

「那個不是捕蟲網嗎？」

因爲突出的腰圍實在不太方便彎身的乙川隆，立刻明快地回應：「沒錯，那是捕蟲網。大概是悠介忘了收吧！」

「忘了收？怎麼說啊？」我問。

「那個捕蟲網是我死去愛子的東西，平常都放在他的房間。昨天傍晚悠介借出後就忘了放回去吧！」

「借這東西作什麼用呢？」

試著問問，感覺薇若妮卡好像不太清楚這件事似的。

「大家一起用晚餐前，他幫忙打掃吊扇燈。大概是聽我說有點髒吧！所以想幫忙打掃一下。然後他就在網子前端纏上溼抹布，從二樓伸出去擦拭，打掃完後就這樣掛在爐邊，大概是一時失去平衡倒在暖爐邊吧！」

火村跪在地上伸手探進暖爐內，取出流音的愛用品。然後將它立在爐邊，剛好被柱子擋住看不見，以致乙川隆和悠介都忘了它的存在。

「眞是不好意思。」

薇若妮卡邊說邊用兩手抓住捕蟲網。可能想趕快將它物歸原位似地，快步走向走廊。火村趕緊叫住她。

「如果方便，夫人可否與我們一同前往別館呢？因爲想請教現場一些事。」

她停下腳步回頭看著火村，剛好就站在昨天流音相框掉下來的位置。

「我明白了，我和你們一起過去。」

明明想借火村之力消除她心中的不安，但是她那秀麗帶點憂傷的臉龐卻愈來愈抹上一層陰鬱。

3

出了玄關拐到後門的途中，雖然與我們擦身而過的巡警瞥了火村一眼，但並沒有問我們是誰。可能是他被賦予的任務已經夠他心煩了吧。

站在後門前的火村，以手遮眼眺望著別館。雖然距離約三十公尺左右，但要不留下任何腳印橫渡其間是有其難度的——可以說幾乎不可能。別館周遭沒有半個人，今早的喧囂彷如一場幻境，只有被折斷的煙囪在訴說著現實中的確發生這件慘案。雖然雪上留下的問題腳印經過一段時間後形體有些崩壞，但還是依稀保持原狀。

當我正期待著自稱爲風之偵探的人會如何進行下一步時，火村首先問了乙川隆這樣的問題：

「請問有從這裏到別館，這麼長的繩子嗎？」

眞是令人洩氣的提問。就算已經站在兇案現場，他還是不願放棄他的犯人是以繩子橫渡庭院的說法，也就是所謂的野戰部隊說，眞是敗給他了。我想乙川隆大概也會這麼想，不過他倒是很客氣地回答：「大概只有曬衣服用的繩子吧！當然沒有這麼長，得用好幾條連起來才行。」他發著哼哼的鼻音接著說，「莫非火村先生覺得兇手是用繩子橫渡到別館犯案的嗎？」

如果火村回答是，我想我一定會覺得他遜到極點，幸好他的答案並非如此：

「雖然在我來此之前的確有想過這種可能性，但是來到現場就完全推翻了。因爲光是要將這麼長的繩子拉開橫渡過去就需要花費相當時間。而且不僅如此，因爲兇手並未留下拉開繩子時留下的腳印，況且這項工作必須趕在淑美小姐回到別館來之前完成。如果淑美小姐看到一條繩子從本館連結到別館還不會起疑，也未免太離譜了。」

「我也是這麼想。」乙川隆一副終於放心的樣子，「既然您都知道，爲什麼還要問我有沒有能夠連結到別館的繩子呢？」

「我只是想親口向大家確認，這樣的想法是不合邏輯的。」

他邊說邊環視我們三人。我心想，會不會有人回應他呢？但是大家都保持沈默。不過他倒也沒有要求我們要有什麼回應。

「不合邏輯的論點就不用多談了。我很想知道是不是有什麼有助眞相釐清的假設呢？」

「你可眞是急性子啊！也許等一下到了別館現場自然就會有所解答。」

我拍了一下火村的背，往前走，乙川夫婦則拖著沈重的腳步跟在我們的後面。不經意地回頭一看，薇若妮卡依舊一臉憂愁，視線像失焦一般恍惚地瞧著四周，看來她似乎陷入極度不安的精神狀態。相較於一臉滿不在乎的乙川隆，似乎完全沒有察覺妻子的樣子，令看在眼裏的我有些不滿。

一進了應該沒有人在的別館，卻被坐在客廳椅子上的等等力給嚇了一跳。他挪了張暖爐旁的椅子，雙手抱胸，盤坐著似乎在冥想。

「哦！你什麼時候來的啊？」

等等力聽到乙川隆這麼問他，才緩緩地起身。

「大概十分鐘前吧！趁警方不在的時候進來的。對了，有栖川先生。」

「嗯？」

「我都看過了，並沒有什麼隱密門或是密室之類的。」

也許乙川隆和薇若妮卡都想問到底是怎麼回事，可是他們都沒有開口提問。因爲乙川家的人都涉有重嫌，我想這點也沒有特地說明的必要。

「似乎又增加了客人哦！請問這位是……？」

等等力一派輕鬆口吻向乙川隆詢問。乙川隆適切地介紹一番後，等等力就露出一副相當感興趣的樣子。

「哦！原來是推理作家的好朋友，有偵探身分的犯罪學者啊！眞是了不起，而且連搜查一課的警官們都認識。從昨天到今天，居然能夠認識平常和自己工作完全沾不上邊的人呢！——敝姓等等力，請多指教。」

「聽說您是建設公司的老闆，是吧？我聽有栖川說的。您好，請多指教。剛好有幾個問題也想請教一下等等力先生。」

「別這麼客氣，我洗耳恭聽。」表現出一副十分配合的態度。

「那眞是謝謝了。在此之前，我想先看一下綱木淑美小姐陳屍的房間。嗯……是那間嗎？」

火村邊說邊踏進房間，開始實地調查房間內部。其他人則站在房門口，沈默地盯著他的一舉一動。他不停地看著房間內外各處，整個人與剛才完全不同，變得格外敏銳。過了一會兒，他指著輝美使用的枕頭，詢問薇若妮卡：

「這邊的枕頭沒有枕套對不對？聽說被兇手帶走了，是眞的嗎？」

「是的。」用她那纖細的聲音回答。「昨晚六點左右來這裏時還有看到。我是來通知淑美和輝美晚餐已經準備好了，記得還順便換了新的枕套，不清楚是什麼時候不見的。」

「何時發現的？」

「今早我先生通知我們淑美遇害，隨後趕到這裏時發現的。因爲不覺得這有什麼重要的，雖然警方問了我們好幾次：『什麼事情都可以，如果覺得現場有哪裏不尋常，請告訴我們一聲』，後來我才想起來……」

「原來如此。」火村一副瞭然於心，隨便附和的樣子，「不見的枕頭套應該還沒有找到吧？」

薇若妮卡點點頭。

「應該沒人會想偷枕頭套吧！肯定是因爲留下什麼對兇手不利的痕跡，所以才被兇手隨手帶走吧！」火村嘴裏邊嘀咕邊走出去，然後靠在緊閉的門上，用食指按著嘴唇。這是他在思考時的習慣動作，「因爲你們是比警方更早踏進兇案現場的人，所以有事要請教三位。也許這問題會問得你們很煩，但還是要請你們仔細思考回答。——比較案發前後，別館現場有沒有什麼不尋常的地方？」

「這問題警方已經問過幾百次了。」

很稀奇地，薇若妮卡顯得有些不滿，火村見狀趕緊打圓場：

「個人只是想再更確定而已。不管什麼事都可以，如果有什麼不尋常之處請告訴我。尤其我想知道的是，除了枕頭套不見一事外，還有沒有什麼奇怪地方？」

「有東西不見了？您對不見的東西特別有興趣，是不是？」等等力似乎對這問題很感興趣。

「嗯嗯，是的。有沒有什麼發現呢？」

火村靠在門上又重複問了一次。可是等等力不可能會給他什麼答案。

「您是說有什麼東西不見了，是嗎？」乙川隆嗓門拉高。「如您所見，這裏本來就沒有放什麼貴重物品。」

緊挨著丈夫的薇若妮卡，也表示沒有發現什麼不尋常之處。

「只有關於淑美和輝美的行李沒有辦法回答，因爲不曉得她們包包裏裝了些什麼。不過聽輝美說，東西都在。」

「說得也是喔！」火村又隨聲附和了。

「那些太瑣碎的東西答不出來是可以理解的。——那麼比較大型的東西呢？也許會因爲體積太過龐大，相反地會漏看啊！」

雖然火村拚命地吹笛，卻沒人跟著起舞，只換來三個否定的回答。身爲好友的我只好筋疲力竭地繼續幫他伴奏。

「我聽有栖川說隔壁房間當儲藏室用，裏面有沒有什麼不尋常的地方呢？先別急著回答我，我們最好再確認一次比較好。」

薇若妮卡走上前去拉開百葉門。想像中應該是個放了很多雜物，滿是灰塵的房間，沒想到只看到塑膠水桶和抹布之類的清掃用具，還有幾捆暖爐用的薪柴和一個原本應該是用來裝橘子的木箱——用白布蓋著，總之就是個沒放什麼東西，空空如也的房間。而且地板上積著一層薄薄的灰塵，要是有什麼異樣一定會被發現，而且地板也會留下痕跡。

「房間一直都像現在這樣。」她舉起右手指著房間內部。「之前我曾進這房間過，剛好是淑美他們來的前一天，和我婆婆一起來拿幾捆薪柴。現在看看房間內還是和那時一樣，無任何異狀。」

等等力並未表示任何意見，乙川隆補充說明：

「警方也詢問過儲藏室一事。我想家母的回答一定也和內人一樣。記得輝美小姐住進來時，還曾好奇地打開看過呢！所以這房間一直都保持這樣，沒什麼改變，東西沒有掉也沒有增加，這點我可以證明。關於這件事，您可以向島野警官確認。」

「嗯，明白。那麼那個木箱裏裝了什麼東西？」火村說。

薇若妮卡默默地掀開蓋在木箱上的白布，箱子裏滿是玩具。有放在嬰兒船上方會旋轉的東西、還有沾上手垢而變得灰撲撲的小兔子絨毛玩具、還有塑膠製的鐵路模型、木頭積木和足球。每一樣大概都是流音生前最喜歡的玩具吧！

「好久沒看到這些東西了。」

薇若妮卡的這番獨白，聽來有點是針對火村不識趣又強硬的提問，所作的些許抗議。

「這些都是您死去兒子的東西吧？」火村冷酷地問。

「是的。看起來沒有人動過的樣子。」

副教授走近木箱，窺看著箱內。我想大概是不太相信她說的吧！只見他從口袋裏掏出黑手套戴上，說了句：「不好意思」後便開始撥弄著箱裏的玩具。並不是在找尋什麼東西，而是想揪出某件東西吧！這件東西就是跳繩用的繩子，而且不是小孩子用的玩具，而是像運動選手訓練用的繩子。

「這條繩子給小孩子用，不會太長嗎？」

聽到火村這麼說，我也覺得這條繩子對七歲小孩來說，的確長了點。薇若妮卡正想開口回應，他突然莫名其妙地吼了一聲，然後咬住右手中指前端脫下手套，徒手握住繩子。

「因爲我會陪他一起玩，所以才用比較長一點的繩子……有什麼不對勁嗎？火村先生。」

火村將一半繩子遞給薇若妮卡。

「好冷。妳摸摸看，這繩子還溼溼的呢！」

果然如他所說的，只見她也喊了一聲「好冷喔！」，乙川隆和等等力也伸手摸摸看。——繩子的確很冷，而且還帶點溼氣，看來還沒有完全乾的樣子。

不等大家詢問到底是怎麼回事，火村便催促大家往外面走，於是一臉莫名其妙的我們就這樣被趕到露台上。因爲他拿著繩子往屋外右側走去，啊啊，我就知道是怎麼一回事了。他將繩子向屋頂丟去，大概是想試試煙囪能不能因此被折斷吧！

果然如我所想，站在露台上的他確認好煙囪位置，便攀上欄杆。然後將圈了兩圈的繩子往頭上拋去，企圖用繩圈套住煙囪，結果試一次便成功。沒想到比想像中還簡單。「啊，挺容易的嘛！」一臉欣喜地說。

「哦！兇手就是使用像跳繩之類的繩索來破壞煙囪的囉？」

等等力語氣中滿是佩服。「嗯，有可能。」火村回應。然後將繩子扯下來，身手敏捷地跳下欄杆。

「只是想確認這溼溼的繩子是不是這樣的用途罷了。對搜查進展並無幫助。」

「也許有所幫助哦！」乙川隆反駁，「雖然無法斷定破壞煙囪的兇手和殺死淑美小姐的兇手是否同一個人，可是破壞煙囪的兇手，一定是知道這條繩子藏在儲藏室木箱的人。也就是說，是家裏的某個人。」

很顯然地，這是在受到攻擊前擺出防禦姿勢的說法。不過火村很果決地否定了他的說詞。

「不，還不能妄下斷語。如果兇手想找像是繩子之類的東西，肯定會到儲藏室尋找。爲了物色適合的工具而打開儲藏室門的兇手掀開蓋在木箱上的白布時，可能看到像是繩扣之類的東西，就像我剛才一樣。因此還無法斷定破壞煙囪的兇手究竟是不是乙川家的一員。」

「嗯。」

「那樣妄下斷語一點意義也沒有，和我什麼都還沒開始作的道理是一樣的。」

這絕不是客套話。因爲眞的很沒意義，所以我也不想多問。

「如果像剛才你實地表演那般，兇手將煙囪折斷，那他的目的究竟爲何？看來也不是爲了用繩子連結本館與別館，所以才將煙囪弄壞啊？」

「我剛才不是已經說過，用繩子橫渡一說已經不考慮了。所以——兇手爲何要弄壞煙囪呢？」

火村輕輕地將繩子掛在脖子上。

「勞煩各位進進出出的眞的很抱歉，我還想看看浴室和洗手間。」

進到客廳，趁火村察看浴室時，我們靠近暖爐邊烘烘有點凍僵的身體。這時等等力對我說：

「有栖川先生。那位火村先生都是用這樣的方式解決案件嗎？」

他大概想說，火村會不會只是在玩什麼偵探遊戲罷了。我要是站在他的立場也有可能會這麼認爲。

「他通常都是配合警方一起行動，這次單獨行動算是滿難得的。因爲我打電話給他，跟他說明了事件的大概經過，然後他就帶著本能的推理神經趕過來了。」

「他是不是有所誤會啊？」等等力用手偷偷地指指從浴室走出來的火村，悄聲說道。只見犯罪學者一臉嚴肅，搔著頭。看來他終於頓悟到自己尙未來到現場前的想法似乎太過樂觀。

「眞是敗給他了。和我所想的完全不一樣。」

「啊？」

雖然想試著問問他，卻只換來叫我先別吵他的手勢，還是沒有問到到底是哪裏不一樣。也許他的腦細胞開始思考著，難道遭受挫折的假說沒辦法修復嗎？不過他選擇暫時將這問題擺在一邊，又向乙川隆他們提出新問題：

「對於綱木淑美小姐爲何非得被殺一事，大家到底有沒有什麼頭緒呢？」

「怎麼老是問些警方重複問過的問題呢？對我們而言，這也是個謎啊！比起兇手是以什麼方法消去雪地上腳印一事，更叫人覺得詭異。」

火村倒是很平和地接受乙川隆如此率直的回答方式。

「或許……我只是想到就問一下而已。如果對你們而言也是個難解的謎那就沒辦法了。——不過恕我這人就是喜歡找人麻煩，雪地上的腳印並沒有用什麼消去哦！」

「這個嘛……」乙川隆只好苦笑以對。

「老是被人家覺得兇手就是家裏成員之一，讓我們深感困擾。」薇若妮卡的口氣很嚴肅。「因爲根本就沒有任何證據，警方的說詞也充滿矛盾。因爲我們都不相信兇手就是本館中的某人，都認爲兇手可能是從森林闖進的歹徒。而且警方也說，兇手可能爲了不讓腳印被發現，所以晃下樹枝上的雪消掉腳印，當然也說過對於從森林通往外面的任何一處都沒有留下痕跡這點，實在無法理解。所以才會懷疑是本館的某個人所爲。——我想你們應該聽得出矛盾點吧？那就是因爲沒有留下任何兇手進出別館的痕跡，所以不能說兇手究竟是從外面闖入還是內部的人所爲，不是嗎？」

眞是一番激烈的辯駁。不知道是不是愈說愈興奮的緣故，薇若妮卡的臉頰有些泛紅。美女一生氣就會變得更美，雖說這是男人的一種偏見，但是現在的她給人一種心疼的憐愛，當然如此心疼她的我並不是性好虐待的偏執狂。——她又繼續說：

「雖然警方說森林通往各處的道路並沒有留下任何腳印，但是可以如此就斷定嗎？天一亮就有車子或是巴士路過，多少都會輾壞那些腳印，我想這種情形很平常。」

火村等她說完，直盯著她那雙藍眼回應道：

「我想還是沒有那樣的腳印。因爲是星期天早上，往來人車非常少，應該很清楚地就能判斷出是不是由森林走出的腳印，不是嗎？如果兇手眞的是館內的人，只能說那個人的運氣不好。」

「還是未能解開腳印之謎，眞是個難解的謎題。」等等力突然看著我，「對了，那個水桶汲水的謎題已經解答出來了嗎？」

「還沒，請再給我一點時間。」

可能是一聽到謎題這兩個字，我立刻就誇張地回了句「請再給我一點時間」，火村看了看我，「沒什麼，等會兒再跟你說。」姑且先這麼回應他。

「怎麼又是謎題啊！等等力先生，你好像很熱衷此道呢！」

聽到乙川隆這麼說，感覺等等力好像常常拿謎題當話題跟人家聊天似的。童話作家說完後立刻收回輕鬆的表情，嚴肅地向火村建議：

「只憑我們幾個人所說的，搜查工作還是無法順利進行。您應該聽有栖川先生提過，瑞典館裏除了我們，還住了四位。雖然想介紹給您認識，不過兩老因爲一大早的騷動有些疲倦，現在都在房間休息。如果方便，可否麻煩您用過晚餐後再來一趟呢？介紹大家給您認識，我想對您的搜查工作會有所幫助。講幫助好像有點奇怪哦！應該是我們請求您的協助才是。」

這可是個求之不得的請求。「沒問題！」火村立刻回應，於是我們決定九點再次造訪。

4

森林中的積雪相當深，已經深達膝蓋。才走了五分鐘，額頭就冒出粒粒汗珠。

「好！」

「啊，等一下！」

我還來不及阻止，火村已經搖起身旁的一株落葉松，因爲來不及走避，雪紛紛地落在我頭上。

「不是叫你等一下嗎？你看，我都快成了雪人了。眞是的！雪還從衣領滑進我的背呢！」

「從事現場搜證工作的人是不能夠抗拒什麼雪啊、泥濘的。你看，我還不是成了雪人。」

說得也是，火村副教授的頭上也積了一堆雪。雖然我很明瞭他對現場搜證工作的認眞與執著，但是鑽進我背中的雪還是很冰冷。

「你回頭看看吧！看我們實驗後的美好成果。」

落下的雪將我們的腳印掩埋。經過實驗後可以證明像這樣邊搖晃樹枝邊前進的話，可以掩埋掉留下的腳印。雖然不會留下腳印，但是掉落的雪塊卻會積得到處都是……

「辛苦總算有了代價，眞是令人感動得想哭啊！喂，你該不會想要一路這樣抖雪走回度假別墅吧？反正警方也作過相同實驗，我看這道工夫就可以省省了。」

「好吧！」火村激烈地搖頭，連沾在頭髮上的雪都給抖了下來。莫非這傢伙是頭野獸嗎？「雖然這道工夫可以省，可是我還不想回去，我想去五色沼那一帶看看。」

溫厚如我輕輕地向他揮揮手。

「去啊！請便。我要直接回別墅暖暖身體，然後請迫水先生幫我泡杯熱可可。」

「別說得這麼薄情嘛！我連五色沼在哪個方向都不曉得。可以的話，還想請你帶我去發現乙川流音遺體的那處沼呢！」

完全不想理會他。

「我可不想邊流汗邊凍得要死。如果眞的那麼想去，回去我畫一張地圖給你帶著，你就一個人去尋幽訪勝啊！不要？不要的話就別去啊！況且天都快黑了，這時候到那地方，一片黑暗暗的根本什麼都看不見。而且馬上就要吃晚餐了。」

火村突然大力地搖晃樹幹，成堆的雪就這樣落在我身上。「我知道了。」

火村對早已被他這般突如其來的行爲給嚇呆的我，冷靜地說：

「被成篇的論理給蒙騙，這種感覺很不愉快。」

面對在最高學府執教鞭的人居然如此小孩子氣，雖然有些手足無措，但是心胸寬大如海的我卻也包容了他。

「我原諒你這些莫名其妙的行爲，該不會你還在氣我一早就打電話吵你？」

「我可是很感謝你邀請我參與這項搜查工作呢！好了！我們就向熱騰騰的可可亞前進吧！」

一直走到距離 SUNNY DAY 後門約十公尺左右的地方，腦中又浮起一些奇怪念頭。感覺現在的自己像個白癡似的，可是都已經這樣也沒辦法了。

雖然在森林裏邊搖晃樹枝邊向前進，可以不留下腳印的說法暫時獲得證實，但還是沒有發現任何兇手逃出森林的痕跡。雖然用這種方法可以走到 SUNNY DAY，但是在那裏的迫水夫婦、我和乙川隆都有不在場證明，到此爲止都是有思考過的，問題還要往前推。昨晚在 SUNNY DAY 除了我們四個人以外，應該還有一個人才是，那就是七歲的迫水大地。九點後獨自待在房間的他，沒有不在場證明。如果是他的話，可以不留腳印地前往別館。也就是說，也可以殺害綱木淑美——

「我在胡亂想什麼啊！」

我下意識地喊出來。「什麼啊？」聽力敏銳的火村立刻問我。一瞬間迷惘的我停下腳步，將自己方才胡亂想的事全說給他聽。

「還有其他懷疑大地那孩子的積極理由嗎？」

「沒有。」一聽我這麼回答，火村便嘆了口氣：

「七歲小孩毆殺二十幾歲的女人，還眞是奇譚呢！好吧！我們趕緊問問他吧！」

「別開玩笑了。那麼內向的小孩如果被你這種奇怪的大叔質問，肯定會被嚇哭的。」

「我自己也常說別人什麼蹂躪兒童人權之類的，的確有些小孩心智眞的很早熟。」

「你有看過大地嗎？」

因爲再走一會兒就快到別墅了，所以我們索性停下腳步交談。

「我來的時候，剛好看到他在餐廳裏吃點心。一看到父親身旁站著陌生人，立刻就躲到裏面去了。我發現他的眼神好像有點不安似的，會不會是因爲這件事受到打擊？」

「這個嘛……大地早上在問『發生什麼事了？』時，迫水夫婦就隨便地回了一句：『不關你的事』。我想他大概察覺到瑞典館發生了什麼不尋常的事，也許是想問問看是不是發生了殺人兇案、誰被殺死之類的事吧！」

「哦！原來他是這樣的小孩啊！」

「是的。乙川先生說過自己之所以執筆寫童話，就是希望能鼓勵小朋友，我想乙川先生可能就是設定他那樣的小孩爲讀者而創作吧！」

「想要鼓勵小朋友啊！記得我小時候好像沒有因爲什麼童話而受到鼓勵呢！」

「像你這種孩子王不適合看什麼童話啦！」

「別亂給人下標啊！我好歹也算是個性纖細的小孩，想像不出來吧？」

只見他臉上浮現一抹像是自嘲般地微笑。雖然口氣聽起來不太像是開玩笑，相對地，也很難確定他說的是眞是假。

雖然認識這位嘴巴壞、歷練豐富的友人已經十數載，還是有很多事始終沒問過他。像是爲何他會成爲研究犯罪社會學的學者、爲何會以偵探一角參與刑案偵辦工作等，對他還有很多疑問。雖然端出社會學者的身分，就能順理成章參與搜查工作是個不錯的擋箭牌，難道沒有隱藏其後的眞正目的嗎？犯罪者——也就是所謂的殺人犯——雖然對其充滿憎惡；但相對地，似乎也有種同袍意識的情感。也許是想探索宛如被惡魔附身，如此複雜的自己心中的情感秘密，這才是偵探工作的眞正目的不是嗎？

我在心中思索著。

「所謂刑法，其實是個有點奇妙的規範與制度，『殺人者可判處死刑、無期徒刑，或是三年以上有期徒刑——』法條上被如此定義，如果殺人最高可判『死刑』作爲代價，那麼就某種道理而言，國家便是默認了這樣的償贖方式。」有一次，火村以非常沈痛的語氣，向我指責這個奇怪的論點。

——所謂犯罪，就好比如果你敢從跳板上跳下來，那就跳吧！可以去你夢中想去的任何地方。但是相對地，要支付一筆報酬。如果有哪個混蛋想騙吃騙喝，我就會竭盡力量向他討回這筆債。這就是一向不信神的我的決心。

忘了是在哪裏聽過這樣的歪理。法律根本就沒有制定什麼費用一覽表，這是他故意曲解的。再者，對於以學者身分協助刑事警察局辦案的他，根本壓根兒不信任什麼警察體系，這些我都看在眼裏。因此可以說他之所以想將那些卑劣的犯罪者繩之以法，只能說是出於一種正義感吧！也可以說是一種道德問題。因此他才不想當警官，而選擇以犯罪學者身分參與辦案的游擊方式。

——因爲我也會有想殺人的念頭。

這是他在說明犯罪動機時最常說的一句話。所以我根本就不會想接著問下去。如果當這位身心非常強韌的男子即將崩潰時——當然我衷心祈禱這天不要到來——我想我會適時向他伸出援手的。

當我認眞地思索這些事時，走在我前面的火村忽然自言自語起來：

「雖然現在被鼓勵好像也沒什麼用，不過等這件事告一段落，倒想看看乙川隆寫的童話呢！」

聽起來像是段獨白。

5

回到度假別墅後，晚餐已準備好了，餐桌上擺著鍋子和壽喜燒的食材。

「喔，兩位大師回來啦！怎麼啦？怎麼偷偷從後門回來呢？」正在看晚報的迫水先生抬起頭，一臉疑惑地看著我們。

「才沒有偷偷摸摸地回來呢！只是順道繞進森林散步而已。」

我隨便應付了幾句。於是春彥說了句：「請，這是今天的報紙。」將報紙放在桌上。火村坐在迫水先生對面，抓起駝色毛毯蓋著。

「瑞典館那邊的情況如何？有沒有什麼線索？」

留著小鬍子的老闆探身問道，火村只冷淡地回了句：「沒有。」便開始忙著看報紙。

「九點左右我們還會再過去拜訪，因爲還有些人沒拜訪到。」我說。

「看來這件案子挺棘手的嘛！」倫代端著盛裝啤酒杯的托盤，邊說邊走出廚房。托盤上放著四個玻璃杯。「因爲有買些霜降牛肉，乾脆來吃壽喜燒好了。反正也沒有其他客人，不嫌棄的話，大家就一起享用吧！」

「好啊！吃壽喜燒就是要人愈多愈好吃。大地也會一起吃吧？」

「是啊！眞是不好意思。」

倫代將托盤放在桌邊，叫著躲在房間裏的兒子。沒聽到任何回應，不一會兒房門慢慢打開。

「吃飯囉！快點過來吃飯，今天和客人一起吃火鍋哦！」

居然要和兩個陌生的叔叔吃飯，而且後來來的那位叔叔看起來好像好兇、有點可怕，所以大地看起來心情有點鬱悶。與其說是鬱悶，倒不如說是害怕來得更貼切。

「你媽媽說今天的肉特別好吃哦！」

我勉強擠出親切的笑容，招手要他過來。他就像是脖子被套了繩圈，被硬拖進客廳似的。

「去坐爸爸旁邊。今天是和客人一起吃飯，所以不能像平常那樣飯粒掉得到處都是哦！」

大地遵從母親的指示，乖乖坐在迫水先生身旁。雖然他看著面前盤子上的肉，可是視線卻正好和突然抬起頭的火村撞個正著，只見大地立刻害怕地低下頭。

「大地這名字取得眞好。」

火村先開口。有時我還眞是佩服他，明明是個單身王老五，卻能和小孩、小學生那麼自然地交談，眞讓人懷疑他是不是有個六、七歲的私生子啊！但看得出來大地對火村的話，感到有些困惑。

「大地，人家在誇你名字好聽耶！怎麼沒跟客人謝謝呢？」

被迫水先生這麼一說，他看著自己的膝蓋很小聲地說了聲：「謝謝」，也許心裏很不爽吧。

火村搔搔鼻頭，「給你看。」將報紙遞給我看。不是全國性的報紙，而是地方報。一打開社會版，就會看到以大篇幅報導瑞典館殺人事件。

「隔壁發生的那件慘案已經上了報呢！」

「就是啊！對了，要不要看一下電視？新聞應該會報導吧。」

迫水先生用遙控器打開電視，剛好在報導全國各地新聞。

「隔壁發生什麼事了？」

迫水先生好像沒聽到大地在問他似地，自顧自地在開瓶蓋。

「還是生啤酒比較好喝，可惜只有這種而已。有栖川先生，不好意思，可以幫忙拿一下火村先生的杯子嗎？」

少年又問了一次：「發生什麼事了？」

因爲聲音太小，迫水先生好像還是沒聽到，我只好幫他開口。

「迫水先生，大地好像有事要問你耶！」

「嗯？怎麼啦？」

大地看手拿啤酒瓶的父親終於注意到他，便再問一遍：「隔壁發生什麼事？是誰被殺了嗎？」

「喂，妳怎麼連這種事都跟小孩子說啊？」

轉身向正在廚房準備晚餐的倫代大聲問著，只見倫代邊用圍裙擦手邊走過來。

「我沒跟他說啊！是他自己感覺到的吧！連警察都登門了，光看那些警車，不就知道了嗎？」

「說得也是！」

迫水先生邊倒啤酒，口氣平和地跟兒子說：「隔壁的乙川家有人死了，所以警察正在調查，可能是發生什麼意外吧！不關你的事，你別擔心啦！」

「我聽說是有人被殺死了。」

也許是警方登門拜訪時，被大地聽到，也有可能是聽到我們在討論案情。只見他垂眼低聲說了句：「少騙人了！」

「電視上不是常會報導什麼殺人事件嗎？現在警方還在調查。小孩子不需要關心這種事啦！」

雖然父親企圖讓話題告一段落，但是個性內向的少年卻意外地想問得更清楚。

「到底是誰被殺死呢？」

剛好新聞報導切換到地方新聞。只見以瑞典館全貌為背景，女主播淡淡地報導這件事。

「如果那麼想知道就自己看電視啊！現在就在講啦——死掉的人就是之前你也打過招呼的那位阿

姨，綱木淑美小姐，就是幫忙畫童書插畫的那個人……」

大地抬頭看著電視。

螢幕一映出死者照片的同時，大地慘叫了一聲。少年像是看到什麼可怕東西般，怕得連視線都無法移開，像被釘在眞空管上似地不住顫抖。

「怎麼了？你怎麼了？」

迫水先生看到兒子突如其來的怪樣，驚慌地不停搖著他那小小的肩膀。只見大地半張著嘴，呆呆地無法回答。母親則緊緊地抱著他另一邊肩頭。

「大地，你振作點啊！到底怎麼了？你倒是說話啊！是因爲聽到淑美小姐死了嚇一跳嗎？你說話啊！」

從大地扭曲的臉上能夠解讀到驚愕、恐懼、不安、嫌惡與猜疑等多種情感，實在無法理解他爲什麼會有這樣的表情。

難不成——

難不成他眞的是殺害綱木淑美的兇手嗎？這樣的疑問襲上心頭。難不成眞的應驗了我在森林裏隨口說的事嗎？昨晚他毆打淑美後，從森林逃回房間。雖說毆打，但沒想到淑美就這樣死了？然後現在才從新聞上聽說她死了，因爲害怕自己做的事而慘叫，嚇得渾身顫抖嗎？

「眞的嗎……那個人……眞的死了嗎？」

雖然大地終於開了口，但並不是回應父母的問話。

「是啊！眞的好可憐。你幹嘛一副受到極大打擊的樣子啊！冷靜點。」

不過母親自己看起來好像也還沒平靜下來的樣子。心裏大概在想兒子怎麼突然變得怪怪的，連父親也開始擔心起來。

「你是因爲聽到認識的人所以才被嚇到的，是不是？是不是啊？」

一年總會來造訪隔壁幾次的女人——而且已經隔了三年多沒來造訪了——沒想到居然死了，可能是因爲太過驚訝而慘叫。雖然倫代說大地只是曾經和淑美打過招呼，但是我確信對大地而言，淑美的存在絕對不只這樣。

「我好害怕……一直……都好害怕。」

大地的眼眶溼潤，哇地一聲大哭起來。這狀況愈來愈叫人丈二金剛摸不著頭腦，迫水夫婦只能莫名其妙地互看。

「你在害怕什麼？我不明白，你將話說清楚啊！」

大地只是不停地哭泣。母親只能拍拍他的背，安撫一下他的情緒，而一旁的父親則重複問著。

我默默看著眼前這一幕。忽然火村的刀子嘴化解了這尷尬的情況。

「大地終於說出來了，應該不會害怕了吧？」

哭聲總算稍微緩和下來。火村站了起來，雙手撐在桌面，慢慢地將臉靠近少年。

「我知道你很害怕，可是現在已經不害怕了吧？到底是怎麼回事，跟叔叔說吧！只要說出來就不會害怕了哦！」

剛才才說他實在很擅長和小孩子打交道，不過像這樣徹底發揮哄小孩的本領，我還是頭一遭看到。是他那溫柔可靠的聲音讓人放心嗎？連如此怕生的小孩也會乖順地應聲「嗯」地點點頭。接過母親遞給他的面紙，擤擤鼻涕。

「慢慢說，沒關係。」

火村拿起遙控器，關掉電視。「好了。可以告訴叔叔你到底在害怕什麼嗎？」

於是聲音還帶點哽咽的大地開始說：「因爲那個人說絕對不能說，所以我一直不敢說。他說如果說的話，我們家就會發生火災，或是更可怕的事。」

到底是什麼事呢？我眞的很好奇。迫水先生一副迫不及待想問清楚的樣子，火村趕緊用手示意要他冷靜。

「因爲那個人說如果我告訴爸爸媽媽，爸爸和媽媽就會發生不幸的事，所以我害怕得不敢說。可是因爲那個人已經死了，所以就沒關係了。」

「那個人就是指剛才電視上照出來的那個女人嗎？啊！已經沒事了。那個人已經不在了，所以不會發生什麼恐怖的事了。你眞的不需要那麼擔心了。」

大概副教授自己也還搞不清楚到底是怎麼回事，總之先安撫一下大地的情緒再說吧。由少年片斷說詞來推斷，一定是綱木淑美要大地保守什麼秘密，而這個秘密火村應該不可能知道。

「她說你要是說的話，就會發生什麼可怕的事，對不對？」

大地看著火村的臉，輕輕地點點頭。

「放心，已經沒事了。到底是什麼事不能說呢？來，跟叔叔說吧！」

因爲職業所需，火村也精通心理學，問話方式可說非常接近催眠術。從恐懼中解放的少年，說出驚人事實。

「……流音跌到沼裏的那一天，那個人也在那裏。」

火村一瞬間像失了魂似地，呆住了。但立刻又回過神來，再次確認這個聽來有點曖昧的答案。

「你說流音掉到沼裏的那一天，那個女人也在那裏是什麼意思？是說那個人在時，流音掉到沼裏是嗎？」

「嗯。」

「我眞是搞不懂啊——流音掉進沼裏的那一天，你在幹什麼呢？是和流音在一起玩嗎？」

「沒有，我們那天沒有一起玩，流音一個人去森林捉蝴蝶。不過我一個人在附近玩。」

大地的回答，讓答案愈來愈清楚。相對地，房子裏的氣氛也愈來愈沈重。

「流音和那個女人在一起嗎？」

「我沒有看到他們在一起。但是那個人也在森林裏，好像去了流音掉進去的沼那邊。」

「你看到那個人在森林裏嗎？」

「嗯，在森林裏，而且就在流音掉下去的那個沼附近。」

迫水夫婦和我只能沈默地聽著他們的對話。沒想到竟扯出早已埋葬在黑暗深淵裏的驚人事實。

「那是傍晚發生的事嗎？」

「嗯。」

「你看到那個女人，然後呢？」

「他看到我非常驚訝。然後就跟我說絕對不能和別人說在這裏看到她。如果說出來，就會遭遇可怕的事，她講了好幾次。」

是因爲那時的記憶甦醒了嗎？他的表情還是有點扭曲，一副快要哭出來的樣子。

「我不懂爲什麼不能跟別人說，她的臉眞的好可怕，比書上的鬼怪還可怕。」

「看來眞的是很可怕的樣子呢！」

「眞的好可怕。而且她要我遵守約定，絕對不能說出來。」

「可怕的臉，是說她生氣的樣子嗎？」

大地稍微想了想。「……嗯，是的。可是不只生氣，還有點怪怪的。」

「怪怪的……怎麼說呢？」

「她好像跑過來似的，邊說邊喘氣。……好像在害怕什麼東西的樣子。」

「你說她跑過來？是從沼那邊嗎？」

「嗯，好像是吧！好像是從那邊跑過來的。」

火村輕輕地深吸了一口氣。「然後你就跑去沼那邊嗎？」

「沒有，我沒有跑過去。因爲媽媽叫我要早點回家。而且那時很晚了，我也不敢一個人跑到那麼裏面去。」

「你還記得是在哪裏碰到那個女人嗎？」

「是說遇到她的地方嗎？」

「是的。你還指得出那個地方嗎？」

「嗯，可以。」

「只有在沼附近碰到那個女人而已嗎？沒有看到流音嗎？」

「在看到那個女人之前有看到流音，好像還有其他人。」

「其他人是指誰？」

「好像有人在附近散步吧！附近好像還有人。」

「沒看到是誰嗎？」

「沒看到。」

「那天流音掉進沼裏死了，隔天早上才發現屍體是吧？——不覺得流音掉進沼裏的事和那女的有些關連嗎？」

「不知道。」

大地怎麼可能會知道，畢竟當時他才四歲而已啊！

趁火村在整理思緒的空檔，迫水先生終於忍不住插話：「大地，這麼重要的事，爲何你到現在才說？也許那時候覺得很害怕，可是等到那個女人回去後，你就應該跟爸爸和媽媽說啊！」

雖然迫水先生盡量用很平靜的口氣問道，不過看來多少還是有點傷到大地的自尊心。

「可是……就算我說出來你們也不會相信，所以沒必要特別說出來啊！」

「嗯嗯，好乖哦！謝謝你今天告訴叔叔這麼多事。」

火村向少年道謝，隨手點了一根菸。大概是想鎮定一下心情，將剛才聽到的內容整理一下。

「火村。」

我一喚他，只見他叼著菸，問了聲：「什麼事？」

「也就是說四年前那件事不是意外囉？」

「非常有可能。」

「那件事和這次的兇案有關連嗎？」

「不知道。不過一旦有關連就會產生疑點，那就是到底爲什麼非得殺死她的謎題。如果要說有關連，也許又會成了另一道謎題。」

「不好意思……」倫代有些憂心地問我們。

「要將這孩子所說的告訴警方嗎？因爲當時他才四歲，就算與事實有出入，死去的淑美小姐也無法對證，看來這件事還眞傷腦筋啊……」

「這件事當然要告訴警方。因爲是非常重要的證言。依我來看，大地所說的絕對能夠相信。請你們打電話告訴警方。不過……」火村說。

「不過什麼？」迫水先生問。

「我們還是先來享用美味的壽喜燒吧——如何？」

只見大地對火村笑了笑。

第五章　快叫救護車

1

「是。……是，這樣啊！好，我知道了。是、那就麻煩了。」

迫水先生掛上電話，突然嘆了一口氣。看來對他而言，打這通電話似乎挺費勁。頭上像是突然有顆炸彈爆開的他，一副吃飽喝足似地還打了個嗝。迫水太太似乎忘了責備他這樣太沒禮貌，只是問了丈夫一句：「如何？」

「我已經照先生他們教我的方式說了，想詳細告知負責調查淑美小姐命案的島野警官。因爲他剛好不在位子上，所以接電話的警官說，等他回來會過來我們這裏瞭解一下。」

「那就要晚一點才會過來囉？」

不知不覺已經快九點了。

「大地，等下有位警官會來我們家，可能晚一點才會過來，你可以忍耐一下嗎？」

子。

「嗯，那我可以先打電動嗎？」

三年半這段漫長時間，也許是因為縛住自己的頸圈已經被解開了，大地顯得一副輕鬆愉快的樣子。與其說是頸圈，倒不如說是一種咒縛。

「好吧！可是要先把功課寫完哦！」

一聽到母親這麼說，他立刻小小聲地喊了一聲：「太棒了！」便飛奔回自己的房間。

鐘聲響起，九點整。

「九點了。可以出發前往瑞典館了吧？」我向正在翻看《魯諾的不可思議之旅》的火村說。

「嗯，好啊！走吧！」

夾上書籤，站了起來。將書放回書架，揉著雙眼。

「火村先生，怎麼啦？想睡了嗎？」

「好睏哦！可眞是漫長的一天啊！」

他從衣架上取下外套，邊穿上邊向迫水夫婦說。

「我們去隔壁了。看來警方來時我們大概還沒回來吧！看情況如何再請你們告訴我們一聲。」

「沒問題。多虧先生的幫忙，那孩子才能從痛苦中解脫。」

按理應該要對迫水太太的感謝之詞有所回應，沒想到這位副教授卻不斷揉著眼：「睏死了。」

只見他邊嘀咕邊從後門取來靴子穿上，動身前往隔鄰。雖然昨晚此時大雪紛飛，但是今晚卻是清澄夜空高掛一輪皎潔明月。那輪漂亮檸檬色的明月，看起來就像甜點般美味。

「對於乙川流音跌落沼裏溺斃一事，綱木淑美似乎也有些責任的樣子。當然最極端的想法就是她將流音推落沼裏。」

大概再走個五分鐘就到瑞典館。因爲我很想趁這段時間聽聽火村的想法，即使是片斷也好，於是走出別墅後便迫不及待地問他。

「應該不是將他推下去吧！也許是看到流音落水而見死不救。如果眞是這樣，那可眞是個大衝擊，所以才會對大地說出那番威嚇之詞吧！」

「話是沒錯啦！但如果是見死不救，良心多少會受到譴責，不太可能完全閉口不提吧！因爲事發後居然還可以裝得若無其事的樣子回到瑞典館，然後和流音的父母、祖父母、自己的妹妹還有等等力先生、迫水夫婦和警方一起找人找了一個晚上，她的神經也未免太大條了吧！」

「也許那時她腦中只想著怎麼辦、怎麼辦？就在慌得不知所措時，鄰居和警方大批人馬已經趕過來，愈害怕就愈說不出口也說不定。──我想這是對她的行爲所作的最善意解釋。」

「如果先除去善意，加點辛辣觀點來看，也有可能像我說的那般情形啊！」

「也不能說不可能。」

我們邊聽著沙沙的腳步聲邊迅速地交換意見。從前方樹梢縫隙窺見的瑞典館，一整排燈火通明的窗戶，看起來好溫暖。這景致宛如童話故事書上的插圖。

「可是她無緣無故就將小孩子推入沼裏的行爲，實在太殘忍了！」

「當然比較實際的想法是，他們一起玩時，流音一不小心跌了下去。但是這樣的過失究竟是到何種程度，現在已經沒有人可以回答了。」

「如果不是過失，而是故意致人於死，你覺得如何？」

「恐怕只能去問恐山的巫女（譯註：住在青森縣北東部，下半島一座稱爲恐山的火山上的巫女）了。」

沒想到連名偵探都說得求神問卜，看來眞相大概很難水落石出。

「別跟我扯什麼巫女了！」

「那有什麼具體證據可以說明她爲何要故意殺害流音嗎？」

其實我剛才就是在思考這件事。

「沒有，只能說是想像吧！之前我也說過綱木淑美和乙川隆之間有曖昧關係，也許她感覺乙川隆愈來愈疏遠自己，所以挾怨報復吧！」

「那又如何？」

因爲再往前走就到瑞典館了，於是我索性停下腳步。

「雖然這只是表面上的推論，無法瞭解她眞正的心情，但是這假設還是可以成立的，不是嗎？因爲她想將乙川隆佔爲己有，也許她想奪取薇若妮卡的一切。所以你覺得對她而言，最大的障礙是什麼呢？在漸漸喪失理性的她的眼中，我想流音的存在就是最大的障礙吧！」

火村搔搔頭。

「我們兩個可能是犯了職業病，總是喜歡拚命挖掘別人的壞心眼。不瞞你說，其實我也跟你有同樣的想法。」

「要不要握個手？」

「如果是值得慶賀的事就該握吧！」

一站久就覺得腳底愈來愈冷，看來我們無法繼續輕鬆地站著講話。我趕緊問我最在意的事。

「可能性多少應該有吧！如果以綱木淑美和流音的死有著很大的關連爲前提，也就是說流音的死和這次兇案有所關連的話，那麼兇手就是爲了四年前的事而復仇？」

「這種可能性也是可以考慮的。如果動機是復仇，那麼符合兇手條件的就是流音的雙親，乙川隆和薇若妮卡，還有祖父母漢斯和育子等四個人。可是如果想像力太過旺盛，範疇就會拉得愈來愈廣。」

這番話讓我很在意。

「拉得愈來愈廣是什麼意思？」

「大地不是有暗示過，除了淑美和流音之外，還有第三人的可能性，不是嗎？也許這個人和流音的死有直接關係，也就是說目擊者不只淑美一人。綱木淑美之所以目擊流音的死還能保持沈默，就呼應了你剛才所說的理由。也就是說，如果流音不在這世上，她和薇若妮卡爭奪乙川隆的障礙物就沒了，她的心中抱持如此邪惡的想法。所以她並不是單純的目擊者，沒想到慌忙離開現場時和大地撞個正著，只好狼狽地恐嚇大地。當然這是沒有根據的推論。」

「第三者到底是誰？那傢伙爲何殺死流音還能保持沈默呢？」

「也許不是單純的意外。雖然有點超乎常理，可是兇手可能害怕得說不出口，或是還有其他緣由──」

「看來眞的需要巫女的指點了。」

下半身愈來愈冷，已經冷得快受不了。雖然還有很多需要討論的地方，不過我們決定還是先到瑞典館再說。

「你覺得乙川隆寫的童話如何？」

突然改變話題。

「只是先隨便瀏覽一下，還滿有趣的。」

本來想說應該還滿合他的口味，結果繼續問下去，才發現我誤會他的意思。

「也許世上的大人寫出來的童話都還不錯看吧！從書中就可以窺見他們抱持何種人生觀和世界觀、有著什麼樣的希望和失落感，或是寫出連在懺悔室也不一定會說出的告解。」

「哦！那麼，如果是你，會想寫什麼樣的童話呢？」

沒想到他居然將我的話當眞，認眞地思考了約十秒之久，才抬頭邊看著明月邊說──

「在三宮道橋邊一家古家具店，發現了一只奇怪的燈籠，買回家才發現是只魔法燈籠。一摩擦就出現了個魔神，魔神說可以向他許三個願。於是主角毫不遲疑地說出三個願望。一、想看看這世界是怎麼開始的。二、想看看這世界是怎麼結束的。三、然後忘記自己自己所看到的一切——」

他露出有些促狹的微笑。

「這根本就不是童話嘛！」

「算是有點虛無主義吧！」

玩笑中，我覺得自己也許永遠無法忘記這個即興創作出來的小故事。

2

因爲我們途中站著討論了一會兒，所以當我們走到玄關按下門鈴時，已經九點十五分，薇若妮卡出來應門。如果不是因爲今天早上發生的事，就算我住在SUNNY DAY，恐怕也很難見到她這麼多次。雖然乙川隆邀請我再來玩，但也許我會依照原定行程立刻就啓程離開吧！當我心裏這麼想時，剛好和她四目相接，心頭浮上了些許喜悅。

「我爸媽也在等你，好像很期待有栖川先生的到來呢！」

「我也是，覺得很榮幸。」

當然看她笑臉出來迎接眞的很高興，不過能夠和兩位老人家聊天更讓我開心，只是無可避免地又要問些關於兇案方面的事。

「還有那個叫作貝帕卡卡的餅乾嗎？因爲很想讓我朋友嚐嚐呢！」

「想讓他嚐嚐的朋友就是指火村先生吧？」

「是的，一定要讓他嚐嚐。」

對於我和薇若妮卡之間的對話，完全丈二金剛摸不著頭腦的副教授，和乙川隆一起發出輕輕的鼻哼。也許是因爲進到室內，溫度突然改變的關係，心情跟著亢奮就敢講些比較輕鬆一點的話題。

所有的人聚集在客廳，但並不全是因爲我們到訪的緣故。靠暖爐邊坐的只有漢斯、育子、悠介和乙川隆四個人而已。乙川隆立刻起身迎接我們。

「歡迎歡迎。聽說這次還有具有私家偵探身分，任教於大學的教授同行是吧？」

漢斯舉起他的大手掌向我們示意，邊這麼說。當然我也向他們說明火村並不是什麼私家偵探。雖然老人家表現出一副好客樣，其實對突如其來的陌生人懷有戒愼之心，不時偷瞄火村的側臉。

「看來又多了個撐船的人呢！」

悠介向育子耳語時不小心被我聽到。只見育子拍了一下外甥的膝頭，責備他不許亂說話。

當我開口問怎麼沒見到等等力先生和輝美小姐時，建設公司老闆碰巧從裏面走出來，一手還拿著雜誌。他邊向我們打招呼，邊將雜誌遞給乙川隆。

「不好意思，我玩塡字遊戲玩得太入迷，一時忘了時間。」

「雜誌上不是常有這種玩意兒嗎？也許對解謎高手等等力先生而言，這些題目都不夠看。」

「說我是解謎高手啊？對了，有栖川先生，那個謎題解開了嗎？」

看來他說的是那道用水桶提水的謎題，這人也未免太過執著了吧！還是說個性過於天眞呢？我根本忙得沒時間再想別的事啊！

「不好意思，還沒。」

這種事好像不需要道歉吧！「那道謎題不太好解，我還沒找到解題的線索。」

看火村的眼神就知道他很想知道到底是什麼樣難解的謎題，這提問來得正是時候，剛好可以將身上的包袱丟給他。

「等等力先生出了一道謎題讓我猜。要不要趁尙未解開沒有留下腳印的兇案之前，先挑戰一下謎題暖暖身啊？」

「如果要花很多時間，我想就免了吧！」

等等力很堅決地說：「一點都不會。」

「不會花太多時間的，也許聽到一半就能解開。」

這種說法還眞是讓我無地自容。只見他又取出記事本，在白紙上畫了兩間小屋和一條河。火村邊看好像已經知道什麼似地，「哦哦，這個啊！」邊直點頭。

「是不是非得從左邊的家運水到右邊家呢？而且工具只有一個水桶是吧？」

「嗯嗯，是的。」火村只是重複一遍問題而已，等等力就好像準備用鼻音哼歌似地興奮。

這時薇若妮卡端著我期待已久，放著生薑的貝帕卡卡和咖啡過來。於是犯罪學家邊苦思題目邊啜飲咖啡。

「如果是這樣對嗎？」

火村接過等等力遞給他的原子筆，不知道在紙上畫了什麼。我心想會不會跟我畫得一樣，偷偷一瞧，果然如我所料（參照 p.241 圖3）。與其說是失望，倒不如說是有種安心感。

但等等力和其他人的反應卻出乎我意料，大家竟一起發出喝采聲。悠介等人不停地鼓掌喝采。

「火村先生，您之前聽過這謎題嗎？」

「沒有。」

「哎呀！眞是了不起。我還是第一次遇上一次就能解開這道謎題的人呢！每個人都說想不出，反覆地想，好不容易才解出答案。」

「等一下。這樣只是到小河邊提一下水而已啊！這樣的話，我也可以一次就解答出來啊！」

雖然知道這麼作有點幼稚，但就是無法遏制想反駁的心情，因爲根本無法讓我心服口服。

「有栖川先生的答案和火村先生的答案完全不一樣，不是嗎？有栖川先生畫的線是這樣。（參照 p.241 圖4）」

圖3

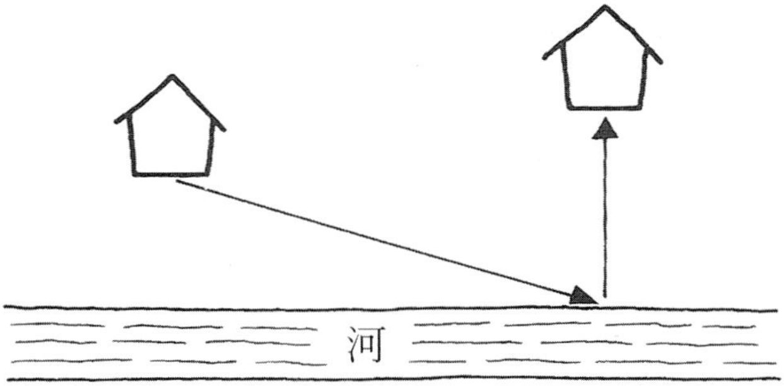

圖4

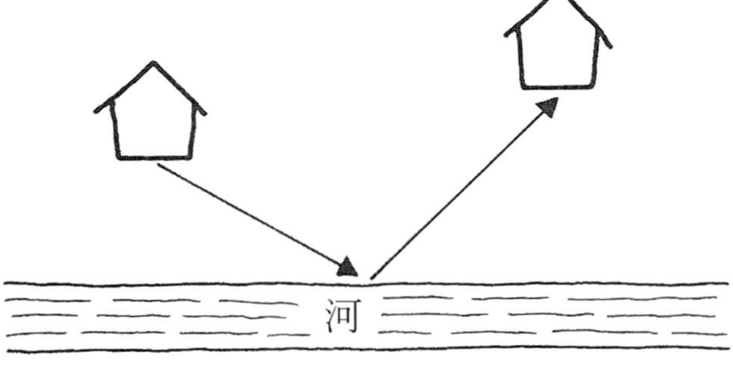

是的，形狀不太一樣。我畫的線比較短。

「比較這兩個圖案，火村先生畫的顯然比較快，不是嗎？」

「……爲什麼？」

回答我的人是火村自己。

「腦中很自然地浮現兩個人實際競走的樣子。如果兩個人腳力相當，那麼我的就應該快了些才是，因爲提著空水桶走得比較快。」

「啊！」

徹底被打敗了。其實並不是什麼稀奇古怪難以推敲的問題，而是測試你常識豐不豐富，絲毫沒有任何陷阱。看來我非得承認死腦筋的自己完全輸了。

「如果這次的兇案也能那麼順利解決就好了。畢竟您是這方面的專家。」

悠介停下手說道。火村則很諷刺地利用這機會導入正題。

「我也希望如此。接下來，要請教各位一些問題。」

「請儘管問，不用客氣。我們會盡力配合的。」

「謝謝。」

乙川隆很制式地說了些客套話後，火村便開始提問。

「輝美小姐不在嗎？」火村注意到輝美沒有出席，向坐在我旁邊的乙川隆詢問。

「好像九點左右有出去又回來的樣子，因爲聽說有栖川先生會過來，她明明說過自己也會出席啊！」

「好像是在流音的房間吧！」育子說。因爲不可能再住在姊姊被殺的兇案現場，所以將行李搬了過來，然後住進原本是流音的房間。

「大概等一下就會過來吧！我們先開始好了。況且是要講淑美小姐被殺那天晚上的事，我想身爲妹妹的她不在場比較方便吧！」

不曉得悠介的提議是否恰當，總之就先不管輝美了。到底火村會提出什麼比較敏感的問題呢？我很期待地打開記事本準備作筆記。對於今天早上才接受過島野和小山內兩位刑警偵查的我，有種畫面重演的感覺。

「薇若妮卡夫人一直都沒離開過喝得爛醉的輝美小姐身邊，是吧？」

對於火村的問題，這次薇若妮卡倒是有新的說法：

「也不能這麼說。因爲當被問到是否片刻不離她身邊時，會很自然地回答是。不過那段時間兩人都有上過幾次洗手間。因爲想說讓輝美一個人喝得盡興點，我還一個人到廚房洗餐具，所以那段時間我們都是獨自一人的狀態。可是——」

「不過個別獨處的時間應該不足以殺死一個人吧？」

「是的。」

「因爲輝美小姐也有起身上洗手間，那時她應該還不至於醉到連路都走不穩吧？」

薇若妮卡回答是的，悠介又補充說明：「不知道的人看到那時的輝美可能會覺得她滿安靜的，其實她早已醉昏了，這就是她喝醉的樣子。」

會不會是宛如患了夢遊症的輝美殺害姊姊，然後完全不記得有這回事呢？我突然這麼想。但如果眞是這樣，那麼薇若妮卡就不只是包庇輝美，連她自己的不在場證明也有可議之處。

「輝美小姐究竟醉到什麼程度，我想還是問她本人比較清楚不是嗎？我去請她過來。」

悠介站起來，啪答啪答地往裏面的房間走去。也許是因爲腳步震動的關係，掛在牆上的相框掉落地上，昨天午茶時間也掉過一次。

「哎呀！怎麼又掉了。」

薇若妮卡嚇得用手掩嘴。悠介將相框拾起，看了一眼釘在牆上的釘子。

「牆上的釘子都已經鏽了。一定是隆釘的吧？這釘子的頭都已經脫落啦！當然不用恐龍走過，只要輕輕一走相框就會掉下來。眞是的！等一下我再來換根釘子好了。」他邊說邊將相框放到一旁的櫃子上，然後又問了一遍是否還要用纏著布的捕蟲網清掃吊扇燈，看來他眞的是那種個性十分認眞的人。

「火村先生一定很受女學生歡迎吧！因爲您長得很帥啊！」

育子爲了讓大家放鬆心情，刻意這麼說。多虧他這番話，多少舒緩了有些緊繃的氣氛。

「您情人節一定收到很多巧克力吧！」

「沒這回事。啊啊，對了——」火村像是想起什麼似的，「今天不就是二月十四日嗎？」

「嗯嗯，是啊！也許您待在家就能夠收到很多禮物。」

「不好意思啊！只有我們的一點心意而已。」

等等力從茶几一端取出一小包東西。一看那紅色包裝紙，就知道是那間知名的比利時西洋點心製造商的商品。心想大概是薇若妮卡送的吧！

「對啊！今天是西洋情人節呢！這是一點心意，本來今天早上想請等等力先生拿過去給你們，可是一直忘了直到剛剛才想起，好險好險！」

「在瑞典應該沒有像這樣到處送巧克力的習俗吧？」

漢斯對我的提問，回了句「當然」，語氣有點不屑，還說他們那裏可是成熟國家，像日本人如此看重情人節真的很無聊之類的。我本想反駁他，瑞典也有像螯蝦派對這種承襲百年的傳統習俗，終究還是沒說出口。

「我和父親也收到輝美小姐送的禮物呢！一看就知道是人情巧克力，當然比不上眞命天子悠介的大盒囉！」

「隆，這麼說很失禮耶！就算是人情巧克力也很感激啊！就算悠介的盒子看起來比較大，不過裏面東西的等級就很難說了。」等等力說。

「可眞會耍嘴皮子啊！」育子笑道。

「不，是眞的啦！其實她昨天本來有在東京就買好情人節巧克力，只是忘了帶來。然後昨天傍晚，她跟我說：『可不可以在晚餐前載我去附近有賣巧克力的店呢？』」

晚餐前？也就是她和悠介在別館之後的事嗎？

「隆還是少吃甜食爲妙。如果再胖下去，恐怕連玄關都沒辦法進出了。」

雖然育子的一番話讓席間熱絡起來，不過乙川隆看起來似乎不太高興，只是無奈地笑了笑。

正當大家沈浸在這樣的氣氛時，悠介回來了。應該不能說回來，而是像火箭般衝回來，慘白著臉大叫：「快叫救護車啊！快、快打電話啊！」

大家都被這突如其來的一幕給嚇得愣住了，只有火村立刻問道：「發生什麼事了嗎？」

「輝美……輝美她在別館……」

火村立刻跳起來，踢開椅子大吼：「趕快打電話！」急忙往玄關奔去，我緊跟在後面。原本一片雜沓的腳印，因爲今天放晴全成了泥濘一片。我們循著這片腳印大步跳躍地往前走，全力往別館趕去。沒想到才剛作完那道用水桶提水的謎題，我和火村就眞的在兩棟屋子間競走。雖然不用提水桶，卻出乎意料地難走。

看來輝美似乎遭遇什麼不幸，得趕緊叫救護車才行。是突然生病？意外？還是……？

腦子裏的不安像倒翻的墨水般暈開，心裏不斷祈求著千萬不要是最壞的狀況，一路氣喘吁吁地趕到別館，衝進客廳。

輝美倒在地上。四肢癱軟，雙眼緊閉仰躺在地上。頭部流了一點血，我看著地上沾著飛濺的血跡，倒抽了一口氣。火村迅速地脫下外套蓋在輝美身上。

「難不成她……」

只見他沈默地抓起輝美纖細的手腕，足足握了十幾秒。

終於他抬起頭說：「雖然很弱，但是還有脈搏。」

5

「輝美小姐！振作點！聽得到我說話嗎？」

我邊祈禱她趕快張開眼睛，邊試著喚醒她。可是她完全失去意識，只有眼皮不由自主地顫動個不停。現在的她正和死神搏鬥。

我們設法讓輝美的舌頭不要堵住呼吸道，當務之急就是先添些柴火，讓客廳暖和起來。然後在救護車尚未到達前，到臥房取條毛毯幫她蓋上，盡量別讓她失溫。但室內還是愈來愈冷。

「她到底來這麼冷的房子裏做什麼啊？」這是我的第一個疑問。

「這個嘛……可能是因爲搬到本館後發現忘了什麼東西，所以又跑回來拿吧！或者是爲了回來看什麼東西吧？」

火村依序查看了臥房、倉庫、浴室等是否有異狀。當然我也跟在後面查看，不過看來並沒有什麼異樣。

「還是別亂碰的好。」

火村邊輕輕地推我出去。我們走到戶外，看見乙川隆和等等力背對著灑滿月光的庭院站著。

「已經叫救護車了。輝美小姐的情況如何？」乙川隆問。「剛剛悠介太慌張了，還說什麼輝美小姐也許已經死了。」

「她沒有死。可是因為我們不是醫生，所以也無法正確判斷，不過情況有點危險。」

「情況危險？到底是怎麼回事？她到底怎麼了？」

「和淑美一樣頭部被毆倒在地上，但室內沒發現任何兇器。」一臉忿怒，咬著唇的等等力說。

「可以進去裏面看一下嗎？」

「可以。不過千萬別用手碰任何東西，因為這裏再度成為兇案現場了。」

等他們兩個人走進去後，火村對我說：「有栖，你先回本館告知其他人目前大概狀況吧！」

「沒問題。」

「要記得報警，還有記得打個電話回別墅，也許負責本案的警官已經到了。」

「知道了。」

我再次穿過雪地上灑滿檸檬樹月光的庭院，此刻腦子裏一片混亂。混沌的腦子裏，各種推測像煙火般發狂地爆散。

繼淑美慘遭殺害後，我與火村就以與流音的死有關的秘密爲基點，交換彼此的意見與假設。其中最確定的假設就是綱木淑美是流音之死最重要的關係人，然後得知眞相後的親人爲了復仇而殺害淑美。再更深入調查的話，即使是立場十分薄弱的假說，也可能會促使整個搜查方向往新的方向開展。可是殺人動機究竟是不是復仇呢？如果採用此種假說，那連妹妹輝美也慘遭毒手的情況似乎就很難解釋了。難道這兩起案件的兇手不是同一人，抑或兩起案件的犯罪動機根本沒有任何關連？我想這樣的想法並不能說完全沒有可能。如果這兩起兇案是連續性犯案，那麼其中的關連又是什麼？

至於大地所說的也有很多可議之處，因爲他並沒有眞的目擊淑美將流音推落沼裏。況且一個四歲小孩子的記憶，無論如何都有存疑的空間。其中最曖昧的部分就是當時在森林中，除了他和淑美之外似乎還有第三個人。

如果是輝美殺死流音，這假設能成立嗎？雖然無法判定是直接還是間接，總之假設就是她殺了流音，然後不小心被淑美撞見，於是極度惶恐的淑美正想逃離現場時，碰巧和大地撞個正著。如果大地將那時的事告訴他父母，事情就糟了。也許淑美覺得要是自己被誤會和流音之死有關，那麻煩可大了。再者也得包庇妹妹才行。於是她恐嚇大地千萬不能將今天的事告訴任何人，不然家人就會發生不幸，現實逼她不得不對大地作出稍嫌過火之事。因爲親眼目擊慘案發生的她極度驚恐不已，才會露出一副夜叉般的神情威脅大地。如果眞相眞是如此……如果深愛流音的人知道所有眞相，又會如何呢？從昨夜到今晚所發生的事件，莫非就是爲了復仇？

可是……。

全部都只是我的想像而已。因爲還無法確定是否眞的有第三個人存在，如果假定那個人就是輝美，也有點不太對。就算她眞的是殺害流音的兇手，也想不透她爲何要殺死流音的理由。流音是羈絆著乙川隆與薇若妮卡夫婦間的連心鎖，如果是淑美，還有其憎恨理由，但是輝美並沒有。

雖然好幾發華麗的煙火在腦中炸開，但結果卻還是依舊混沌。穿過庭院的同時，忙碌的煙火大會也告一段落。

薇若妮卡站在玄關，蒼白的臉更加慘白，嘴唇毫無血色。「輝美小姐死了嗎？」

爲了讓她先安心，我毫不猶豫地搖搖頭。

「不，她還活著。雖然頭部遭到重擊，可是還有意識。」

「頭部遭到重擊……」

看起來一副因爲貧血快昏倒的樣子。我心裏已經有所準備，萬一她快要昏倒就會適時抱住她。

「和淑美小姐一樣並不是跌倒受傷，麻煩妳聯絡警方。」

「已經報警了。」

一進屋內就聽到一聲大吼，是漢斯的聲音。交叉著粗粗的手指撐著下巴，一臉苦惱。與其說像是苦思如何帶兵作戰的司令官，倒不如說像是在與神學方面的難題搏鬥的牧師般神情嚴峻。

「聽到輝美小姐倒在地上，而且又是在別館，心想得趕緊報警才行。結果一報警就聽說剛好島野刑警有事過去迫水先生家，不曉得這麼晚了迫水先生家發生了什麼事……」

那麼警方會立刻趕過來吧！應該會比救護車先到。

葉山悠介一副受到嚴重打擊的樣子，坐在沙發上抱著頭。爲了安慰他，跟他說了好幾遍輝美並沒有死，悠介才無力地點點頭。

「看來只能祈禱她平安無事。」

「一定不會有事的。」很自然地脫口而出後，卻覺得有點後悔。想想如果現在換成自己，大概會覺得一時寬慰的話還不如誠心地祈禱。

「難不成情人節的巧克力就成了她留給我的遺物嗎？不！我不相信。」

一聽到極度沮喪的悠介迸出這些話，育子立刻責備。

「什麼遺物不遺物的，悠介，不要胡說。我不想聽！」

育子斥責悠介。一旁的漢斯則輕輕地拍了一下她的肩膀，叫育子也要冷靜點。

「那麼……」他皺著眉，「爲什麼繼姊姊之後，妹妹也會遭受襲擊呢？眞是無法理解！而且居然發生在像我們這般融洽的家庭，我還是無法相信。」

面色蒼白的薇若妮卡整個人癱坐在另一頭的椅子上。拱著背，右手撐著額頭，全身無力。我實在很想問她是不是胸口不舒服之類的，但就是找不到什麼適當的說詞。

冰冷沈重的沈默氣氛迴蕩在屋內，揮之不去。一聲大得會嚇死人的門鈴聲劃破了這片沈寂。

「我去開門。」

因為薇若妮卡根本無力站起，所以由我去應門。

「沒想到居然會接二連三地發生兇案。」

聲音有些嘶啞的刑警身旁還站著一位臉頰上有顆痔的警官，兩人都垮著一張臉。

4

雖然根本不需帶路，但我還是邊說明事情經過，邊和警方一起前往別館。只見兩人神情嚴肅，默默地聽著。

「聽說那位火村先生是在大學教授犯罪學方面的教授，是吧？」

「是的，犯罪社會學。」

「聽說他今天傍晚才來到這裏，你們約好碰面的嗎？」

島野警官似乎對這點挺感興趣的樣子。一瞬間，我有些遲疑，回答「是的」。並不是懾於對方的強勢態度，而是想到如果老實回答的話，火村會不會惹上什麼不必要的麻煩，所以才有些遲疑。

也就是說，如果倆人事前沒有協商好口徑一致，說不定馬上就會露出破綻。算了，反正船到橋頭自然直。

一打開別館的門，裏面三個人一起回頭。觀察警方的視線，首先落在躺在地上的輝美，再來是火村，然後又迅速地回到輝美身上。

「輝美小姐的情況如何？」

乙川隆回答：「雖然還有呼吸，但是脈搏非常微弱。不早點送醫急救恐怕會有生命危險。有栖川先生，救護車還沒來嗎？我們也不敢隨便動她，只能待在一旁看著。」

只能回答救護車應該馬上會來。

「兩位刑警先生倒是挺快就趕來了。是直接趕來這裏嗎？」等等力問。

「之所以這麼快就趕來，是因爲還有些事情需要調查，前往迫水先生家。——不好意思，請讓一下。」

島野蹲下來，檢視輝美的樣子和頭頂的傷，表情十分嚴肅。小山內也跟著蹲了下來。

「看來是遭到鈍器重擊的樣子。」小山內環視室內，「這次還是沒有發現任何兇器，是吧？」

「你們有動過房子裏的任何東西嗎？」島野問。

「有。從臥房拿了條毛毯過來。」乙川隆回答。

「其他東西都沒有碰過。」

火村趕快補充說明。島野點點頭，「那就好。您就是火村先生吧？」

「是的。」

「聽說您是來磐梯旅行是吧？今晚您造訪乙川家是特地過來查看兇案現場嗎？」

「因爲我在大學從事犯罪學方面的研究，所以對這起案件十分有興趣，於是投宿在附近的朋友有栖川便帶我過來造訪乙川家。我知道目前警方對於這起案件正進行搜查中，我會留意不會打擾你們工作的。」

「謝謝你的協助。」

這番得體的應答，應該多少會解除幾分警官的戒心。

「那麼可以請各位離開現場一下嗎？也許這又是一起兇案，因此必須保持現場完整直到鑑識人員前來爲止。」

三人遵從警官指示，離開現場。我想在島野警官他們抵達前，火村應該已經查看過每個地方了吧！

這時從遠處傳來大家一直引頸企盼的救護車聲音。

5

搜查本部的警車與載著綱木輝美的救護車擦身而過。彷彿早上的情景重演，晚上又陷入另一番苦境，只能說今天眞是瑞典館受詛咒的一天。至於輝美的傷勢，救護員透露情況十分危急。

我們又再度聚集在本館，接受島野和小山內兩位刑警的偵訊。與上次不一樣的是，這次輝美不在，取而代之的是火村的加入。

乙川隆與薇若妮卡、漢斯與育子各自緊挨著彼此，看起來就像用體溫鼓勵彼此似的。熱中解謎的等等力則因爲解答不出現實中的難題，一臉痛苦的神情，還有因爲女友突然遇害而十分沮喪的悠介。其中只有火村一派冷漠，面無表情。

「因爲姊姊在別館的寢室遇害，於是輝美小姐就搬到本館住是吧？那麼她是什麼時候，又是爲了什麼事去別館呢？」

對於島野的疑問，沒人可以給予正確答案，乙川隆這麼說明。

「不知道她爲什麼要去別館，只能猜想她可能是回去拿忘了帶到本館的東西吧！晚餐八點半結束後，她還在本館待了一會兒，進出客廳和自己的房間。大概是什麼時候沒看見她呢？」

他向其他人徵詢意見，只見悠介沈重地開口回應。

「大概是八點四十五分左右，她來房間找我。因爲今天是情人節，所以她拿巧克力過來給我，在我房間待了一會兒。」

「在這之前我也收到她的巧克力。——對了，這麼說來，後來就沒看到她了。」

乙川隆邊說邊摸著下巴的小鬍子。「那其他人呢？」

和島野的視線撞個正著的育子一臉困惑。

「因爲大家都走來走去的，所以誰什麼時候、在哪裏做什麼事，根本記不得。」

「不是才一個小時之前的事不是嗎？」

「不是時間問題，而是因爲家人和客人在家裏進進出出，實在記不起來大家的作息狀況。」

警官可能覺得問育子大概也問不出所以然，於是將矛頭轉向薇若妮卡。看樣子她心神受創的程度絕對不亞於悠介，只見她那張沒什麼血色的臉吃力地看著警官。

「我也記不太清楚了。只記得八點四十分左右她送我先生和父親巧克力，之後就沒有什麼印象了。」

漢斯、等等力的說詞也一樣。因爲我和火村約莫九點到達，可說在此之前大家都是各自行動。

「綜合各位所言，看來最後看到輝美的人是悠介先生，時間爲八點四十五分。——輝美小姐離開你的房間後如何呢？沒有跟你說她要去趟別館之類的話嗎？」

「沒有。」悠介咬著唇。「她什麼都沒跟我說，我想她大概是回自己的房間，不然就是去客廳吧！」

「然後突然有急事前往別館嗎……」

只見警官喃喃自語著，並沒有任何人回應。而且有幾個人表示眞的不知道。

「跟各位報告一下警方這邊的看法。」警官的聲音變得有些低沈還帶點威嚇感。「當然我們警方認爲這次的事件不可能和綱木淑美小姐被殺害一事毫無關係。而且如果說這兩起案件的犯人均爲外面人士侵入所爲，也就是說，等天一黑就從森林潛進別館，然後沒有洗劫任何財物卻襲擊住在別館的人，這麼說實在不合常理。」

「您的意思是……我們當人有人就是兇手？」

「沒錯，等等力先生。而且兇案發生前的情形每個人都能暗中掌握，因此看起來每個人都有毆傷輝美小姐的機會，因此必須進一步偵訊各位。」

漢斯似乎爲了突顯自己的存在，大聲地咳了一下。

「對於您的說法我無法贊同，因爲我們之中並沒有人會有殺害淑美小姐的動機，更沒有企圖殺害輝美小姐的人。警方不覺得偵查方向有些偏差嗎？與其繼續迷途下去，還是即時回頭的好。」

也許是爲了反制老人的強勢，島野挺了挺胸。「我並不覺得偵查方向有任何偏差，因爲警方握有兇手就是館內人的有力說詞。」

他指的大概就是從大地口中聽來，關於四年前夏天的那件事情。淑美和流音的死有著很大的關係，因此昨晚兇案有可能是知道此事的兇手，爲了復仇所爲，警方很認眞地檢討這件事。

「有力說詞？」漢斯問。

「四年前，正確說應該是三年半前的夏天，關於你們兒子流音意外身亡一事，有新的事實浮上檯面，因此必須請教在座各位關於那件意外。」

「是指流音的事嗎？」育子一聽到孫子的名字便十分敏感。

「當時警方判定流音一個人去森林捉蝴蝶時，不小心失足跌落沼裏溺斃。雖然已經結案但現在又浮出疑點，因爲我們得到當時流音死亡時，有人在意外現場附近見到綱木淑美的證詞。」

「你說什麼？」等等力驚叫。「我還是第一次聽說，她根本從來沒提過這件事啊！」

「嗯嗯，沒錯。要說她和流音的死沒關係的話，實在很難理解。換言之，可以推測淑美小姐和流音的死有著很大關連。」

「到底在胡說什麼啊？」悠介像換了一個人似地，用憤怒顫抖的聲音大吼，斜睨著警官。

「沒想到警方居然能昧著良心說出如此傷害死者名譽之事。事情都已經過了三年半，又是從哪兒撿來這樣的證詞？不覺得太荒唐嗎？說那孩子是因爲捉蝴蝶不小心失足跌落沼裏的也是警方啊！請不要隨便說出這麼不負責任的話。」

「我方才所說的並不是玩笑之詞。我來說明一下爲何時至今日，我們才說出推翻三年前我們的搜查結果吧！其實我和小山內剛才就是因爲這件事前往迫水先生家。」

島野開始說明有關大地的證言。頻頻翻著他的記事本唸著，盡可能忠實地傳達少年的原意。隨著被封印的故事逐步解開，衝擊的波紋也擴散至在座的每個人，氣氛變得更加沈重。

「因此，我們認爲對於流音的死有再調查的必要。如果是因爲淑美小姐的重大過失或是故意，那麼她就有可能是因爲此事而遭到殺害，這是我們警方的看法。」

「您的意思是說我們之中有人爲了復仇而殺害她們囉？」

意外地並非漢斯而是育子大吼地表示不滿，此舉讓警方有點嚇到。

「不……我們並沒有這麼篤定……」

「不就是懷疑我們嗎？想藉此威嚇看誰心裏動搖，然後用手一指：『就是你！你就是兇手！』這麼作未免太過分了！爲什麼我們一定要受到這種不平待遇，我完全無法理解，這……」

不曉得是不是因爲太過激動，她手撫著胸，表情有些扭曲。

「這算什麼啊？好不容易才撫平喪失孫兒的悲痛，沒想到你們居然還能厚臉皮地說，那可能不是件單純意外事件，我眞的很懷疑說這種話的人眞的是精神有問題！」

「媽，你別太激動，冷靜點。」

乙川隆想安撫母親的情緒，一旁的漢斯卻傲慢地說：「沒錯！育子說得好。」

看來銀髮族的爆發力讓警方都有點招架不住。

「我們完全能夠理解您爲何如此憤怒。關於您孫子的眞正死因，我們會再詳細調查。雖然當時我沒有參與那起案件的搜查工作，也許沒有立場這麼說，但是不排除當時搜查工作有所疏失。如果眞是如此，警方必須向身爲家屬的各位致上最深的歉意。就因爲我們並不想被批評警方工作草率，因此當務之急就是必須找出襲殺綱木姊妹的殘忍兇手，這點還請各位諒解。」

「我無法理解，完全沒辦法。」

雖然銀髮組的不滿暫且告一段落，但是看得出悠介愈來愈惱火。

「也許警方認爲三年半前淑美的行爲有些可議之處，但是這和輝美又有什麼關係呢？也許還有其他襲擊倆人動機的可能性啊！像是外來侵入的變態之類的。」

「這不可能。」警方對於悠介的推測斬釘截鐵地打回。「之所以排除兇手爲外來入侵者的可能性，是因爲淑美小姐慘遭殺害當時，兇手並沒有留下任何逃脫的腳印。」

「可是……」

「什麼事？乙川夫人。」

薇若妮卡方才向我們很明白地吐露她對警方的不信任感。

「如果照您這麼說，那也有可能兇手不是我們家的人啊！因爲完全沒有兇手往來本館與別館之間的腳印啊！」

「我們認爲兇手也許用了什麼特殊方法。關於這點，您還有什麼意見嗎？」

「沒有。」

薇若妮卡隱藏不住心中的不滿。就這樣，大家的心情益發焦躁不安。火村先生怎麼都不說句話呢？大家紛紛將目光投向火村，但是他依舊一臉面無表情地旁觀這一切。然後大家又期待薇若妮卡能提出什麼適切的意見反駁警方的說詞，看來似乎希望落空。

「剛才葉山先生說兇手襲擊輝美小姐的動機並不明確，不過我們也針對這點思考過。」感覺得出警方開始覺得如果不主動出擊一下不行，於是小山內趕緊插話。

「雖然我們認爲隔壁的大地所說的證詞有其可信性，不過也考慮到當時的他年僅四歲，再加上事件發生已經過了三年半，因此就算大地說的大部分都是事實，還是不排除記錯的可能。還要拐彎抹角地說明實在很累，不如就明說吧！我想說的就是，大地在森林撞見的女性也許不是淑美小姐，而是輝美小姐。」

火村和我並沒有想到這一點。但是經他這麼一說，也覺得不無可能。因爲是姊妹所以可能性更高，首先倆人都是那種五官鮮明的臉蛋，嬌小纖細的身材，外型十分相像。因此經過三年半歲月，當時四歲半的小朋友有可能將倆人誤認。再加上當時他所目擊的那個女人因爲情緒十分亢奮，在小孩的眼中扭曲的臉就猶如故事書中的夜叉般。

「也許兇手爲了復仇殺害淑美小姐後，發現自己殺錯人。於是又伺機殺害原本復仇的目標，也就是輝美小姐——」

光是聽到淑美和流音的死有關就已經怒火中燒的悠介，現在又聽到正和死神搏鬥的情人竟然也有可能是當年殺死流音的兇手，那宛如熊熊烈火般的憤怒竟意外地沒有發洩出來。現在的他似乎驚愕過度，一句話也說不出來。

「當然目前這些都只是假設。」丟了這句話後，小山內又端出更辛辣的言詞。「大地還說當時命案現場附近還有另一個人的樣子，如果這個人眞的存在，而且又是在座的其中一位，那又是另一番局面——」

乙川隆出聲打斷：「夠了。您是想說我們每個人都有嫌疑是吧？反正對每個人抱持懷疑態度是刑警先生的職責，我想我不會對於這樣的說法提出任何強辯與控訴，畢竟能夠順利抓到兇手也是件可喜可賀之事。——好吧！我會盡力配合。」

乙川隆一副放棄、豁出去的表情，其他人也沒有異議。於是島野和小山內點頭相視。

火村則一直保持沈默。

6

「關於輝美前往別館的理由，不曉得大家有沒有什麼看法？即使看似細微的舉動也許藏有什麼線索。像是『我去拿個口紅』，暗示將口紅忘在別館，或是『讀到一半的雜誌到底忘在哪裏？』之類喃喃自語的說詞。」

「犯人會知道輝美要前往別館拿口紅，或是拿雜誌嗎？」

雖然悠介在一旁拚命諷刺，但是島野完全無視。

「口紅和雜誌只是舉例而已。如果輝美小姐曾經喃喃自語說過：『不快點過去不行，有人在等我』之類的話，就可以推測她和誰約在別館碰面。——當然這只是舉例而已啦！」

大家沈默不語，看來輝美小姐似乎沒有任何不尋常的言詞或是行爲。警官重振精神，繼續問下一個問題，而且就是問心情看起來不是很好的悠介。

「她將 Valentinne 的巧克力交給你後，有誰看到她的行蹤嗎？我對這點有些在意。」

「爲什麼這麼問？」悠介十分不屑地看著島野。

「應該是 Valentine's Day。就是這個，情人節巧克力。——一聽到葉山先生那麼說，不知何故腦中立刻浮現那般情景。可是這樣不是很不自然嗎？你和輝美小姐的關係不是很親密嗎？這可是和辦公室女職員送給上司人情巧克力的意義大大不同，我想你應該不可能表現得那麼冷淡，是不是有什麼話難以啓齒？」

「輝美小姐出事前，你是最後看到她的人，所以人是你殺的，我覺得你想這麼說。」

「這是你自己單方面的錯覺，事情很緊急，請你一定要老實回答。」

悠介並沒有再反擊下去。「因爲我們從高中就開始交往，所以對於情人節互贈巧克力一事並不會特別感動，更何況姊姊被殺，她的情緒一時也難以平復。」

接下來我會詳細說明關於她交給我情人節巧克力的情形。——吃完晚餐後，『等一下拿巧克力給你哦！因爲我早就買好，只是忘記帶過來，所以昨天傍晚請等等力先生開車載我去買。人家特地買的怕又忘了拿給你，所以還是趕快給你比較好。』這麼跟我說。吃完飯後，我想閉目養神一下，於是回到自己房間。那時候她從自己的房間——也就是流音的房間——拿了巧克力，分送給乙川隆和漢斯先生。等等力先生因爲昨天載輝美去買東西，所以早一天收到。之後她就來我房間找我。』

「這我們都知道。我要問的是，爲什麼她特地過去你房間卻扔下巧克力就走呢？」

「我可沒有說她扔了就走哦！她可是很確實地將巧克力送到我手上。『白色情人節要送我吃了會討厭喝酒的藥哦！』還開玩笑地這麼說。我還問她這種藥要去哪裏買啊？『我也不知道有沒有，你就去找啊！』還這麼跟我說。對她而言，姊姊居然在昨晚她喝得不省人事時被人殺死，眞的是一大打擊。看得出她的心情十分沈重想找個人聊聊，所以她不可能扔下巧克力就走人。雖然我是她出事之前最後和她在一起的人，但我並無特別立場啊！我已將我知道的部分全都說出來了……」

這時悠介的神情突然一變，原本一副嘔氣、鬧情緒的樣子，突然坐直並用手撫著額頭。

「怎麼啦？」

「這麼一說我才想起，輝美離開我房間的樣子似乎有些唐突。好像突然想起什麼事似地，匆匆和我道聲晚安後就離去。」

「你有想起什麼嗎？有沒有什麼頭緒？」

「她好像說了句『好像沾到什麼』。」

「啊？」

「記得她好像看著要送我的巧克力盒子，喃喃自語地說了句：『好像沾到什麼』，不過也沒說到底是沾到什麼東西。」

「之後就匆匆離開房間嗎？」

「是的。因爲九點客人——有栖川先生和火村先生會過來，大家要在客廳集合。然後她只說了句『等會兒見』就走了。」

「那個巧克力盒子還留著嗎？」

「當然，還放在我房間，要拿過來嗎？」

「麻煩你了。」

悠介來不及回話便飛也似地奔回房間，三十秒後回來。然後手裏拿著一個約B5尺寸辭典大小般的盒子，「就是這個。」將盒子遞給島野。綴滿金色星星的粉紅色包裝紙，搭配水藍色緞帶，還裝飾一朵紅色薔薇。華麗的包裝一看就知道是出自一般鄉下禮品店。

「那句『好像沾到什麼』到底是什麼意思呢？」

島野將盒子翻來轉去，直放橫擺，還用手遮光查看。可是還是沒有發現什麼奇怪地方。仔細看著記載製造商名字、地址和保存期限的標籤，「不，應該不可能啊！」地邊說邊搖頭。

「好像也沒有記載什麼奇怪的添加物或是特殊材料啊！到底是沾到什麼東西呢……。就算不打開應該也會知道嗎？」

悠介點點頭。

「也不可能透視到裏面的東西吧！她雙手捧著這盒子，說了一句『好像沾到什麼』，連盒底、盒邊都沒看。」

「連盒底、盒邊都沒看嗎……？」

警官捧起可愛的盒子，湊近眼前。一直看著那朵深紅色薔薇。

「會是這東西嗎？你看你看！這朵薔薇好像沾到什麼。」

他邊指著那塊地方邊將盒子遞給部下。只見小山內眼睛瞇得像條縫，「好像是血耶！」喃喃自語著。

「血？」悠介愣了一下。

「嗯，好像是血。得好好調查一下才行。葉山先生，不好意思，這盒子可以先放我這裏嗎？」

「要這盒子幹什麼用呢？」

警官從小山內手上取過盒子，拿到悠介面前。

「那朵薔薇裝飾上好像沾著血般的痕跡。因爲是鮮紅色薔薇的關係，所以很難發現不是嗎？我想鑑定一下這東西。如果是人血，也許可以查出什麼端倪。」

悠介並無異議。「我是無所謂啦！可是爲什麼會沾到血呢？」

「這個嘛……」

一直保持沈默的火村終於開口：「可以讓我看一下那盒子嗎？」

他好像在思考什麼似的，頻頻用手按著嘴唇。雖然警方對於火村的要求，覺得有些訝異，但還是沒有多問什麼便將盒子遞給火村，等待火村的反應。

「包裝紙完全沒汙損，只有薔薇花飾的某處好像沾到什麼東西。花瓣的表面和裏側都有沾到，看起來也不太像是滴到什麼東西。」

「拜託你別鬧了！」

雖然火村應了聲「是」，但是手還是動個不停。終於好像玩夠似地點點頭，將盒子遞還給警方邊說道。

「雖然這朵薔薇是用包裝紙作成的，卻插著很堅硬的蕊。一不小心手就會被刺傷呢！」

警官聽到火村這麼說，邊用食指腹觸摸花瓣尖端，大概想確定一下是什麼樣的觸感吧！

「原來如此，眞的呢！——可是爲什麼會有這種東西，還沾到血呢？」

只見副教授一臉你問我我問誰，無奈地聳聳肩。

這時有位刑警——就是早上在別館附近撞見的那位老刑警——只見他快步走來，湊近島野耳邊報告些什麼，然後警官的表情與心情頓時蒙上一層陰影。

「剛才收到關於輝美小姐狀況的消息。」

大家頓時坐直了身子，每個人的心情就像賭徒等待一決勝負的結果般。當然大部分的人都是祈求她能夠平安無事，只有兇手此刻的心情十分提心吊膽。因爲如果輝美從鬼門關生還的話，那麼自己的犯行將會暴露。——警官這麼說。

「輝美送醫時的狀況不是很樂觀，必須立刻進行手術，所以今晚就是關鍵。」

聽到警方說出最壞的狀況，大家才鬆了一口氣。也就是說，接下來才是一決勝負的時候，除了有一心祈求輝美能夠生還的人，還有心中忐忑不安的兇手。

「看來兇手的命運就決定於手術的成功與否。」

火村自言自語，停止用手指按住嘴唇的動作，這到底是什麼意思呢？只見他靜靜地搖了搖頭。

第六章　兇手就是你

1

昨天在童話作家的宅邸，瑞典館結識了幾位朋友。大家享用著美味的咖啡和點心，天南地北愉快地聊著。那天晚上，主人因爲覺得沒有聊夠，所以又特地帶了北歐道地的酒來造訪我下榻處。如果沒有發生任何事，隔天我就準備出發打道回府的話，那麼乙川夫人的美麗就會和一切快樂的回憶長長久久永留心中。如果是這樣，該有多好。雖然事實令人無奈又懊悔，但還是值得再三回味。

如果眞是這樣，該有多好——

2

可以想像隨著夜更深，高掛於清澄夜空的閃爍星星數目就會愈多。然後帶著都市長大的孩子，不經意地抬頭望去，肯定會感嘆地誤以爲天空起了什麼異變吧！整個瑞典館就像被穿透冬天清澄空氣的星星光芒與檸檬色的月亮所包圍，像淋了一層雨般溼潤。當目光稍微偏向北邊，就會看到接二連三發生兇案的別館，以一片漆黑森林爲背景，微微地發著光。還可以看見已經失去原本功用，斷成兩截的屋頂煙囪宛如樸素的裝飾品，這一切彷彿都沈睡在寂靜的深淵。

「走吧！」火村催促著停下腳步呆望夜景的我。我們再次並肩前往瑞典館。時刻已經是深夜十二點，西洋情人節已經是昨天的事了。

我退後一步看著火村按下門鈴，前來應門的是乙川隆。

「讓兩位久等了。除了悠介前往醫院探視輝美小姐外，其他人都在客廳等候兩位。」

「警察都已經回去了吧？」火村確認。

「是的。雖然他們還是很擔心會不會發生什麼事，但是我說沒問題，請他們撤回，所以他們明天早上八點左右才會過來。」

「這樣啊！那就好。」

一進屋裏，只有客廳一角的暖爐附近有亮光，現出了四個人影，薇若妮卡、漢斯、育子和等等力，每個人臉上滿是疲態。不光只是累，還帶著濃濃睡意，就算轉頭看著我們，表情也不帶任何感情。相較於他們，我記得自己緊張得就像胃裏塞了鉛球似的，因爲我知道從現在開始即將上演一場令人不太愉快的秀。

火村面對包含我在內共五人，開始說：「感謝各位的配合，對於這麼晚了還請各位聚集在這，致上最深的歉意。因爲我想這應該是最好的商談方式，而且也許葉山先生不在反而比較好。」

明明是原木屋，但是清朗威嚴的回聲殘留在高高的天花板上，令人錯覺這是間石屋。

「悠介在不太好嗎？」

乙川隆問。但是火村的回答卻不是很明確：

「我是無所謂啦！」

「我聽隆說時間不會拖太久，況且早上六點過後就開始騷動不斷，眞的已經筋疲力盡了。」

育子像是擔心自己的身體狀況般控訴著。

「嗯，我想應該不會花太多時間。——啊，乙川太太。」

火村阻止正要起身泡茶的薇若妮卡。他的聲音雖然很沈穩，但是語氣有些模糊不清。

「眞的不用勞煩準備茶水了。請坐請坐，請聽我說。」

她回答了一聲「是」，坐在乙川先生身旁。不知道是否因爲緊張，邊坐還邊輕輕地吐氣。

「我完全沒被告知關於這次深夜大家聚集在此一事的目的爲何，可以先說明一下嗎？」

等等力以非常客氣的口吻問著，看起來他的臉色好像比較好。

「其實事情就像你所想像的。當然我們不是來討論、預測日本今年的經濟走勢，而是針對廿四小時前發生的綱木淑美兇殺案，和三小時前輝美小姐被毆傷的眞相，想聽聽大家的意見。」

「火村先生已經知道犯人是誰了嗎？」漢斯瞪大眼睛看著火村。

「我想就在你們裏面。」

所以你就直說是誰啊！當這問題丟出來時，除了我之外，其他五個人都噘起嘴，倒也沒人發出什麼不滿的聲音。看起來就像一副瞭然於心，內心受到衝擊的樣子，也沒人敢問兇手是誰。如果說出這麼不吉祥的話，我想大家也會想辦法在這句話迸出來之前就給消音掉。

「可是本館與別館之間並沒有留下兇手往來的腳印啊！這樣你還能夠堅持說兇手就在我們之中嗎？」

乙川隆哼了一聲，一副勸火村要收回話就趁現在的樣子。

「因爲我怎麼樣都不覺得兇手是從外面潛入的外人。」

薇若妮卡原本有些忿怒的神情已經消失無蹤，取而代之的是一臉遺憾似地垂著眼。

「兇手就是在這本館裏的某人。至於爲什麼沒有留下腳印，我已經有答案了。」

氣氛又跟剛才一樣，但是沒有人主動開口要火村說明到底是用什麼方法能夠不留下腳印。我想他們並不是害怕從火村口中聽到眞相，不只兇手，就算非兇手的人也還沒有心理準備身邊的人被烙上犯罪的印記。

這麼說並非沒道理。因爲我也是一直到現在才聽到火村的結論，所以心裏也還沒有準備，然後依舊覺得胃有點重重的。

「如果兇手眞的在我們之中，那麼殺死淑美的動機又爲何呢？難不成就像警方所說的，知道四年前眞相的兇手所作的復仇嗎？」

乙川隆故意拐彎抹角這麼說。不自覺地改變提問主導性，企圖讓話題扯遠。

「對於警方所查出四年前那件意外的疑點，我沒有資格評論，也沒有機會調查事實眞僞。但是客觀看來，這樣的推測並不愚蠢。對於流音的死，淑美心中究竟有何秘密呢？這點足以造成此次兇案的引爆點。」

「再這樣下去到底什麼時候才能散會？」漢斯沙啞的聲音，聽得出來有些不耐。「到底昨晚在別館發生了什麼事？我很想聽聽火村先生的見解與意見。」

「好的。」火村用非常冷靜的聲音回答，聽起來卻格外詭異。「發生在瑞典館的這起兇案，有很多難以理解的疑點，我想如果我能解開所有疑點就能成功解決此案，也就能說明爲何兇手沒有留下來往別館的腳印、煙囱爲何折斷、別館的門爲何敞開、爲什麼要拿走輝美的枕頭套、爲何襲擊輝美等的理由，也就知道這些事到底是誰做的。」

因爲他一口氣說完，隨即趕緊深吸了一口氣。「關於淑美小姐慘遭殺害一事，雖然推測犯案動機與流音的死有關，但是關於這點還是姑且先擺一邊。至於何時才能說明，要等警方發表重新調查的結果——」

這時育子好像想說什麼似地——

「我想倒也不必，沒必要等警方的調查結果出來。爲什麼呢？因爲我確信可以從殺害淑美小姐的兇手口中聽到事實。」

等等力倒抽了一口氣。「這麼說來，兇手就是坐在這裏的某位囉？除了葉山先生之外？」

「是的。你懷疑葉山先生嗎？」

被火村這麼一問，只見他搖搖頭。

「我並不是這個意思。只是覺得你認爲葉山先生不在場會比較好……」

「我只是想說要是葉山先生從兇手口中聽到他如何襲擊輝美小姐的話，也許會再度受到打擊，並沒有其他意思。」

「請繼續回到正題。」漢斯要求議事繼續進行。

「接下來就要說明誰可以殺害綱木淑美，觸發我靈感的就是——尼爾斯。」

「尼爾斯？」有幾個人不約而同出聲。沒有出聲的人則是歪著頭，一臉訝異困惑。因爲事前完全沒聽他提起，我想自己肯定也愣住了。

「是指《尼爾斯騎鵝旅行記》的尼爾斯嗎？」乙川隆問。

「嗯。就是遭妖精戲弄變成小人的尼爾斯。乘著鵝鳥旅行的尼爾斯，被雁子們取了個『拇指』的名字，這個名字就是重點。」

這傢伙的一貫表達方式，就是明明已經切入正題，卻還要拐彎抹角地說明。

「我想大家一定會問『拇指』是什麼意思吧？我的著眼點就是輝美小姐的拇指。應該有注意到輝美小姐的右手拇指纏著ＯＫ繃吧？」

看來大家都有注意到。火村點點頭說了句：「那就好。」

「可以請薇若妮卡夫人說說關於她拇指上的傷嗎？」

只見突然被指名的她雖然一臉迷惑，但還是立刻說：「……是。今天早上在別館發現淑美小姐的屍體引起一番騷動，但在等警方趕到的這段期間，記得她說了句：『奇怪？我的手指刺傷了。』然後我就拿ＯＫ繃給她，就是這樣。」

「她自己也不曉得爲何會弄傷囉？」

「她說大概是喝得爛醉時不小心刺傷的。」

「也就是說，這傷口是在喝醉後弄傷的。反正只是拇指不小心被刺傷而已，本人大概也不怎麼在意，因爲有可能是喝醉走樓梯時不小心摔倒弄傷的。請各位別誤會我之所以提拇指受傷這件事，又想繞話。事實上這個傷口就是破解眞相的要點。」

「啊啊，難不成……」等等力忍不住插話。「該不會是指輝美小姐送葉山先生巧克力，不小心被那朵裝飾花給刺傷？」

「一直都是輝美小姐捧著那盒情人節巧克力。因此那滴血痕的形成，不可能是其他原因所流出來的血飛濺到那朵花上，一定是誰不小心被那朵花給刺傷，而這個人就是捧著盒子的輝美小姐。」

乙川隆輕輕地哼了一聲，火村繼續說。

「那麼輝美小姐的手指是什麼時候刺傷的呢？沒錯，就是她喝醉時。但這不是很矛盾嗎？因爲她是在本館喝醉，結果被扶到流音的房間休息。那麼巧克力的盒子是放在流音的房間嗎？不，是在別館。那天傍晚她請等等力先生開車帶她去鎮上買巧克力，並沒有立刻送給葉山先生，大概是想在情人節當天送吧！因此暫時先放在別館自己的房間。薇若妮卡夫人的確在那天傍晚，前往別館通知綱木姊妹晚餐已經準備好——然後順便幫她們換過枕頭套——她自己說過這樣的證詞。因爲輝美小姐外出後又回到別館，理所當然巧克力就擺在別館房間。」

趁火村在點菸時，大家似乎各自反芻他剛才所說的話。副教授則猛往頭上吐紫煙。

「所以今天早上她醒來後發現自己在流音床上睡覺一事必非事實。但是如剛才所言，居然會被不放在本館的東西給刺傷，這就有些矛盾了。那麼大家應該知道如何解開這道謎題的答案吧？」

乙川隆咕嚕地嚥了一口口水。

「沒錯。昨晚她人在別館。」

大家驚訝地面面相覷。火村故意停頓一下，看有沒有人要發言。果不其然，等等力急忙插話：

「不對呀！這太奇怪了。不合理啊！她不是跟薇若妮卡一直待在客廳喝酒嗎？雖然兩人不至於片刻不離，但也不可能有時間回去別館的啊！不是嗎？薇若妮卡？」

低著頭用手指捲著金髮的她，「嗯，大概吧！」只能語帶曖昧地回答。我的心開始焦躁不安。

「如果輝美小姐是趁薇若妮卡夫人上洗手間，或是在廚房洗碗盤時全力跑回別館，那麼腳印就是一大問題點。因爲雪地上還留有十點半左右回去別館的淑美小姐的腳印，要是沒有留下之後往返本館的輝美小姐的腳印，豈不是很奇怪嗎？」

「其實一點也不奇怪，大家都想錯了。當然也包括稍早之前的我在內，明白嗎？各位和警方一直認爲往別館方向的淑美小姐的腳印，其實是輝美小姐的。」

3

「火村先生，您這番假設還眞是大膽呢！記得您沒說過她有回去過別館啊！」

乙川隆顯得有些驚愕。

「我可不記得哦！因爲悠介先生曾經開玩笑地說，淑美小姐有時候喝醉會連自己在哪兒、是誰都搞不清楚，所以她應該也不記得自己回去過別館吧！」

「不，我覺得不太對。可以說輝美小姐喝得像是得了夢遊症似的，或是因爲喝得爛醉腳步有些踉蹌也不奇怪。可是那些腳印不是淑美小姐的鞋印嗎？」

乙川隆的語氣聽起來有點像是諷刺火村瘋了。

「請將輝美小姐前後記憶不連貫的可能性也納入考慮，也有可能穿錯鞋子不是嗎？」

「還是無法理解。輝美小姐穿錯鞋一事，並非推理，而是你的想像吧？想像淑美先回別館，就算輝美小姐穿錯鞋，可是淑美小姐的鞋子應該早就不在本館啦！」等等力說。

「雖然我不可能親眼看到輝美小姐穿錯鞋子，不過我肯定她應該回去過別館。如果不是，就無法說明晚上手指被巧克力上的裝飾花給刺傷一事。」

「可是那時淑美小姐的鞋子已經不在本館——」

「當然還在啊！」

火村語氣十分強硬。等等力只好吞下他的反駁說詞。

「鞋子還在本館。也就是說，當時淑美小姐還留在本館。所以喝醉的輝美小姐才會穿錯鞋子。因為她們體型差不多，鞋子的尺寸應該也一樣。」

「聽不懂你在說什麼。」漢斯似乎不太高興。「雖然那時我在樓上睡覺不方便說什麼，你的意思是說十點半過後，淑美小姐並沒有立刻回去別館嗎？」

「這只是我的推測，並沒有人親眼看到她回去別館，她應該就在本館的某處。」

「那又是在哪裏、做什麼呢？」漢斯又趕緊問道。

「老實說我也不知道。雖說瑞典館算滿大的，但也不至於大到有十幾間房間，所以應該還不難推測，淑美小姐有可能是在乙川先生的書房看書，請先不要說我這是毫無根據的想像。也許我想像得太過細微，但是我絕對確信輝美小姐穿上淑美小姐的鞋子回到別館，還有淑美小姐那時還留在本館這兩點是成立的。」

「火村先生。」育子抱著頭，「我到底是從哪裏就開始聽得一頭霧水啊！完全無法理解您所說的。雖然您推測輝美小姐是穿著淑美小姐的鞋子回去別館，可是輝美小姐回到本館的腳印又該怎麼解釋呢？而且也無法解釋淑美小姐比輝美小姐晚一點回到別館，爲什麼沒有留下腳印這點。難道是我一時閃神，所以漏聽了什麼關鍵點嗎？」

「不是的。」漢斯說。

「不是的，育子。就算我很認眞聽也完全聽不懂。」

邊小心地彈落菸灰邊聽著他們不服之聲的火村，有點訝異自己無法充分傳達，但是已經漸漸滑向問題核心了。

「任何人都可以針對我的推理提出反駁。可是如果能再耐心聽我說明下去，一定可以解開心中疑問。我們先來確定一下目前到底握有什麼底牌。」

首先，輝美小姐喝得爛醉之後，曾回去別館再返回本館這點是新見解。然後淑美小姐十點半聚會結束後還留在本館，這點也是新見解。爲了讓各位瞭解這兩點都是事實，必須先克服幾道關卡。第一道關卡就是假設輝美小姐穿錯鞋子回去別館，那麼返回本館的腳印該如何解釋呢？第二點，聚會結束後仍留在本館的淑美小姐，回去別館的腳印又如何呢？其實有一次能夠解開這兩道關卡的方法。」

「那一定要洗耳恭聽您的高見。」最喜歡出謎題給別人猜的等等力，催促火村趕快說出答案。

「方法是這樣的。——就是淑美小姐是在本館慘遭殺害的。只要這麼想，整件事就會完全改變，也就可以解開這道連鎖式謎題。」

雖然火村這番話很唐突，但是大家只是露出狐疑眼神看著火村。等等力大刺刺地說。

「這也是沒有根據的說法吧！」

「的確無法提出明確根據。如果有的話，誰都可以作出判斷。我現在所作的是宛如走鋼索般非常大膽地推論。但是如果能夠靠這條鋼索橫渡四座鐵橋一直走到對岸就成功了。」

「那就請大家洗耳恭聽，聽聽火村先生如何橫渡吧！」等等力率先發聲，之後足足五分鐘之久陷入一片沈寂。

「那麼接下來就來解答腳印之謎吧！難道沒有淑美小姐回到別館的腳印嗎？又為何會消失呢？這問題其實很簡單，因為腳印確實還留著。怎麼說呢？就是這個被認為是乙川隆發現屍體時留下的腳印，就是這個。」

「你說……是我發現遺體時所留下的腳印？」乙川隆用粗粗的手指，指著自己的臉。

「是的。那個腳印不是你十四日早上留下的，是個有著完全不同意義的腳印。」

「別開玩笑了！我才沒有說謊呢！那是我一大早留下的腳印。如果不是，那要怎麼解釋呢？」

宛如白卡爾海豹般溫和的臉，因為憤怒而浮出一條條薄細血管。不，不應該說是憤怒，應該說是漸漸陷入恐慌。

「你是瑞典館中體格最壯碩的人。不管是體重、還是鞋子的尺寸都比其他人大。但是小的可以塞進大的。也就是說，有人穿上你的鞋子就可以往返別館與本館。」

「兇手之所以這麼作的目的就是爲了讓警方誤認淑美小姐是在別館慘遭殺害，有可能是外來入侵者所爲。結果因爲林子四周找不到像是腳印的痕跡，所以沒辦法騙過警方。這並不是準備不足或是沒留意到，肯定是因爲遭遇突發狀況。」

火村猛然想起手上的菸快抽盡了，趕緊捻熄。他還沒說出誰是乙川隆企圖掩護的人，也就是殺死淑美的兇手這般決定性的說詞。

「眞是愈聽愈一頭霧水。雖然你說淑美小姐穿上我的鞋回去別館，可是我的鞋和人都一直待在迫水先生家啊！這說不通啊！那些腳印的確是我十四日早上留下的。」

「你說謊。」火村斬釘截鐵地否定他的說詞，「這只是你的片面說法，並不是客觀事實。只要繼續推理下去就可以驗證你說詞的眞僞。」

乙川隆的肩頭微微顫抖。「我有不在場證明，不可能犯行。而且我的鞋子也有不在場證明啊！淑美小姐被殺後一直到十二點，那雙鞋不可能出現在本館，這點有栖川先生他們可以客觀作證。你憑什麼說淑美小姐穿我的鞋呢？」

「我並沒有說是淑美小姐穿你的鞋回去別館，而且你的說詞也不可能成立。再者，要說死去的淑美小姐穿著你的鞋子走路就更不可能了。因此答案只有一個。那就是某人揹著淑美小姐的屍體，穿上你的鞋子走回別館。而且這件事你也知道，但是爲了要包庇某人，所以才硬說是自己早上留下的腳印。」

乙川隆情緒激動地站了起來。「我沒有說謊！也沒包庇任何人！」

坐在他身旁的薇若妮卡則一臉慘白地看著丈夫，並沒有出手制止。出聲的反而是漢斯。

「隆，你冷靜點！雖然他的說詞聽起來很挑釁，可是如果不聽到最後也無法確實反駁啊！」

乙川隆聽從岳父的話乖順地坐下，火村試著用比較緩和的語氣說：

「一開始我就說過我想聽聽大家的意見。當然相反的意見也歡迎，但還是請各位耐心聽我說明到最後。」

乙川隆別過頭默默地點頭。

「接下來，要將幾個疑點先擺一旁，到此我們試著改變一下說話的觀點吧！也就是從兇手的觀點來思考這件事。我想試著重現昨晚瑞典館出事當時的情形。

淑美小姐在這間客廳和育子夫人、薇若妮卡夫人、等等力先生相談甚歡，聚會一直到十點半結束，等等力先生回到房間。然後薇若妮卡夫人扶伯母回到二樓房間再下樓時，已經沒看到淑美小姐了。也就是說，這時淑美小姐並不是回去別館，而是待在乙川先生的書房或是本館的某處，然後接著出現在客廳的是輝美小姐。雖然她和薇若妮卡小酌了幾杯，不久就前往別館。至於她爲什麼回別館，當然是因爲想睡覺才回去的。」

「爲了睡覺？唉唷！怎麼又說了奇怪的話。如果是爲了睡覺而回去別館，爲什麼後來又返回本館呢？」

育子看起來好像有點不耐煩。只見火村啪地一聲彈著手指，然後用食指指著她。

「射中此案核心的就是這個問題。是的，這就是最重要的一點。」

育子以爲自己是不是說了什麼不該說的話，慌忙地用手遮著嘴。

「關於爲什麼想回到別館睡覺的輝美小姐，後來又跑回本館的問題，之後會說明，請各位再忍耐一下。——於是輝美小姐平安無事地回到別館。然後淑美小姐在本館慘遭殺害。可以確定的是兇案發生的時間應該是介於十一點到十二點之間。總之是在本館犯行。淑美小姐的屍體就躺在兇手面前，我可以想像兇手一臉放心地看著眼前這一切。那麼該如何處理屍體呢？對兇手而言有幾個選擇。一、就這樣將屍體放在本館兇案現場。二、運往屋外某處丟棄。三、將屍體運往別館，僞裝別館房間是兇案現場。要說其中哪項是最好的選擇，應該就是第三個選擇吧！如果採行第一個選擇，那麼就會知道兇手就是本館的某個人，不但對兇手自身而言相當不利，也會害親人無辜染上了嫌疑。如果採行第二選擇，則太過冒險。如果不小心被誰看到就不妙了，而且還要思考要將屍體棄至何處比較好，況且猶豫不決時如果雪停了，就會留下自己往返的腳印。因此兇手採行了第三個選擇。因爲別館的後方是片森林，不能否認兇手有可能是外來侵入者，這算是比較合理性的判斷。」

等等力舉手請求發言。「假設兇手眞的是採取第三選擇好了。可是那時乙川先生的鞋子和他都在隔鄰，兇手不可能使用啊！」

「兇案是發生在十二點之前，而將遺體運往別館則是於十二點過後下雪時分，也就是乙川隆回到本館之後的事。如此一來鞋子的不在場證明就失去意義。」

暖爐傳來薪材爆裂聲。臉龐被火染紅的火村漸漸地引導大家進入眞相核心。

「待乙川先生回到本館後，兇手才搬運屍體。當乙川先生知道自己不在的這段時間，瑞典館竟然發生如此大事，感到驚愕不已。不過他立刻想出逃脫此番困境的方法，那就是揹著淑美小姐的屍體運往別館。但是有個問題。他回家時雪幾乎已經停了，如果他揹著淑美小姐的屍體運往別館，一定會留下清楚腳印，當下也無法製造那些腳印。爲什麼呢？因爲如果隔天警方深入調查，就會看破這些腳印的深度是某個人揹著某個人所留下的腳印。——不過有個解套方法。那就是乙川先生忽然想到可以利用自己的體重，剛好相當於兩個身材纖細的人的體重這方法。」火村直視著乙川隆這麼說。「被害人是身材纖細的女性，只要由某位同樣身材纖細的女性揹著淑美，隔天乙川隆就可以僞稱『這些腳印是我留下的』。那麼搬運淑美屍體的人是誰呢？就是等你午夜過後回到家裏，和你商談難題、負責搬運屍體的人，也是你不得不包庇的人。——我們可用簡單的體重算式找出這個人。也就是說，你的體重減掉淑美小姐的體重就等於兇手的體重。符合此項條件的有三位，一位是輝美小姐，但是她也成了被害人所以排除其外。另外一個人是你的母親，可是要叫身體不是很健壯的伯母揹著淑美小姐的屍體，走在深達及膝，而且距離約三十公尺遠的別館實在不可能。剩下來的只有一個人，而且這個人的體重剛好符合方才的算式，之前還曾被父親嘲笑是個力大無窮的人。」

火村的視線移轉到一直坐在乙川隆隔壁的薇若妮卡身上。

「兇手就是妳。」

就算被指名，她還是一動也不動。

「就是妳揹著淑美小姐的屍體前往別館，可以恰如其分地製造出乙川隆先生留在雪地上面的腳印。」

「你……你在說什麼啊？」等等力聲音嘶啞地吼道，「你說薇若妮卡殺死淑美，然後揹著屍體前往別館，根本就是胡扯！她根本不可能做出這種事！」

「只有她能夠做出這種事。」

「我完全無法理解！那……那揹著淑美前往別館的她回到本館的腳印——」提出強烈反駁的等等力，一臉驚愕地話都快說不出來。大概是自己也已經想到同樣答案了吧！

「和你出給有栖猜的那道汲水謎題的道理是一樣的。從一戶人家移動到另一戶人家，該如何移動就是問題點。

是的，而且薇若妮卡夫人必須再返回本館，不然那些腳印就不可能清楚留在庭院不是嗎？而且也要製造出會被誤認爲是乙川先生的腳印。因爲前往別館是揹著淑美小姐的屍體才能製造出相當於乙川先生體重深度的腳印，如果返回時沒有揹什麼重物，那麼前往別館的腳印就等於是『從本館運什麼東西前往別館』的一種自白。所以我才會很囉唆地問別館有沒有遺失什麼大件物品，然後大家都回答沒有。但事實上還是有大件物品不見了。大家聽懂了嗎？那天晚上別館不見的東西，還有被薇若妮卡夫人揹回本館的——就是早已喝得爛醉、睡得不省人事的輝美小姐。」

等等力再也無力反駁了。

4

——三杯黃湯下肚，一直到今早在流音的床上醒來前，整個人彷彿鑽入墓穴中。

——像是在雪山遇難、在稻草堆上輾轉難眠、胡亂地夢了一堆。甚至還夢到自己變成立在噴水池中央的雕像。

輝美這麼說過。由前面所述來看，她整個人像昏死般地熟睡著，聽來饒富深意。不管是身處雪山還是噴水池中，潛意識中都是一種寒冷印象，應該和她失去意識時被揹出屋外有關。而在稻草堆上輾轉難眠的夢，也許是被揹著的輝美，她的鼻尖被薇若妮卡的頭髮給搔弄。

「妳還好吧？薇若妮卡夫人？」

我悄聲問她。她就像是倒在毀壞的城牆前，張著口微微喘著氣。火村的推理深深地打擊著我，如果可以，多麼希望能替她吹散這一切。即使說句你的推理有漏洞無法成立也好，但是我連說這句話的能力也沒有。唉！要是能夠舉出有力的反證該有多好啊！

薇若妮卡什麼也沒說。彷彿靈魂出竅，不知飛到哪去了。我的希望瞬間破滅，因爲她並沒有否認這一切。

「薇若妮卡夫人將淑美小姐的遺體搬至別館，放在地板上。然後再揹起輝美小姐回到本館，讓她躺在流音的床上。薇若妮卡小姐還不只做了這些事情，她將跳繩繫在別館的煙囪上，導致煙囪折斷，還有拿走輝美小姐枕頭套的也是她。」

「作這些事情有什麼意義呢？」等等力一臉痛苦，不斷地擦著額頭上的汗珠。雖然他與薇若妮卡倆人的情誼只限於一起上酒吧小酌幾杯，但是比乙川隆更早結識薇若妮卡的他，也許對她懷著深深情意，不管是過去還是未來。——可想而知，他的心情一定比我更難過。反觀火村，他的口氣還是猶如機器一樣冰冷。

「接下來說明一下我個人的見解，首先是關於煙囪折斷一事。到底這樣的惡作劇有何利益可言呢？這問題我始終想不透，於是我開始不斷地反問自己，煙囪折斷會產生怎麼樣的結果呢？煙囪折斷一事或許可以當作乙川先生從本館發現別館有異狀而前往察看的藉口，只是這樣而已。雖然是騙小孩的將戲，其實非常有效。爲了要讓警方相信，薇若妮卡夫人往返的腳印是乙川先生所留下的，因此必須製造一個一大早只有乙川先生隻身前往別館的理由。因爲沒有理由，就不需要一大清早前往別館，因此必須捏造出像樣的理由才行。於是他又想到如此寒冷的天氣，發現別館大門洞開的不尋常情況也是一大藉口。當然煙囪不可能自己埋進雪堆，肯定是被屋簷上滑落的雪給掩埋。」

「那枕頭套又如何解釋呢？難不成這也是一道詭計嗎？」

「枕頭套藏有其他玄機。我想也許輝美小姐的枕頭套沾了對薇若妮卡夫人他們極度不利的東西吧！要是被警方發現就麻煩了。至於到底是什麼東西，可以容許我說出我所想像的東西嗎？」

薇若妮卡與乙川隆無言以對。

「我想回到別館的輝美小姐還來不及卸妝便倒在床上呼呼大睡。隔天一早，有栖聽到淑美小姐慘遭殺害一事而趕來時，輝美小姐臉上應該還殘留著妝。沒想到姊姊竟突然遭人殺害的她，大概連補個口紅的心情也沒吧！因此極有可能昨晚倒頭大睡的她，口紅就這樣沾在枕頭套上。如果是這樣，薇若妮卡夫人既然已經注意到了，就不可能讓枕頭套這樣放著。因爲枕頭套會成爲證明輝美小姐昨晚曾返回別館過的證物。當然也不可能和淑美的枕頭套交換，因爲淑美小姐的口紅是粉紅色的，而輝美小姐的口紅則是紅色的，他們的口紅顏色完全不一樣。」

薇若妮卡緩緩地抬起她那慘白的臉，乙川隆見狀趕緊對她吼道：「不許說！什麼都不許說！」話還沒說完就被父親的聲音給蓋過：「你們兩個給我說實話！絕對不許欺騙我和育子。」

「火村先生說的都是事實。」她遵從父親所言。

「薇若妮卡……」

乙川隆愕然地看著妻子，痛苦地揪著毛衣前襟。如果可以代替他人承受痛苦，我也想分擔一些他所承受的苦。

「就像火村先生方才所說的，淑美的確在書房看了一會兒書。我已經忘了是幾點，當我一個人在客廳時，她從書房走出來和我聊天時起了口角，然後我就殺了淑美小姐。就在這裏，就是在這間客廳。」

宛如水壩崩壞般，從薇若妮卡口中迸出一直企圖隱瞞的實情。她的眼眶周圍被染成粉紅色。

「爲什麼要這麼做？」我邊忍住不斷湧上心頭的痛苦邊問著。只見那微溼的藍色瞳孔看著我。我不清楚她是否能夠意識到映在她瞳孔上的人就是有栖川有栖。

「我想流音大概是在追蝴蝶時，不小心跌落沼裏。我一直責備自己要是不讓那孩子一個人去森林玩就好了。如果是因爲玩得忘我而不小心跌下去，也就只好認了，母親也是一直這樣安慰我，我只好想像流音在天堂花叢間愉快地追捕著蝴蝶，鼓勵自己重新站起。我一直都是這麼想的、一直都是這麼想的……可是爲什麼到現在淑美才……」

「她到底做了什麼事？」

火村試著挽救幾乎已經瀕臨崩潰的薇若妮卡。

「流音跌落沼時，淑美她好像剛好跑去沼那邊，在那裏遇上流音……」薇若妮卡停頓了一下。

「他們好像短短地交談了一會兒，淑美就準備離開了，一直走到看不見沼的地方時，忽然聽到後方傳來一聲很大的水聲和慘叫聲。她明明瞬間想到可能是流音落水，卻狠心地沒跑回去探個究竟。聽到此事十分震驚的我，『爲什麼不趕快跑回去看一下呢？』不斷地逼問她，她卻始終不肯清楚回應我。我不斷地問她：『爲什麼？爲什麼？難道這是對於我搶走隆的報復嗎？』只見她才悠悠地回答我：『也許是吧！』現在想想，當時說出這句話的她已經精神錯亂吧！聽到這句話時，心中的怒氣與怨恨瞬間爆發，我知道自己已完全失去理智了。『我絕不原諒妳！』我歇斯底里地大吼，邊叫邊突然朝她撲過去。也許你們會覺得我的這番辯駁十分可笑，但我說的都是實話。她並不是被毆打致死。毫無防備的淑美就這樣朝牆壁飛出去，頭部撞到牆壁應聲倒下，就這麼一瞬間發生的事。」

她直指著另一頭距離數公尺遠的牆壁。光是用肉眼查看，那是一片已看不到任何痕跡的石牆。原來警方遲遲無法判定的兇器，一直就立在我們面前。

「雖然我急忙跑過去抱起她，但是她……她已經氣絕了。我知道是我殺死她，我慌得不知道該怎麼辦，腦袋一片空白的我只能呆呆地坐在地上。」

「我還是無法理解！爲何淑美小姐到現在才說出實情？」不曉得等等力這句話到底是在問誰。

「淑美她一直很害怕。」薇若妮卡勉強擠出些許力氣這麼說。「昨天下午茶時，有栖川先生不是被掉下來，裝著流音照片的相框給割傷嗎？剛才相框又掉下來一次，昨晚只有我和淑美兩人時也掉了一次。這一連串的意外讓淑美驚慌地慘叫著。如果只是這樣，也許一切就這麼劃下句點，但卻緊接著發生一連串巧合。像是掛在暖爐旁柱子，流音的捕蟲網突然啪地一聲倒下。那時淑美整個人像瘋了似地跳起來撲向我。『妳故意嚇我的對不對？爲了要逼我說出實情，才設計這麼下流的把戲對不對？』因爲我並沒有這麼做，所以我反過來質問她：『妳到底做了什麼事？和流音有關嗎？』於是就像我剛才所說的，她完全瘋了。」

「她有說她那時只有一人嗎？大地曾說過當時森林中好像還有別人在。」

火村想確認這些細節部分。雖然薇若妮卡想回答，但似乎無法再提起勇氣。

「她之所以跑去森林的理由就是爲了見隆，請求隆能夠接受她的感情。」

「沒錯。」乙川隆一臉沈痛地說：「大地說的那個人應該就是我。她說有事要跟我說，叫我去森林和她會合。雖然她態度十分強硬，但我毅然決然地拒絕。我跟她說我沒辦法背叛妻子和流音。『就算妳成爲我的妻子，也無法成爲流音的母親。』我記得自己這麼說過。她問我爲什麼不行，我回答沒有爲什麼後，她就往沼那邊跑去。大概不久後就碰到流音吧！」

他邊嘆息邊仰頭看著天花板。「如果沒有當時那番爭吵，也許她就不會作出對流音見死不救這般殘忍之事。所以流音的死我要負最大責任。想想當流音溺水時，同樣在森林中的我明明就在不遠處，卻沒聽到他的慘叫聲，以致無法趕去救他，也沒辦法將心中的悔恨向妻子傾吐。因爲那天我並不是無緣無故去森林的。『一切都交給我』我在書裏明明這麼傲然地寫著，但是卻聽不到兒子向我求救的聲音，所以流音是被我害死的，加上淑美間接殺害流音的理由也是因爲我，我等於殺了兩次自己的兒子啊！一切的一切全都是因爲我對感情的不貞。雖然心中十分懊悔，卻無法向妻子告白。

如果我早點說出這一切，也許昨晚的悲劇就不會發生了。薇若妮卡之所以撲向淑美並不單是爲了流音的死，也是因爲第一次從淑美口中聽到我們的曖昧關係，一時氣急才那麼做的。」

火村輕輕地點點頭，看著薇若妮卡。

「發現自己害死淑美小姐後，妳的心情如何呢？」

「我想大概有二十分鐘之久吧！我一直等待著有誰能走到我身邊，跟我說：『妳做了一件無可救藥的事！』然後聯絡警方讓我受到應得的懲罰，但那時隆他……」

「二十分鐘後乙川先生回來了對不對？」

「是的。可想而知，他十分驚訝。我將事情經過一五一十告訴他。我想他一定會好好安慰我，然後勸我向警方投案，但是他並沒有這麼做。」

因爲薇若妮卡一時語塞，火村代爲發言：「乙川先生一定是這麼跟妳說吧——一切交給我。」

大概是被火村說中了！只見薇若妮卡雙手掩面。

「一切交給我。」

這是在他所創作的童話故事中常常出現的一句台詞。身形狀碩的海豹白卡爾總是邊拍著胸脯，邊對因爲面臨困難而十分沮喪的少年這麼說。故事的最後，這句話便成了少年的台詞。這句台詞是爲了鼓勵孩子們成爲勇敢積極的人所創造的。

「所以聽到這句話的妳，就眞的將一切交給他。然後將事情經過向乙川先生坦白，照著他絞盡腦汁想出的辦法去做。揹著開始僵硬，已經冰冷的淑美小姐的屍體橫渡積滿白雪的中庭運往別館。然後在煙囪上動手腳，再揹著早已喝得爛醉，睡得不省人事的輝美小姐——因為她不是屍體，所以必須冒著她隨時可能會醒過來的風險，將她揹回本館。」

火村看著乙川隆，「你在你的作品中，曾寫下『一切交給我』這句非常有意義的台詞。可是你不覺得那時說這句話非常不恰當嗎？拚死保護心愛之人的心情，我絕對可以理解。要是我遇到這般情況，也會這麼說也不一定。沒錯，如果我能像你一樣靈機一動，想出如此絕妙點子的話，肯定也會這麼做的。」

對於火村堅定地說出這番話，我感到驚訝不已。彷彿說著這些話時的他，腦子裏具體地浮現一個讓他思念不已，而且會為她這麼做的神情。

「雖不想殺死自己最心愛的人，可是遺憾的事終究還是發生。就算感嘆也沒有用。如果切割自己的肉體能讓死去的人復活，我說什麼都會這麼做，但這是不可能的。為了守護心愛的人必須賭上一切，我完全可以理解你的心情。可是如果是我，我不會說出『一切交給我』這句話。你應該明白自己身為童話作家，透過這句話可以傳達給孩子多麼重要的東西。」

「我沒有任何辯解的餘地。那句『一切交給我』到底算什麼？結果就是間接害死我兒子，最後還害妻子成了殺人犯。雖然我知道自己很卑劣，但是為了薇若妮卡和自己，我還是要撐下去。我已經害死了兒子，至少也要救救妻子才行——」

乙川隆話到此已經筋疲力盡，再也說不下去了。但是火村還是毫不留情地追問：「是你襲擊輝美小姐吧？」

他只回了句：「是的。」

「輝美小姐看到巧克力盒子上的裝飾花沾著血，覺得有點奇怪。於是她開始懷疑自己昨晚是不是回去過別館，在那時不小心刺傷了手。你無法判斷她是否因爲這件事完全看穿事情眞相，但是她向你提出心中的疑問對不對？」

失去力氣的乙川隆，只輕輕地哼了一聲。「沒錯。她跟我說她覺得自己昨晚好像回去過別館，然後拿起放在枕邊的巧克力盒子，不小心被刺傷了手。這麼一來，就是薇若妮卡說謊囉？她這麼對我說，看來她似乎沒有懷疑我。但是我聽到後覺得非常驚慌狼狽。一旦她跟警方說的話，一切就會被看穿了。於是我假借調查有沒有留下回到別館的腳印，約她一起前往別館，然後在別館用粗粗的薪柴襲擊她。當然我並沒有打算殺死她，但當時也沒有辦法冷靜地判斷她到底氣絕了沒。」

我看著漢斯與育子。漢斯緊握著育子的手，育子也反握著。彷彿互相傳遞給對方能夠抵擋心中那股暴風雨的力量。

「爲了守護薇若妮卡，我居然命令她冒著生命危險作這些事情。揹著淑美的屍體走在雪地上，然後再揹著隨時可能會醒過來的輝美小姐走回本館，眞的很荒唐。當她跟我說：『我做不到啊！』時，我還告訴她：『我不想失去妳，所以請妳一定要這麼做。』但是她還是很猶豫，於是我心急地吼叫著：『難道妳忍心讓享受幸福晚年生活的父親和母親悲傷嗎？我不想失去妳，我妳要永遠在我身邊！』這是我的眞心話。不管別人死活的我心中竟是如此醜惡。」

「輝美小姐今天晚上好像是關鍵期。」

一聽到火村這麼說，乙川隆懊悔地抱著頭。

「隆、薇若妮卡。」漢斯喊道。倆人抬頭看著父親。

「我想你們已經深深懊悔了，請償還你們的罪過吧！」一旁的育子這麼說。

「你們別擔心，我們會照顧自己的。」雖然乙川隆努力地想擠出隻字片語，但是卻怎樣也說不出口。漢斯和育子用彷如平靜無波大海般沈穩的聲音對他說。

「一切交給我。」

「我們會好好地等待償還一切罪過的你們回來，我親愛的孩子們。」

不曉得是不是因爲過於疲憊的緣故，火村像是被他們的話語直擊心房似的，頹喪地低著頭。

終章

隔天也是晴朗好天氣。

清早醒來，就聽到融化的雪沿著屋簷滴落的聲音，還有從森林傳來雪從樹梢上滑落的清脆聲。

用完早膳後，我和火村前往五色沼。

眺望著毘沙門沼另一頭的磐梯山。覆著群山的雲影，襯托纖細的山麓皺摺顯得更加清楚鮮明，這般美景多少撫慰了我心中的痛。叼著菸，兩手插在褲袋的火村一臉索然無趣地佇立著，有好長一段時間一動也沒動。就這樣彼此沒有任何互動。

奪去流音生命的沼突然出現在眼前。

被白雪覆蓋，閃閃發光猶如翠綠寶石般的小沼。

想起昨日在這裏和薇若妮卡初次相遇，不可思議的是，總覺得彷彿是段非常遙遠的回憶。那是一場夢還是幻影呢？也許如此漫長的昨日完全不存在於現實中。——我竟然這麼覺得。

眼前的雪深達及膝，我的腦中卻描繪著夏日情景。沼邊盡是一片深濃綠意與猶如陣雨聲般的蟬鳴。刺眼的陽光反射於水面，蝴蝶翩翩低飛掠過。可以看到一個金髮少年穿梭林中，他那對這充滿新鮮、驚奇的世界所發出的歡愉聲響徹整片森林。

當我對少年微笑時，聽到火村的聲音，站在雪中的我才被拉回現實。

「你剛才說什麼？」

「沒什麼。」

「明明就有。自言自語嗎？」

「不告訴你。」

就算是老朋友，也無法輕易跨越他心中的那道牆，我只好選擇放棄。然後暗自懊悔自己居然沒聽清楚方才由他口中迸出的話。昨晚，一向主張死刑就是將從所謂犯罪台上一躍而下的人給擊落的他，竟然說出爲了自己深愛的人也許也會這麼做，著實令我驚訝不已。直覺剛才他的那番喃喃自語可能和這件事有關吧！有點後悔沒有繼續追問下去。

一路上我們沒有什麼交談，默默地走回下榻處。所有行李已經搬到客廳，只等著結帳。對火村而言，這是趟匆忙的旅行，也是完成一項工作。因爲沒有想再繞去別處遊玩的心情，我和他都打算直接回大阪。然後在車上小睡片刻。

「你們回來啦！」迫水先生發出宏亮的聲音迎向我們。本來想說和倫代靜靜地目送乙川隆和薇若妮卡坐上警車離去的他會有些沮喪，看來似乎並沒有。

「剛才瑞典館的等等力先生打電話來，好像在醫院的葉山先生來電說輝美小姐已經沒事了。」

「眞的嗎？」

「是的，眞是太好了。不只葉山先生和輝美小姐，對乙川先生和夫人而言也是個好消息。」

對漢斯和育子也是，對等等力也是，當然對我和火村也是。

「我就知道她一定沒事，一直這麼相信著。」

跟在迫水先生後面走出來的倫代，看得出她打從心裏十分高興。

「太好了。」火村也這麼說。大家都沒事、太好了，重複說了好幾遍，眞的是可喜可賀啊！我一直想一定會有好消息出現的，果然如我所料。

「兩位一定還要再來玩哦！歡迎今年夏天一起來我們這裏度假。」

「我會端出拿手菜，準備特別菜單歡迎兩位的。」

面對迫水夫婦的熱情，「謝謝」、「還會再來玩。」我們如此回應。

「要感謝的是我們。感謝你們解開大地心中的咒縛。」

迫水先生向我們行禮，倫代也趕忙跟進，「那孩子終於又能開懷地笑了。其實我們也有反省，對那孩子不夠關心。」

「千萬別這麼想！」火村伸手拿起包包。「謝謝你們的盛情款待。再見。」

這時倫代從圍裙掏出一封像是信的東西，遞給準備告辭離去的我們。

「這是大地寫給有栖川先生和火村先生的信，他上學前匆忙寫的。」

「我們會在巴士上看的，而且一定會回信給他。」

我這麼回應，火村也補了句：「也請幫我們問候他。」

結果我們在巴士站就打開那封信。

上面只寫了「謝謝」與「還要再來玩哦！」的字眼。

雖然想寫封信回說「我們會再去玩的！」但是從那時過了六次寒暑又來到春天時，我還是沒有心情舊地重遊。火村也不再提起瑞典館的事。因此害我錯覺在那裏發生的一切只有我知道而已，是我一個人經歷的事，好像火村從未去過磐梯山似的。

也許眞的是這樣，我大膽地這麼假想著。

當我再度聽到瑞典館這個字眼時，心中已經平靜了許多。

漢斯和育子大概在那偌大的館中，等著服滿刑期的乙川隆和薇若妮卡回來吧！那兩位老人家還健在嗎？有時我會突然這麼想著。

腦海中偶爾還會浮現客廳牆上的流音照片、乙川隆書桌上親子三人的照片，還有掛在牆上，淑美和輝美的畫。然後對於有時還會無禮地想著，爲何那時不拿走薇若妮卡扮成露西亞照片的自己，感到十分可笑。

——完

後記

截至目前爲止我所創作的十部長篇作品中，花費最短時間完成的一部作品，就是這部《瑞典館之謎》。記得從開始執筆到完成大概不到兩個月的時間吧？對我而言，算是相當快的速度。

當初這部作品應該是設定爲稍微有點長的短篇小說。爲了滿足喜歡閱讀後記的讀者的好奇心，我就稍微提一下創作這部作品的幕後花絮吧！

那是一九九五年的事。我受到由講談社 NOVELS 編輯部推出的雜誌《曼菲士》邀稿，「麻煩請創作一篇短篇作品，交稿日定在二月底。至於頁數多寡由您自己決定（！）」，結果我還沒想到要寫什麼，時序就這樣進入二月。我剛完成要刊在《小說現代》上的短篇作品〈蝴蝶振翅而飛〉，臨睡前想著該動筆寫要給《曼菲士》的稿才行時，突然想到關於腳印的點子。好極了！靈光一閃，於是大半夜愉快地振筆疾書。所謂正統推理小說點子，並不容易在創作時靈感輕易湧現，（譬如，就算腦中浮現「這麼一來就可以用大鎖從室外反鎖」的點子，但是思路僅只於此並不能構思出什麼精彩情節，）因此這般情形居然能夠讓我遇上，眞是謝天謝地。

隨著以腳印點子爲中心來構思推理情節的靈感不斷湧現，我知道自己一定能夠落筆寫個四、五十張稿紙。心想大概寫個一百張左右就可以了吧！結果沒想到一落筆竟然洋洋灑灑地寫了一百五十張稿紙。

那時在我腦中其實已經有了其他點子，是和《瑞典館之謎》完全不一樣的故事，題目為《美麗的三姊妹》。雖然背景和「瑞典館」一樣都是在雪國，但是案發現場是呈三角形配置的三間屋子中的其中一間，美麗的三姊妹各住一間，當然他們三個都是日本人。被殺的是老三的丈夫，他是個虐待妻子的暴君──。至於故事會如何展開，就交給讀者們自由想像囉！很遺憾地這點子並沒有化為文字。

為什麼沒有動筆寫呢？那是因為《瑞典館之謎》的架構已經完成。我確信能夠逼退《美麗三姊妹》的這部作品，是我非常想一口氣完成的題材。

因此我心想這個故事大概得寫個三百張才能寫完吧！雖然《曼菲士》邀稿的請託是說頁數由我自己決定，但是也不太可能一開始就跟對方說「我會寫個四百張」，依我自己的能力，根本不可能一個月完成一部長篇作品。於是我打電話給負責編輯事務的金田明年先生，「其實我想寫篇長篇的……」這麼說。我想他大概搞不清楚我到底在說什麼吧！沒想到，「那麼就麻煩老師寫一篇長篇作品。」竟然如此體諒我。於是乎《瑞典館之謎》就這樣誕生了。

雖然覺得始終無法付梓的《美麗三姊妹》也很符合我的小說風格，但是目前的情況不太可能立刻發表，總之它會永遠都在我心中留存著。

還有些要補充說明的部分──

開始創作這部作品的時候，剛好是阪神淡路大地震後一個月。執筆的第一個月發生地下鐵沙林事件，完成時則是在逮捕到奥姆眞理教麻原彰晃稍早之前。我並不是想特別強調什麼，而是因爲當我拿到這本書時，腦中一直想著這些事，也許以後也會一直想起吧！

最後要感謝擔任文庫版編輯工作的山田享先生、慷慨跨刀爲我寫解說的宮部美幸小姐。還有各位親愛的讀者朋友們——

Tack!

一九九八・四・十九

有栖川有栖

※參考文獻

《瑞典四季曆》（東京書籍）

《訓霸法子》／布・摩斯貝里　著

瑞典館之謎／有栖川有栖著；楊明綺譯.--
初版. --臺北市：小知堂, 2005[民94]
面； 公分. --（有栖川有栖；4）
譯自：スウェーデンの謎
ISBN 957-450-383-6（平裝）

861.57 94001685

知 識 殿 堂 · 知 識 無 限

有栖川有栖 04

瑞典館之謎

作　者 有栖川有栖
譯　者 楊明綺
發行人 孫宏夫
總編輯 謝函芳
責任編輯 魏麗萍
發行所 小知堂文化事業有限公司
地　址 臺北市康定路62號4樓
電　話 (02)2389-7013
郵撥帳號 14604907
戶　名 小知堂文化事業有限公司
法律顧問 永然聯合法律事務所
書店經銷 凌域國際股份有限公司
登記證 局版臺業字第4735號
發行日 2005年3月初版1刷
售　價 220元
本書經由博達著作權代理有限公司安排獲得中文版權
原著書名スウェーデンの謎

Original Japanese edition published by KODANSHA LTD.
Complex Chinese character translation rights arranged with KODANSHA LTD.
through Bardon-Chinese Media Agency.

購書網址：www.wisdombooks.com.tw
本書如有缺頁、破損、裝訂錯誤，請寄回本公司更換。
郵購滿1000元者，免付郵資；未滿1000元者，請付郵資80元。
ISBN 957-450-383-6

有栖川有栖